HERÓIS DEMAIS

LAURA RESTREPO

Heróis demais

Tradução
Ernani Ssó

Companhia Das Letras

Copyright © 2009 by Laura Restrepo

Obra publicada com apoio da Dirección General del Libro, Archivos y Bibliotecas do Ministério da Cultura da Espanha.

Grafia atualizada segundo o Acordo Ortográfico da Língua Portuguesa de 1990, que entrou em vigor no Brasil em 2009.

Título original
Demasiados héroes

Capa
Rita da Costa Aguiar

Foto de capa
Interior do café Lafayette, em Greenwich Village, Nova York, 1946
© Genevieve Naylor/ Corbis (DC)/ LatinStock
Tinta escorrendo © ImageZoo/ Corbis (RF)/ LatinStock

Preparação
Silvana Afram

Revisão
Isabel Jorge Cury
Huendel Viana

Dados Internacionais de Catalogação na Publicação (CIP)
(Câmara Brasileira do Livro, SP, Brasil)

Restrepo, Laura
Heróis demais ; tradução Ernani Ssó. — São Paulo : Companhia das Letras, 2011.

Título original: Demasiados héroes
ISBN 978-85-359-1864-9

1. Romance colombiano I. Título.

11-03993   CDD-C0863

Índice para catálogo sistemático:
1. Romances : Literatura colombiana   C0863

[2011]
Todos os direitos desta edição reservados à
EDITORA SCHWARCZ LTDA.
Rua Bandeira Paulista 702 cj. 32
04532-002 — São Paulo — SP
Telefone (11) 3707 3500
Fax (11) 3707 3501
www.companhiadasletras.com.br
www.blogdacompanhia.com.br

A Payán, a seu lado

Todo mundo tem o direito de pensar que seu pai é um bom sujeito.
Félix Romero

Neste momento não estou para ouvir historinhas de heróis.
Elias Khoury

— Preciso saber como foi — Mateo diz à sua mãe. — O lance obscuro, quero saber exatamente como foi.

— Já te contei mil vezes — ela responde.

O próprio Mateo o tinha batizado assim, *o lance obscuro*, porque o que aconteceu naquela vez foi nocivo, mas também porque estava sepultado sob uma montanha de meias verdades. O pior de tudo era sua falta de lembranças; aquilo tinha acontecido quando ele era pequeno demais para fixar na memória. Bengaladas de cego. Era uma expressão que tinha ouvido por aí. Ele se sentia assim, dando bengaladas de cego em meio a uma história que não compreendia, mas de que fazia parte e que o prendia como uma rede.

— Vamos, Lolé — diz Mateo, suavizando a voz e chamando-a assim, Lolé, como quando era pequeno. Agora prefere chamá-la por seu nome, Lorenza, e quando se irrita com ela a chama de mãe. — Vamos, Lolé, me conte de novo. Vamos começar pelo negócio do parque.

— Você tinha dois anos e meio. Era uma quinta-feira, de tarde. Nós três estávamos em Bogotá, no parque da Independência.

— E ele usava um suéter grosso de lã.
— Pode ser.
— Vi nas fotos que ele usava suéteres grossos de lã.
— Suéteres não, pulôveres.
— Pulôveres? O que são?
— Suéteres. É que ele dizia assim, pulôver. Nós, colombianos, dizemos suéter. Os argentinos dizem pulôver. Ridículo: em inglês são as duas coisas.
— O que eu quero saber é se também nessa tarde, no parque, ele estava com um pulôver grosso de lã.
— Sei lá. O que eu me lembro mesmo é que andava com o cabelo comprido. Na Argentina tinha que andar com ele curto, a ditadura não tolerava cabeludos. Mas deixou crescer ao chegar à Colômbia. Se quer saber como era teu pai, Mateo, dê uma olhada no espelho e se veja com uns dez anos mais. Ramón era assim naquele tempo.
— Não é verdade, eu não tenho os ombros largos. Meu tio Patrick me contou que Ramón tinha os ombros largos.
— Logo você vai ter também.
— E aquela tarde no parque?
— Estamos passeando, Ramón e eu, e levamos você pela mão. O céu é de um azul hortênsia, como são os céus de Bogotá quando...
— Não quero saber como são os céus de Bogotá — diz Mateo. — Quero entender o que aconteceu.
Às vezes Lorenza diz ao filho que o mais horroroso do lance obscuro é que aconteceu exatamente quando o horror estava para terminar. A ditadura argentina ia ficando para trás, e Ramón e ela tinham sobrevivido à clandestinidade. Depois de cinco anos militando juntos na resistência, tinham se afastado do partido e abandonado o país, desconcertados como monges que saíram do mosteiro e enfiaram o nariz no mundo lá fora. Para

Lorenza, que era colombiana, a mudança não havia sido tão difícil; no fim das contas a volta a Bogotá tinha permitido que ela estivesse de novo com sua gente, num mundo conhecido em que se reintegrou sem muito drama. Ramón, em troca, sendo argentino, ficou flutuando no ar. Acabou por detestar tudo o que o rodeava, achou a família dela detestavelmente burguesa e começou a ver a própria Lorenza como um ser desconhecido que pouco tinha a ver com a mulher por quem havia se apaixonado em Buenos Aires. Uma vez quebrada a cumplicidade que os unira durante a clandestinidade, tinham se transformado em dois estranhos.

— Em Bogotá teu pai se tornou invisível pra mim — Lorenza confessa ao filho.

— Como invisível? Ninguém fica invisível.

— Talvez eu andasse ocupada demais com você, com o trabalho, com a família, vai ver comigo mesma. É, essas coisas costumam acontecer com pessoas muito unidas em tempos de perigo. O perigo passa, aí descobrem que só isso as unia. A verdade é que já não achava lugar pra teu pai. Imagina um casaco muito pesado em pleno verão.

— Um pulôver de lã em pleno verão.

— Você não sabe o que fazer com isso, não pertence a esse momento, nem a esse lugar. E Ramón também não ajudava. Começou a se comportar de uma maneira, digamos, esquisita. Não conseguia entender o que era a vida fora do partido. Bem, era mais sério ainda, acho que não conseguia entender como se vive sem a ditadura, sem ter um inimigo pela frente a quem você deve destruir pra que não te destrua. Tudo isso fez com que a convivência se tornasse um mal-estar permanente, e nos separamos.

— Pare, Lorenza. *Nos separamos?* Você diz *nos separamos* e fim de papo? Quem se separou? De quem foi a ideia da separação?

— Minha.

— Você queria se separar.
— Sim.
— E meu pai não queria.
— Não. Ele não queria.
— Isso é muito diferente de *nos separamos*.
— Eu tinha conseguido trabalho como jornalista e quando me separei te levei pra viver comigo na casa da minha mãe, e Ramón ficou no apartamento que tínhamos alugado no centro da cidade.
— Nós de novo classe alta, ele sempre o pobre.
— Não é bem assim: você e eu num quarto de hóspedes, teu pai em seu próprio apartamento.
— Vamos voltar ao parque.
— Estamos no parque. Quinta-feira, cinco da tarde. Montamos você num dos cavalinhos do carrossel e ficamos de pé ao lado pra te segurar. Enquanto isso, falamos. Uma conversa incrivelmente calma, eu diria; nada a ver com as discussões violentas que tivemos durante a separação. Ramón me pergunta se tenho certeza de que nos separarmos é realmente o que quero. Uns dias antes teria falado aos gritos, mas agora me faz a pergunta em tom neutro, como um tabelião que confere uma informação. Eu respondo que sim, que tenho certeza, que a separação é um fato e que não vale a pena começar a discutir de novo. Ele diz que não quer discutir nada, só precisa confirmar que a coisa não tem mais volta. Não, eu digo a ele. A coisa não tem mais volta. Ele não insiste e muda de assunto, me diz que vai te levar pra passear numa chácara no fim de semana. Vai pegar você bem cedo na manhã seguinte, sexta, e vai te devolver domingo antes das sete da noite. É uma chácara pros lados de Villa de Leyva, e teu pai me diz que devo te mandar bem agasalhado porque vai fazer frio.
— Você não pergunta de quem é a chácara, ou onde fica exatamente? Não pede o telefone do lugar pra onde ele vai me levar?

— Não. Não quero que ele pense que me meto na nova vida dele. Ele é um ótimo pai, te adora, cuida de você, e nesse momento me parece natural que queira ficar sozinho com você por uns dias. Penso também que se anda organizando passeios deve ser porque está mais calmo com a ideia da separação. Bem, cada um te pega por uma das mãos e enquanto anoitece nós três andamos pelos caminhos do parque. Lá pelas tantas você cai, arranha um joelho e chora um pouco, não muito; não foi grande coisa. O estranho é que Ramón e eu conversamos agradavelmente, sobre nada em especial. Pela primeira vez, desde que começaram as pancadarias da separação, voltamos a passar um bom momento juntos. Tenho a sensação de que vamos poder ser um casal separado que compartilha um filho amigavelmente e isso me alegra.

— Tudo bem. E agora, o lance obscuro — Mateo diz.

— Na sexta, te acordo cedo, te dou banho, te visto e peço à tua avó que te dê o café...

— Você tinha me dito que me deu o café.

— Não, tua avó te dá, enquanto eu faço a malinha pro teu fim de semana em terra fria. Meto uns dois macacões de veludo, um suéter...

— Um pulôver.

— Um pulôver, meias e camisetas, teu pijama de ursinhos, que é o mais quente, tua capa e tuas botas pra chuva. Às sete e meia Ramón toca a campainha e eu entrego o menino pra ele, quer dizer, você, com a malinha. Você vai contente. Você se alegra quando vê teu pai, gosta de ficar com ele. Também entrego uma bolsa com Choco-Quick, umas maçãs, uma lata de leite em pó, uma caixa de Rice Krispies e dois brinquedos.

— Lembra dos brinquedos?

— Lembro de cada detalhe com uma nitidez aterradora. Meto na sacola um palhacinho verde que te demos de Natal e uns cordões compridos de lã que você adora arrastar pelo chão.

Diz que são *as cobas* e não deixa que a gente pegue nem pra lavar. *As cobas*. No começo não entendíamos o que você queria dizer com isso, até que nos demos conta: *as cobas* eram *as cobras*. Também meto nessa sacola um vidrinho de desinfetante para que Ramón bote no arranhão que você fez no parque. Dou esse vidrinho no último instante, quando teu pai já saiu do apartamento, pegou o elevador e está atravessando o hall de entrada, em direção à rua. Eu grito pra ele que espere e corro de roupão e descalça até onde vocês estão, entrego o vidrinho a Ramón e aproveito pra te dar o último beijo. Você quer se jogar nos meus braços, mas teu pai te segura. Eu digo que você vai ficar muito contente e você pergunta se lá vai ter vacas. Quer dizer cavalos; você chama os cavalos de vacas. Ramón te responde que sim, vai ter vacas, e você poderá montar nelas.

— Vacas, cavalos, *cobas*. Agora vamos pra noite desse dia — pede Mateo.

— Eu trabalho na seção de política nacional de *La Crónica*, um semanário novo que se tornou muito influente. O fechamento da edição é nas sextas à noite e a redação se torna uma loucura, ferve de gente. Vão parar por lá ministros, advogados, dirigentes de diferentes tendências, amigos da casa: todo mundo que tem uma notícia fresca, ou quer participar na discussão sobre as que vão ser publicadas, baixa por ali e entra no papo, e desse saco de gatos vão saindo os artigos de última hora.

— Não me fale de jornalismo, mãe.

— Tudo bem, mas não me chame de mãe.

— Mas você é minha mãe.

— Sim, mas não me fale desse jeito. Tudo bem, não vamos brigar. Voltemos à redação de *La Crónica*. Por volta da uma e meia da madrugada botamos ponto final na edição, e são mais de duas quando chego à casa da minha mãe. Ela me ouve entrar, se levanta, me esquenta uma sopa de legumes e fica comigo na cozinha enquanto como. Quando nos damos boa-noite, me diz que chegou um envelope pra mim e que o deixou na mesa de cabeceira. A mãe vai pro quarto dela, eu preparo uma xícara de chá e subo pro quarto de hóspedes, que tem duas camas, a tua, que está vazia, e a minha. O que eu quero nesse exato momento é tomar um bom banho e com água bem quente antes de me deitar, para maneirar o frenesi que me contagia todo fechamento da revista. Todos os dias você me acorda antes das seis, e nesse fim de semana vou poder dormir um pouco mais.

— Abre o envelope que te deixaram?

— Não. Nem vejo o envelope, porque ao entrar não acendo as luzes do quarto. Como me doem as costas, me atiro na cama, vestida mesmo, no escuro, pensando que dali a uns minutos me levanto e tomo banho. Mas durmo. Umas horas mais tarde o frio me acorda. À luz do amanhecer, posso ver o relógio: quase seis. Tiro a roupa, ponho uma camisola e, como tenho sede, procuro a xícara de chá, que ficou pela metade sobre a mesinha. É aí que vejo o envelope. Eu teria ignorado ele se uma coisa não me chamasse a atenção: está escrito com a letra do teu pai. Diz *favor entregar a Lorenza*. Por que um bilhete de Ramón? Acho meio estranho, mas não muito; digamos que abro despreocupada o envelope. Não é um bilhete, é uma carta manuscrita, comprida, de várias folhas. Isso sim me surpreende. A letra de teu pai, que é pequena e desigual, me obriga a procurar os óculos na bolsa. Boto os óculos e leio.

— O que diz o bilhete?

— Não é um bilhete, é uma carta. O que diz? Bem, diz *vou embora pra sempre e levo o menino, nunca mais vai nos ver*.

— Assim, na maior?

— Com muitas explicações. Páginas e páginas de explicações, de justificativas, de recriminações. Numa linha pedia perdão pelo que ia fazer e na seguinte me jogava a culpa de tudo.

— Me diga o que a carta dizia, eu preciso saber que explicações meu pai dava.

— Nesse momento não posso ler mais; mal me dou conta de que me tiraram meu filho, me quebro toda por dentro.

— Mas depois você leu a carta toda.

— Não, nunca li inteira. Os motivos do teu pai não me interessavam. Só esta frase brutal: *vou embora e levo o menino pra sempre*. Por um instante vi tudo preto e tive que me segurar pra não cair no chão. Aí comecei a uivar. Dava uivos selvagens de loba de quem roubaram a cria.

— A avó diz que eram uivos como da noite dos tempos. Diz que acordou com teus uivos e que pensou que estavam te matando.

— Era muito pior.

— E aí?

— Não me lembro.

— Não lembra ou não quer lembrar. O que faz nessa madrugada?

— Uivar. Agonizar. Morrer. Teu pai é um perito em andar clandestinamente, em falsificar passaportes, assinaturas, passagens. Está acostumado a mudar de identidade uma atrás da outra. Se esconder e desaparecer, essa é a especialidade do teu pai. E ele acaba de desaparecer com você.

Ramón Iribarren, sou teu filho Mateo Iribarren e vim a Buenos Aires pra te conhecer, se receber esta mensagem, pode ligar pra mim no Hotel Claridge, quarto 506, vou ficar aqui até o fim do mês, muito obrigado, atenciosamente, Mateo Iribarren. Foram as palavras que Mateo escreveu e assinou com letra irregular numa folha de caderno, anos depois do lance obscuro, quando sua mãe acabava de lhe contar mais uma vez.

Lorenza leu o parágrafo e se perguntou como era possível que, já entrando na adolescência e mais alto que ela, seu filho Mateo ainda tivesse uma letra tão irregular, garranchos amontoados que subiam e desciam da linha ao acaso, e o contraste entre o infantil da caligrafia e o tom sóbrio e digno do texto deu um nó no coração dela. *Ramón Iribarren, sou teu filho, Mateo Iribarren,* Mateo leu em voz alta e perguntou à mãe, está bem assim, Lorenza?

Mas ela devia sair por algumas horas e deixá-lo sozinho nessa enrascada, não havia o que fazer, precisava se ocupar do trabalho que a tinha levado a Buenos Aires, mesmo que na verdade tivesse ido por outra coisa. Tinha ido para cumprir a promessa que havia feito ao filho anos antes: acompanhá-lo na busca de seu pai. Sabia que, ao sair desse quarto de hotel, Mateo ficaria sentado diante do telefone, ferozmente concentrado nisso que tinha escrito no caderno, repassando-o uma vez depois da outra como se quisesse aprender de cor para que na hora da verdade não lhe faltasse a voz nem fosse se enganar, *Ramón Iribarren, sou teu filho Mateo Iribarren e vim a Buenos Aires pra te conhecer.*

— *E vim a Buenos Aires pra te conhecer.* Acha que devo dizer assim, Lolé, *pra te conhecer?* — perguntou de novo, quando a mãe já estava na porta.

— Sim, acho que pode dizer assim mesmo.

— Mas já conheço meu pai. Ele vai dizer que já nos conhecemos. Olhe, talvez eu devesse dizer *pra te reconhecer.* Mas não, a frase não soa bem, fica esquisita. E o *atenciosamente,* acha que devo dizer *atenciosamente?*

— Acho que pode tirar, se quiser. Ou mude pra *um abraço,* uma coisa assim.

— Um abraço? Tá maluca, mãe? Como pode pensar que eu mande um abraço pra ele? Isso soa horroroso, esse negócio de abraço, não tá vendo? Se você quer, eu tiro o *atenciosamente,* mas não me peça que mande abraço pra um sujeito que não tem nada a ver comigo. Só nos causou problemas, e agora você pretende que eu mande um abraço.

— Esqueça, Mateo. Não mande abraços. Só sugeri porque você me perguntou.

— Péssima sugestão, Lorenza. A pior do mundo. Acho que vou deixar como está, *atenciosamente, Mateo Iribarren*. Que enrolação! Foda-se, deixo assim e pronto.

O garoto escolhia as palavras que lhe pareciam precisas e descartava as outras, não queria que sobrassem e ao mesmo tempo não podia se permitir o luxo de que faltassem. Sua mensagem tinha de surtir efeito, tinha que produzir resultados, e ele ponderava as possibilidades de que não houvesse resposta a essa ligação telefônica que estava a ponto de fazer como quem lança um pedido de socorro numa garrafa.

— E se Ramón não me ligar de volta, Lolé? — perguntou pela décima vez, e sua voz dissimulava mal o medo. — Hein? E se a secretária eletrônica dele grava mal e depois ele não entende, ou uma coisa assim? Aí, se acontece isso, Ramón quer me ligar mas não pode porque não entende bem minha mensagem, ou vai ver nem se lembra de mim. Hein, Lolé? Você acha que Ramón se lembra de mim?

Dava mil voltas às possibilidades de um desencontro como se nessa manhã particular de Buenos Aires pudesse desfazer tantos anos de ausência apenas com sua voz, apenas com um parágrafo que revisava e revisava de novo sem se atrever a digitar o número de seu pai, a quem tinha visto pela última vez havia muito tempo, quando tinha dois anos e meio, e ele o levou de casa.

Não voltaram a saber mais nada de Ramón desde essa época — nenhuma ligação, nenhuma carta, ou sim, um punhado de cartas muito no começo, depois nada, somente notícias vagas e contraditórias que chegavam a eles de vez em quando, por acaso e por terceiros. Que Ramón foi em cana, que está careca e perdeu um dente, que vive com uma boliviana e anda organizando os mineiros na Bolívia, que agora é líder dos bairros empobrecidos de Buenos Aires. Mas nunca tiveram pistas certas de seu paradeiro porque ele não os procurou nem eles o procuraram, ou melhor, nem Lorenza procurou Ramón nem Ramón procurou por ela e o menino; não podiam incluir Mateo nessa novela porque não tinham dado a ele a chance de opinar a respeito até o momento dessa reclamação alucinada, dessa exigência dolorosa que havia obrigado sua mãe a viajar a Buenos Aires para acompanhá-lo.

Depois do lance obscuro, para Lorenza e o menino vieram anos saturados de malas, estradas e aviões, em que nunca cruzaram com Ramón. Nem mesmo chegaram perto dele, pelo contrário. Ela havia se imposto, como um destino, a urgência de afastar o filho para longe do pai, de pô-lo fora do alcance dele. Sempre avisava Mateo que, se seu pai o tinha levado uma vez, podia tentar de novo, mas nunca dizia que Ramón tivesse sido um mau homem. Isso ela nunca dizia a ele.

— Me fale desse cara, Lolé — Mateo às vezes pedia. — Vamos, Lorenza, me fale dele.

Ela contava que era um homem genioso, mas convicto de suas ideias, enérgico e inteligente. Garantia que era valente e bonito e que tinham sido felizes durante os anos de convivência. Mas toda vez que Mateo quis combinar o prazo para ir procurá-lo ela inventou desculpas e propôs adiamentos.

— Você tem que crescer antes, Mateo — ela dizia —, porque não é fácil.

— O que não é fácil?

— Teu pai. Teu pai não é fácil. Você tem que crescer, tem que se tornar forte e aí sim, aí vamos procurá-lo.

E Mateo cedia com tanta boa vontade, com tanta delicadeza para não desgostá-la, e se dispunha com empenho a aceitar como pai o homem que nesse momento vivesse com ela, e os filhos do homem como irmãos, este sim, Lolé, com este podemos formar uma boa família e ficar alegres, sim, este sim, ela prometia pra ele, este sim é para sempre. Mas sempre houve outro, sempre houve mais um, e começava de novo o amor eterno e o aluguel de uma casa em algum bairro de uma cidade qualquer e a esperança de uma rotina de ônibus escolar, de visitas regulares ao dentista, a certeza de todo domingo poder pedir o prato favorito no restaurante da esquina, a tranquilidade de saber de cor os telefones de alguns amigos que vão continuar sendo os mesmos, e Mateo e Lorenza colavam fotos de cavalos nas paredes do quarto dele, semeavam plantas em vasos, botavam nome num gato e conseguiam uma bicicleta de segunda mão que pintavam para que ficasse como nova porque agora sim, agora iam permanecer ali por muito tempo, talvez para sempre.

— Pra sempre, Lolé?

— Sim, meu filho, pra sempre.

Até que um dia começavam os indícios, as ligações de longa distância que Lorenza recebia, as respostas pela metade, ele tentando mostrar a ela seus desenhos ou contar alguma história, e Lorenza como que pensando em outra coisa, até que Mateo se dava conta de que mais uma vez chegara a hora de dar o gato aos vizinhos, de abandonar a bicicleta no quintal, de fazer as malas e de acordar na casa de estranhos; Mateo que pegava seus lápis de cor e pintava durante longos voos de avião; Mateo querendo saber, mas por quê, mãe, me diga por que vamos embora, se estávamos tão bem onde estávamos.

— Trocar de bicicleta não era o problema, Lolé. Dureza era trocar de gato e de pai — ele diria a ela tempos depois.

Ela gostaria de ter explicado por que aconteceu o que aconteceu, por que tinham levado essa vida que talvez fosse a culpada de que a letra dele continuasse sendo infantil e arrevesada, por que essa acumulação de ausências e de sustos, por que tanta mudança de país, de casa e de colégio, tanto pavor noturno, tanto se despedir dos amigos, tanto não ter pai ou ter tantos pais, por que tantos porquês que desconjuntaram a infância de Mateo e a prolongaram além da conta. Seria tão bom se ela pudesse dar a ele motivos precisos que coubessem num parágrafo apenas.

— Melhor assim, melhor não me contar nada — Mateo dizia às vezes, porque para ele as histórias de política da mãe soavam esquisitas e as histórias de amor soavam mal. — Você sempre me arrastou pras tuas coisas, Lorenza, e eu não entendo nada das tuas coisas.

Até que ele ficou mais alto que ela e a encarou, desafiante e decidido, ele já tão grande e ela tão pequena a seu lado, e lhe deu o ultimato.

— Agora sim, Lorenza, quero conhecer meu pai. Se você não for procurar comigo, eu vou sozinho — disse e remexeu nos objetos enfiados no alto do closet até topar com uma boina basca que fazia tempo guardava para Ramón, para dar a ele no dia do reencontro.

— Meu pai e eu somos bascos — contava com orgulho a quem quisesse ouvi-lo. — Bem, somos argentinos, mas de origem basca.

Vendo como Mateo se debatia com sua adolescência e as lutas que travava com sua própria identidade, Lorenza tinha começado a compreender as implicações de criar um filho para quem o pai não é mais que um fantasma, alguém que se esfuma depois de causar um dano. Procurariam Ramón, mas para isso Mateo devia compreender cada detalhe da velha história, se inteirar de cada capítulo, formar um todo com os fragmentos que já conhecia. Mãe e filho teriam que pensar muito, conversar muito e jogar em equipe para não se enganar, e além disso teriam que confiar em suas próprias forças; não poderiam recorrer a nenhuma outra nessa busca.

A decisão tinha sido tomada e já estavam em Buenos Aires. Mas como Lorenza poderia começar a procurar Ramón Iribarren se, enquanto viveu com ele, não tinham feito outra coisa senão se esconder para que não pudessem encontrá-los? Se o dia a dia de sempre tinha sido trocar de nomes, falsificar os documentos de identidade, manter ocultos os lugares onde moravam, inventar empregos que na realidade não tinham?

— Vamos, Lorenza, me conte. Me conte como ficou sabendo que o nome de meu pai era Ramón — pedia Mateo, embora já soubesse, porque essa era uma história que os dois tinham repetido muitas vezes, como a velha ladainha do gato chinês, era uma vez um gato chinês, quer que te conte outra vez? Era uma vez um gato sem pé nem cabeça, se quer que eu te conte me obedeça. — Sim, me conte outra vez. A história do nome de Ramón, me conte outra vez.

— Só fiquei sabendo que teu pai se chamava Ramón depois de um mês vivendo com ele, porque chegou em casa a conta da luz, na qual vi o nome pela primeira vez. Quando percebi, senti que a conta me queimava as mãos. Gostaria de não ter lido o que dizia ali, não devia ter lido, mas não teve mais jeito, a conta me caiu nas mãos e, antes que eu pudesse impedir, esse *Ramón* se infiltrou nos meus olhos. Enfim, acabou que era o nome do teu pai e também estava ali esse sobrenome que logo você teria, esse *Iribarren*, que revelava a origem basca da família dele.

— Muito esquisito isso tudo.

— Por segurança. Não devia saber o nome dele por segurança. As coisas eram assim na clandestinidade.

— *Clandestinidade*. Não gosto dessa palavra. É uma das tuas palavras. E agora me responda com palavras normais: antes de ler a conta de luz, como você achava que Ramón se chamava?

— Não tinha ideia. Eu chamava ele de Forcás, como todos no partido.

Lorenza já estava tão acostumada com o nome falso, que foi uma surpresa quase dolorosa topar com essa conta que de repente lhe falava de alguém que ela não conhecia, um sujeito com outra identidade, um tal Ramón que vivia em mundos que a excluíam porque tinham a ver com sua infância, com sua família, com seu passado, quer dizer, com o que era verdadeiramente dele, com a história de sua intimidade. Todo um pedaço de sua vida de que ela não fazia parte e do qual não devia se aproximar.

Por onde começar a procurar Forcás, tantos anos depois, se ela nem sabia os nomes reais dos que tinham sido seus companheiros de partido? A quem poderia perguntar por Ramón Iribarren, um nome que talvez eles, os velhos companheiros, nunca tivessem ouvido, porque somente conheciam uns aos outros por seus pseudônimos de então, o que naquela época chamavam de *nomes de guerra*?

— Um bom nome de guerra, esse de Forcás — disse Mateo.
— Soa muito guerreiro. Gosto menos de Ramón. Quer dizer, não gosto nada de Ramón, me soa como o nome de alguém que não conheço. E o teu nome de guerra, Lolé? Já sei. Aurélia. Te chamavam de Aurélia. Esquisito isso tudo.

— Sem pé nem cabeça — ela disse. — Essa história é um gato sem pé nem cabeça. Vamos ver, kiddo, se a gente dá um jeito de botar uma cabeça nele.

Tudo indicava que procurar Ramón seria como procurar uma agulha num palheiro, mas, na hora da verdade, foi fácil. Anos sem saber dele, mas no entanto só levaram uns dias para averiguar seu paradeiro.

Duas noites antes, Lorenza tinha voltado tarde ao Hotel Claridge e entrado quase correndo no quarto para contar a Mateo que os tinha visto, que tinham aparecido, que tinha se encontrado de novo com eles, com os velhos companheiros. Mas se conteve ao ver que o garoto dormia.

Ele sempre a criticava porque ela nem dormia nem o deixava dormir. Então ficou calada e se pôs a observá-lo. O sono de Mateo não era tranquilo; em geral, não era, falava dormindo, se remexia, se enrolava no lençol deixando o colchão descoberto. Lorenza se perguntava que terras seriam essas que o filho percorria, iria muito longe, estaria muito sozinho durante a viagem? Entre todas as linguagens possíveis, a dos sonhos do filho era a que mais gostaria de decifrar, mas era uma gíria trazida por ventos de outros mundos, um diálogo às cegas com seres para ela desconhecidos.

— Quem são os macabeus? — Mateo tinha perguntado uma vez, completamente adormecido. — Os macabeus, quem são os macabeus?

Claro que ela não sabia, um povo bíblico, mas a informação só chegava até aí, e nem precisou responder porque o filho voltara a se perder no sono e o diálogo sonâmbulo tinha acabado. Mas Lorenza ficou inquieta, pensando: o que meu filho estará fazendo por lá com os macabeus?

Quando Mateo dormia era idêntico a Ramón, e ela se assustava ao descobrir no filho os traços definidos de um adulto. Já não era um menino mas um homem, já não era seu filho mas quase um estranho. A ilusão durava até que ele acordava, quando se apagavam os rastros do pai e o rosto era animado por umas expressões que ela reconhecia como próprias, tanto que podia se ver no filho como num duplo, ele seu único filho, ela sua única mãe, e então recuperava esse menino que era tão seu, quase nada de Ramón, apenas muito remotamente de Ramón, tão exclusivamente dela.

Mateo pareceu adivinhar sua presença e entreabriu os olhos por um instante.

— O que foi, Lolé? — murmurou.

— Nada, kiddo, não foi nada. Continue dormindo, não quero te acordar.

— Quer me dizer alguma coisa.

— Mas se está dormindo...

— Fale, você já me acordou mesmo.

Então Lorenza se sentou na beira da cama e falou deles, de seus antigos companheiros do partido, de como umas horas antes tinham aparecido nove deles na apresentação de seu romance e a tinham procurado quando o evento acabou.

— Ramón estava? — Mateo perguntou, sentando num pulo. Mas como ela respondeu que não, se atirou de novo para trás e tapou a cabeça com o cobertor.

— Está ouvindo, aí dentro da caverna?

— Um pouco.

Mesmo ele se fazendo de surdo, ela contou dos abraços dos companheiros em plena rua, enfim despreocupados, fazendo bagunça e em grupo, sem olhar por cima do ombro para ver se eram seguidos, sem baixar a voz para o caso de alguém estar ouvindo, e contou também que depois foram a uma pizzaria que se chamava Los Inmortales porque tinha as paredes cobertas com fotos dos grandes do tango.

— Puxa, que nome, Los Inmortales, e nós ali, comovidos e derramando lágrimas por nossos desaparecidos, o Negro César Robles, Pedro Apaza, Eduardo Villabrille, Charles Grossi — ia enumerando Lorenza. — Imagina só, Mateo, nossos mortos, e estávamos ali, lembrando deles numa pizzaria que se chama Los Inmortales! Tomávamos a palavra uns dos outros pra sabermos de tudo o que tinha acontecido desde que a ditadura caiu, e era bem estranho conversar em voz alta num lugar público, porque antes não podíamos nos reunir com mais de três num bar nem permanecer ali mais de quinze minutos, apenas sussurrando.

Mas nessa noite, tantos anos depois, tinham se encontrado já sem codinomes, já sem medos, para festejar com pizza e cerveja o fim do pesadelo, ou, digamos melhor, festejando com ela, Aurélia, agora Lorenza, porque entre eles já tinham festejado; fazia tempo que tinham saído do vazio e tratado de se agarrar à vida, à luz do dia, ao que havia começado a se chamar democracia.

— O que acontece, Mateo, é que eu fui embora da Argentina antes do fim da ditadura e estive ausente todo este tempo, entende? Pra mim é como se o velho cenário tivesse ficado congelado. Até esta noite, em que você não quis me acompanhar, e veja tudo o que aconteceu.

— Falaram de Ramón? Te disseram onde ele está? — a voz de Mateo saiu da caverna.

— Sim, falamos dele. Mas não sabem onde está, não. Mas me deram pistas... Nada muito claro. Mas deixe que vou te contando tudo.

Ela tinha achado graça quando começaram a confessar seus nomes verdadeiros e suas profissões, como Dalton, que esteve preso, um loirão magro, boa pessoa, que foi líder sindical dos professores e que, segundo contou em Los Inmortales, na realidade se chamava Javier não sei o quê, veja só, Javier, quem diria, esse nome não combinava de jeito nenhum com ele, e dava aulas na universidade e já tinha três filhos. Ou como Tuli, uma morena avançada que nos tempos da militância apoiava as Mães da Praça de Maio, que no fim das contas se chamava Renata Rocamora e tocava contrabaixo num quarteto de tango, que justamente nesta semana estava se apresentando no Café Tortoni.

— Vamos lá, se você quiser — Lorenza propôs a Mateo, e ele grunhiu como um urso. — Que alegria saber que Tuli se dedica ao tango; perguntei se nos tempos de militância ela também se dedicava e disse que sim. Estranho, nessa época tínhamos pouco a ver com tangos, essa é a verdade; a música da resistência foi o rock em espanhol, que chamávamos de *rock nacional*.

— O rock argentino era de esquerda? — de repente Mateo pareceu interessado. — Eu achava que era música de hippies maconheiros.

— Maconheiros? Não, o que você tá pensando? Essa música era nossa, ou melhor, sim, também era dos maconheiros, mas era mais nossa. Olhe só, nos Inmortales Dalton contou que durante os meses em que esteve preso houve um momento em que ficou no fundo do poço e quis morrer, mas se salvou ao descobrir a frase que algum outro preso tinha riscado numa das paredes da cela, bem lá embaixo, quase invisível num canto; era uma linha de *Canción para mi muerte*, do Sui Generis, aquela que diz *houve um tempo em que fui bonito e fui livre de verdade*. Quer dizer, Dalton disse que estava escrito apenas *e fui livre de verdade*. Mas mal descobriu essa frase, escrita por outro, já não se sentiu sozinho e não quis mais morrer.

— Como em *La noche de los lápices* — disse Mateo. — Eu vi esse filme.

— É isso aí, não é nada novo. Nessas alturas todas essas façanhas são como o gato chinês: foram contadas vezes demais. Mas, na hora H, significaram tanto... De qualquer forma o rock em espanhol era a música do teu pai. A primeira vez que fui à casa dele, ele me mostrou seus discos como se fossem um tesouro. E, claro, quando Dalton contou nos Inmortales a história da frase riscada na parede, no mesmo instante nos deixamos levar pela canção inteira e ela levou a outras, as de Charly García e Fito Páez, León Gieco, Spinetta, você não imagina como foi bom cantar como uma louca depois de tantos anos de silêncio.

— Muito romântico. Mas acho que Spinetta veio depois. Spinetta é mais jovem.

— Nada disso, kiddo, o Flaco Spinetta era ídolo nesse tempo, com Almendra. E Sui Generis! Puxa, como eu gostava de *Rasguña las piedras*, do Sui Generis.

— Hoje, se você põe Sui Generis numa festa te dão um pau. Nem pense nisso.

— É estranho, isso de saber anos depois os nomes verdadeiros e as verdadeiras vidas de pessoas que foram tão próximas...

— Como se o Batman e o Homem-Aranha se reunissem numa pizzaria, tirassem as máscaras e revelassem um ao outro suas identidades secretas — disse Mateo. — E, pra completar, desatassem a cantar canções pré-históricas. Você falou de mim pros teus companheiros?

— Mas é claro. Era disso que se tratava.

— O que não entendo é como você encontrou todo mundo, se não sabia nem o nome deles.

Lorenza explicou que o lançamento de um romance era um ato público, a imprensa convida quem quiser aparecer, e assim os companheiros se inteiraram de que ela estava em Buenos Aires.

— Isso eu já sei, mas como souberam que uma tal Lorenza que agora escreve livros é a mesma Aurélia que antes militava com eles?

— Alguém descobriu e espalhou.

No meio da apresentação, o coordenador havia entregado a ela uma folha de papel dobrada em duas. Mandaram do público, ele disse, e o sangue subiu ao rosto de Lorenza quando leu a primeira palavra que estava escrita: *Aurélia*. Fazia anos que ninguém a chamava de Aurélia, ninguém nunca havia sabido que uma vez a tinham chamado assim na Argentina. O bilhete perguntava: "Aurélia, tem tempo para um café com teus velhos companheiros?". Do palco ela não podia vê-los, porque a área do público não estava iluminada, mas antes de terminar o evento disse ao microfone: sei que estão aqui alguns de meus antigos companheiros e quero que saibam que tenho todo o tempo do mundo para tomar café com eles.

— Mas o que quero te contar, Mateo, é que trago notícias pra você.

— Não me diga que Ramón estava lá... — ele pediu, quase suplicou, e ela pensou ter visto o filho empalidecer.

Não, Ramón não estava, já tinha dito. Mas ela pôde fazer umas perguntas e havia conseguido algumas pistas. Um metalúrgico de SITRAC-SITRAM que se chamava Quico — ou se chamava Quico nos tempos da militância, quando vivia em Córdoba, e que agora tinha outro nome e já não vivia em Córdoba e não era metalúrgico mas aposentado — tinha dito que era verdade que Forcás esteve preso um tempo, mas não por assuntos políticos, porque quando o pegaram já fazia anos que a Junta Militar havia caído, mas por causa de uma confusão de dinheiro. Quico achava que depois de uns meses de cadeia Ramón tinha ficado livre e ido embora para a Bolívia, e Gabriela, que também estava na pizzaria, a Gabrielita que havia militado com ela na frente do comércio, sua melhor amiga nessa época, disse que tinha ouvido dizer que Forcás já voltara da Bolívia, que havia se estabelecido em La Plata e que abrira um bar por lá.

— Um bar? — Mateo perguntou à mãe.

— Foi o que a Gabriela me disse. Você não imagina o que significa pra mim ter reencontrado a Gabriela, nós duas ficamos grávidas quase ao mesmo tempo, Gabriela e eu, e íamos juntas até o Once, cada uma com uma barrigona grande como o mundo, às reuniões de...

— E onde dizem que fica esse bar? — Mateo interrompeu.

— Segundo a Gabriela, em La Plata.

— Acho que não, Lolé, essa dica é furada, tem que ser. Tenho quase certeza de que Ramón está em Bariloche; deve estar dando uma de lobo da estepe lá nessas montanhas. Pelo menos é o que eu acho.

— Para, deixe eu continuar contando sobre La Plata. Gabriela acha que Ramón não se deu bem com o bar, mas continua lá, batalhando, pra ver se toca o negócio pra frente. Ela não sabe mais nada, mas me deu umas dicas sobre um companheiro de La Plata que talvez saiba.

— Ramón não está em La Plata, Lorenza. Não insista. Isso de La Plata não me convence. E o bar menos ainda. Ramón deve estar numa cabana na neve, lá em Bariloche.

— Cospe, Lolé — Mateo disse à sua mãe na manhã seguinte, enquanto ela escovava os dentes. — Cospe isso, por favor! Você me deixa histérico falando com a boca cheia de espuma. Depois, Ramón deve estar em Bariloche. Na certa está em Bariloche, como na última vez em que a gente se viu. Ramón gosta das montanhas, como eu. Acho que herdei dele, isso de gostar tanto das montanhas.

— Nada de delírio, kiddo. Não está em Bariloche, não ouviu que disseram que está em La Plata?

— Vai cuspir ou não?

— Baixe a tevê, assim não podemos conversar.

— Eu baixo a tevê e você cospe a espuma.

— Olhe, ahhhh, já cuspi. Agora, daqui pra frente, cada um escova os dentes como bem entender.

— Olhe bem o que tá dizendo. Depois não venha com aquela ladainha de dentes amarelos, nem de cáries, nem de que faz dias que não escovo. Cada um como bem entender. E por acaso você podia confiar sempre nos teus companheiros?

— Junta tua roupa, kiddo. O serviço de quarto está chegando com o café da manhã e não quero tudo isso jogado por aí — ordenou Lorenza, e ele nem aí, tipo como quem ouve chover. — Vamos, Mateo, junta um pouco. Claro que sempre podia confiar neles.

— Em quem?

— Ora, nos companheiros do partido, não era isso que você queria saber?

— Mesmo que fossem torturados pra arrancarem confissões deles?

— Olhe, nunca me deduraram. Em geral não se dedurava em nosso partido. Nossos companheiros estavam cheios de moral, os com-pa-nhei-ros es-ta-vam chei-os de mo-ral, minha nossa, que frase, tão daquele tempo, mas é verdade, estávamos cheios de moral.

— E você, foi torturada alguma vez?

— Não.

— E se tivessem torturado, teria falado?

— A tortura é um troço muito fodido, vai saber o quanto se aguenta.

— E o que perguntavam? O que os torturadores queriam saber quando interrogavam?

— Nomes, endereços... Às vezes iam atrás da pista de alguma coisa específica, às vezes perguntavam generalidades.

Outras vezes acontecia que não tinham ideia de quem estavam torturando, nem por que o estavam torturando, e aí nem mesmo sabiam direito o que perguntar. Anos depois, já de volta à Colômbia, quando fazia um tempo que Lorenza estava trabalhando como jornalista em *La Crónica*, fez uma entrevista com um ex-sargento que tinha sido torturador na Argentina durante a ditadura. O homem contou que eles iam anotando em qualquer papelzinho as informações que arrancavam do torturado, ou da torturada, e que depois acabavam perdendo esses papeizinhos.

— Quem sabe vamos até La Plata procurar teu pai — disse Lorenza. — Amanhã não posso e depois também não, mas quinta-feira, sim. De quinta a segunda tenho livre e poderíamos pegar um ônibus pra La Plata, e se isso não der certo, bem, teremos que procurar em Polvaredas, na casa que teus avós tinham lá.

— E se antes a gente procurasse na lista telefônica de Buenos Aires? — Mateo agarrou o calhamaço e começou a virar as páginas. — Pelo i, pelo i, Irigoyen, vamos ver, tem que estar antes, Iriarte, Iriarte, mais embaixo, Iturbide, porra, já passei, mais em cima, aqui: Iribarren Cirlot, Dolores; Iribarren, Pablo Armando; Iribarren Darretain, Ramón! Está aqui, Lorenza, Iribarren Darretain, Ramón...

— Como?

— Está aqui, olhe. Iribarren Darretain, Ramón.

— Não pode ser, Mateo, me deixe ver. Puxa, não é que aqui tem um Ramón Iribarren, mas deve ser outro, impossível...

— Ora, outro, Lorenza, com esses dois sobrenomes. É ele.

— Puxa vida, que prosaico, parece brincadeira o enigmático Forcás ao alcance de todos e por ordem alfabética, não acredito, passar da clandestinidade à lista telefônica, puta que pariu, são as delícias da democracia.

— Olhe só meu pai aqui, depois de tantos anos de mistério — disse o garoto, e os dois desataram a rir, porque não souberam fazer outra coisa.

— Me deixe ver — dizia Lorenza, e de novo tomava a lista dele.

— Iribarren Darretain, Ramón — Mateo repetia —, está aqui, quem mais pode ser?

— Diz onde mora?

— Em Buenos Aires, ora, esta é a lista de Buenos Aires. Porra, Lolé, que cagada, vai ver ele mora aqui do lado, que hor-

ror, que puta susto, solte esta lista, deixe onde estava. Feche ela, por favor, estou pedindo, a troco de que fui abrir isso?
— Deixe ao menos anotar o número...
— Vem, Lorenza, vamos sair já do hotel.
— Mas acabei de pedir o café no quarto...
— Cancele o pedido, ora, e vamos embora. Cancele o pedido, Lorenza. A gente come lá embaixo.
— Mas você está de pijama...
— Então esconda essa lista. Bote embaixo da cama ou onde quiser, desde que eu não veja ela. Vem — disse, se aproximando e apertando a mão dela contra os olhos fechados, como quando era pequeno e alguma coisa lhe metia medo —, me tape os olhos, manhê, por favor, por favor, me tape os olhos.

Quando Lorenza voltou ao quarto do hotel, já tarde avançada, encontrou o filho ainda de pijama e com o cabelo desgrenhado, junto ao telefone.
— Ligou? — ela perguntou.
— Não.
— Vamos, kiddo, anda logo, que há? — tentou animá-lo. — Diz aí: somos heróis ou palhaços?
A frase era do paizinho, o pai dela; sempre que tinha que se arriscar repetia: *heróis ou palhaços?*
— Prefiro palhaço. Melhor palhaço, toda a vida — disse Mateo. — Os heróis que vão pro diabo.
— Então eu vou ligar. Só pra confirmar se é mesmo o número certo — propôs ela, e ele gritou que não, que não ligasse.
— Mãe, não se meta! Eu é que tenho que resolver isso, só eu — tomou o telefone dela, mas em seguida se acalmou e o devolveu. — Está bem, ligue, Lolé. Mas te proíbo que fale; só escute a voz dele e desligue em seguida.

Ela jurou que não diria nada, que não se preocupasse porque via com clareza que nesse assunto quem tinha a palavra era ele, Mateo, apenas Mateo. Depois digitou o número e deixou que o aparelho tocasse várias vezes, enquanto ele retorcia compulsivamente com o dedo indicador da mão direita uma mecha que caía na testa, como fazia sempre que estava nervoso.

— Não respondem?

— Ainda não.

— Quem sabe Ramón já não mora aí — disse, e ela pôde perceber até que ponto a dúvida o atormentava. — Ou, vai ver, sai cedo pra trabalhar e só volta de noite.

— Não vamos saber se não ligarmos — a mãe disse e esperou até que foi acionada uma gravação que pedia que deixasse a mensagem porque nesse momento não havia ninguém em casa. Escutou a voz e desligou sem dizer nada, tal como tinham combinado.

— É ele — disse —, é a voz do teu pai.

— Tem certeza?

— Claro que tenho certeza.

— Disse o nome? A voz disse que era Ramón Iribarren?

— Não, não disse, só disse que neste momento não estou, uma coisa assim. Mas eu sei que é ele.

— Bem, pelo menos sabemos que está vivo. Já é alguma coisa. A não ser que tenha morrido depois de gravar essa mensagem, mas acho que não, bem capaz, seria gótico demais. E como disse, *neste momento não estou*, ou *neste momento não estamos*? Você tem que lembrar, Lorenza — Mateo se impacientou quando ela confessou que não lembrava direito e olhou para ela com raiva.

— Tem razão, eu devia ter prestado atenção — ela reconheceu. — Mas não me fulmine com teu famoso olhar assassino.

— Vamos, me responda, porque é importante, se Ramón disse *não estou* talvez viva sozinho, mas se disse *não estamos* talvez tenha outros filhos, outra mulher. Você acha que ele falou de mim pros outros filhos?

— Se quiser eu ligo de novo...
— Olhe a cara com que você ficou!
— Com que cara fiquei?
— Cara nenhuma, esse é o problema. Fazia não sei quantos anos que não escutava a voz de Ramón e agora que escutou não fica com cara de nada e responde como um robô. Não sei nem se você gosta do Ramón ou detesta ele.
— Nem gosto nem detesto. Eu o vigio.
— Pra que não me prejudique? Você me prejudica muito mais, cara de robô — disse Mateo, fazendo um carinho um tanto rude na face dela, e começou a dar saltinhos pelo quarto como Mohamed Ali, "dançando como a borboleta e picando como a abelha". — Merda, merda, merda — repetia enquanto desferia *jabs* e *uppercuts* no ar. — Tem certeza, Lorenza?
— De quê?
— De que era a voz dele?
— Eu a reconheceria entre um milhão de vozes. Essa voz rouca e abafada é dele. Além disso, é quase igual à tua, Mateo, ambos falam baixinho e enrolado, a gente quase não entende vocês.
— Quer dizer que a voz dele não mudou nada?
— A voz dele não mudou nada, nem um pouquinho. Ramón tem exatamente a mesma voz que tinha quando era jovem. Em compensação, a tua mudou e às vezes soa igual à dele.
— Não, senhora — Mateo disse sem parar de boxear contra um inimigo invisível. — Nada em mim se parece com Ramón. Eu não gostaria de me parecer com ele, em nada. Merda, merda, puta que pariu, que merda — repetia, e seus punhos atacaram um travesseiro que começou a soltar felpas. Mas não havia raiva nele, apenas um tropel de ansiedade que necessitava descarregar.

— Calma, Cassius Clay — ela pediu e passou a ele o telefone. — Agora chega, pare de gracinhas e ligue.

— Não, Lorenza! Imagina se ele já chegou em casa e me atende ele mesmo, hein? O que digo se for ele mesmo que atender?

— Diga que está em Buenos Aires.

— E depois desligo?

— Depois conversa com ele, se quiser.

— Não, não quero — disse, mas digitou o número e ouviu com atenção. — Que cara pra falar enrolado, este Ramón, é verdade, quase não se entende. E pra completar fala argentino... Puta merda, como é argentino, meu pai.

— Calma, Mateo, você tá mais elétrico que um esquilo.

Ele riu.

— É verdade. Pareço um puto esquilo eletrocutado. Você se lembra, Lolé, daquela vez que um esquilo me subiu pelas calças e pela camiseta e foi parar na minha cabeça? Acho que dessa vez Ramón ainda estava com a gente.

— Isso foi muito depois, no parque de Chapultepec. No México.

— Incrível, a única coisa que lembro de Ramón não é Ramón, mas uma cachorrinha amarela que ele pegou na rua e chamou de Malvina. Sei que eu brincava com essa cachorrinha, mas não sei em que cidade era.

— Isso foi em Bogotá. Num apartamento das Torres de Salmona. Não o que temos agora; outro menor, que alugamos com teu pai.

— O que será que aconteceu com ela? Você acha que Ramón levou a cachorra com ele? Ou vai ver que deixou na rua de novo, onde encontrou. Me diga por que você e eu não ficamos com a Malvina. Ou não, melhor não, não quero saber — disse Mateo, dando outro golpe de boxe no ar. As lembranças que tinha do pai na realidade não eram dele, eram da mãe, e ter que ficar perguntando a ela era pior que andar pedindo emprestada a escova de dentes.

Digitou o número de novo, esperou, escutou um momento e desligou outra vez.

— Só queria saber se é verdade que a voz dele se parece com a minha. É esquisito ouvir Ramón de novo depois de tantos anos — murmurou, e uma sombra de desalento escureceu o olhar dele.

— E? — Lorenza perguntou. — O que foi que disse?

— Não há ninguém em casa. Só disse que não há ninguém em casa.

Mateo se deixou cair na cama, se recostou contra os travesseiros, ligou a tevê com o controle remoto, relaxou a tensão do corpo e se distraiu com *Thundercats*, esse desenho animado de que gostava tanto quando era pequeno e que nessa tarde de Buenos Aires, tanto tempo depois, voltava a hipnotizá-lo. Dez minutos, vinte minutos e Mateo continuava ali, ausente, calado, com os olhos cravados na telinha e enrolando preguiçosamente a mecha de cabelos com o indicador.

— Não vai ligar de novo, Mateo?

Respondeu que sim, mas não nesse momento, mais tarde.

— Então se vista, vamos sair e comer alguma coisa, deve estar morto de fome. Que tal? Toc, toc, tem alguém aí? — Lorenza deu umas batidinhas na cabeça dele com o punho porque parecia que não a escutava. — Estou te perguntando se quer dar uma volta.

— Sim, mas agora não, Lolé. Mais tarde.

Uma vez, o psicólogo do colégio pediu a Mateo que escrevesse um perfil de seu pai. Ele deu o título: "Retrato de um desconhecido", e o que disse foi o seguinte:

Eu me chamo Mateo Iribarren e não sei muito sobre meu pai. Sei que se chama Ramón Iribarren e que era conhecido como Forcás. *Sit, Forcás! Stay, Forcás!* Bom nome para um cachorro.

Em troca, Forcás batizou de Malvina a cachorra que tivemos. Não Lassie, nem Scooby-Doo, nem mesmo Lucky, mas Malvina, como aquelas ilhas que levaram os argentinos a sair no tapa com os ingleses. Esse era o negócio dos meus pais: conflitos políticos e a luta de classes.

Ramón Iribarren foi embora quando eu tinha dois anos e meio.

Está na Argentina, me diziam minha avó, minha tia e minha mãe.

Um ano depois me mandou sua última carta e eu nunca mais soube dele de novo. Minha avó me conta que, quando ele desapareceu, comecei a detestar os legumes e fiquei com medo do escuro. Já superei isso, pelo menos o medo do escuro, embora antes de dormir eu tranque com uma cadeira a porta do closet, porque nunca se sabe o que pode sair dali quando tudo está negro. Para imaginar meu pai, penso em personagens da tevê, como o poderoso cervo rei de chifres enormes que aparece no final do filme *Bambi*. E por que não? Todo mundo tem o direito de pensar que seu pai é um bom sujeito. Félix Romero, um colega de aula, repete muito essa frase, apesar de acusarem o velho dele de mafioso. E se Romero fala bem de seu pai, eu tenho o direito de pensar que o meu é um cervo.

O que acontece é que Ramón não pertence ao mundo real e falar dele é como tentar pintar um fantasma. Com muito cuidado, vou colecionando os comentários das pessoas que o conheceram e com isso armo uma colagem em que aparece a figura dele. Quando tudo isso me dá dor de cabeça, penso de novo no rei dos cervos e assim é mais fácil. A gente pode se permitir esse tipo de coisa quando seu pai é um enigma.

A única pista que me deixou é sua última carta, uma folha de papel desenhada por ele em que há duendes e sapos e esquilos numa árvore florida. Parece pintada por uma professora da pré-escola.

Teu pai tinha pulsos grossos e ombros enormes. Como um touro, me diz meu tio Patrick, o marido de minha tia Guadalupe, e joga os ombros para trás, estufando o peito, para imitá-lo. Sempre que pergunto a ele sobre meu pai, diz a mesma coisa e faz os mesmos gestos.

Minha tia Guadalupe me garante que ele era inteligente e que vivia informado de tudo. Parece que sabia o que estava acontecendo em qualquer lugar do mundo e que ficava lendo sobre história e economia.

Era um paizinho muito bacana, dizia Nina, fechando os olhos e suspirando. Nina foi uma babá muito velhinha que cuidou de meus primos e de mim quando éramos bebês.

Esses dados são importantes. A imagem do cervo com chifres foi evoluindo até se tornar um supermacho estilo He-Man. Pelo que me contam, meu pai é um cara inteligente, forte e bonito. Que mais se pode pedir?

Aos oito anos propus à minha mãe, pela primeira vez, que me levasse para conhecer Ramón na Argentina, mas ela não quis, disse que devíamos esperar até eu ser maior. A última coisa que eu soube dele é que esteve na cadeia e acho que continua ali. Acho que o meteram em cana por crimes políticos, me disse alguém que o conhecia de antes.

Lorenza (minha mãe se chama assim) acha que talvez ele tenha desaparecido de nossa vida por isso. Mas tem alguma coisa nessa história que não me desce bem. Se é verdade, por que Lolé e eu não fomos ajudá-lo? Se está preso, precisa de nossa ajuda. Mas ela me repete que só iremos quando eu for maior. Antes não, de jeito nenhum.

De qualquer forma, a imagem que tenho de meu pai é bastante boa. Às características que meus tios e minha babá atribuem a ele agora se soma outra: Ramón foi uma espécie de super-herói da guerra contra a ditadura, e eu, que sou fanático pelos mitos gregos, fico imaginando meu pai acorrentado num rochedo, como Prometeu, gemendo de desespero para se safar e vir me ver. Depois imagino a mim mesmo, já com dezoito anos feitos, igualmente heroico e com ombros de touro como os dele, indo à Argentina para resgatá-lo.

Lorenza (não sei se já disse que minha mãe se chama assim) e Ramón (esse é o nome verdadeiro de meu pai) lutaram clandestinamente contra uma ditadura sangrenta. É uma palavra muito de Lorenza, isso de sangrenta, ou melhor, muito dos da geração dela, que adoram falar de repressão, que é outra de suas palavras, e de sangue. Dizem ditadura sangrenta, tirano sanguinário, rios de sangue, país ensanguentado. Quando eu critico, ela se defende dizendo que tenho razão, hoje em dia não se pode falar de sangue, é de mau gosto falar de sangue, a menos que você seja cirurgião ou açougueiro.

Nunca soube em que data nasceu Ramón Iribarren, nem onde. Num álbum velho que Lorenza guarda, encontrei uma foto dele aos nove anos, fantasiado de soldado prussiano para uma peça de teatro escolar. Em outra já é adolescente e aparece com uniforme de jogador de futebol, no meio de seu time. Eu acho que era o capitão, por causa da posição enérgica de seus braços. Mas, vai saber, de repente Ramón era tão perna de pau no futebol como eu.

Quando me contaram que tinha entrado no partido aos doze anos, achei que estavam me falando de futebol. Depois soube que não era partida, mas partido, um partido político, e chamavam meu pai de menino vermelho. Vai saber quando trocaram o apelido dele pra Forcás. Aos quinze anos, tinha largado a escola para se dedicar à luta — assim diz Lorenza, e eu me pergunto se ela estaria disposta a utilizar o mesmo tom de admiração para falar de mim se eu também abandonasse o colégio.

— Me fale do lance obscuro — Mateo pede a Lorenza, e ela diz que sim, mas não pode, sem mais nem menos sente uma enorme dificuldade para lembrar, como se sua memória fosse uma caixa-preta que depois de um acidente permanecesse inacessível e se negasse a dar a informação que contém. — O que aconteceu naquela madrugada quando você soube que Ramón tinha me sequestrado? — Mateo a pressiona.
— Sequestrar é uma palavra muito pesada.
— Então como se chama o que ele fez?
— Não tem nome.
— Por que não dá nome às coisas que Ramón faz?
— Ramonadas?
— Piadinha sem graça.
— Eu sei.
Naquela madrugada Lorenza havia mergulhado numa angústia irracional que mal dava a ela uma chance de pensar; daí a dificuldade que tinha agora para botar aquilo em palavras. Mais que palavras, são ecos que ficaram ressoando dentro dela. Um em particular: o eco detestável da premeditação. A cena do parque, na tarde anterior, quando ela não sabia o que ia acontecer. Mas Ramón sabia, sim, sabia até o último detalhe, tinha tudo tão planejado que até pediu a ela que fizesse a bagagem. E ela, sem saber que fatalidade ajudava a tramar com esse ritual macabro, pôs na malinha do menino as provisões para o tempo sem conta em que já não o veria: sua roupa, sua comida, o palhaço verde, as *cobas*.

— Durante as primeiras horas, depois da notícia, a imagem de cada um desses teus objetos crescia e encolhia em minha cabeça, crescia e encolhia — quis explicar a Mateo. — Como quando a gente tem febre.

Como transformar agora a ansiedade obsessiva numa lembrança serena e a lembrança em palavras? Lorenza não só havia entregado o menino voluntariamente como o tinha preparado, passo a passo, para o estranho sacrifício de perdê-lo para sempre. Ela entregara o filho como se entrega a vítima propiciatória. O ritual tinha sido sangrento, e ela mesma o havia oficiado. Ela tinha dito sim, dado a permissão, a bênção, no parque, no dia anterior, quando Ramón perguntou se tinha certeza de que queria se separar, e ela assentiu. Ela selou sua própria desgraça quando Ramón lhe perguntou se não havia mais volta e respondeu que não, não havia mais volta. Outro gesto ritual de Ramón, dar a ela a oportunidade de jogar esse sinistro cara ou coroa, que perdeu sem saber. Fez com que apostasse sem avisar qual era a aposta. Ela mesma, ingenuamente, desajeitadamente, tinha propiciado o castigo. Com uma só palavra poderia ter impedido, mas não impediu.

— Mas se você não sabia — a mãezinha tentava que fosse razoável, naquela manhã de trevas. — Como ia saber? Não é tua culpa, você não podia saber.

— Como não pude? — ela gritava. — Como não pude? Eu devia saber.

Estava tudo claro desde aquela tarde no parque, ou talvez desde muito antes. Os sinais estavam à vista, a advertência tinha sido feita. Tudo apontava para o que Ramón estava a ponto de cometer, até o próprio Ramón. Teria bastado olhar, escutar, para se dar conta.

— Andei pela casa como uma louca, de cima a baixo — Lorenza conta a Mateo —, convencida de que não tinha mais jeito. Minha cabeça era uma massa dolorida que repetia uma coisa só: não tem mais jeito.

Agindo como um autômato e só porque sua mãe insistia, fez as poucas ligações que podia fazer, sabendo de antemão que não serviriam de nada. Digitou os três ou quatro números de telefone que tinha de pessoas que conheciam Forcás, mas era óbvio que ele não ia se esconder onde ela pudesse encontrá-lo. E essas pessoas não sabiam de nada, realmente. Ramón? O menino? Não, não os tinham visto. Não, não tinham ideia de onde poderiam estar. Não serve pra nada, Lorenza dizia à sua mãe, que a animava a continuar tentando. Não serve pra nada. Os pais de Ramón não tinham telefone em Polvaredas, mas ela entrou em contato com uns vizinhos que faziam o favor de chamá-los em casa, e assim pôde ouvir a voz do vovô Pierre do outro lado da linha e perceber a emoção do velho ao voltar a saber do neto, do filho, da nora.

— Como estão? — o vovô tinha perguntado. — Quando vêm nos visitar? Olhe que a avó anda tristinha, faz muito que não vê o neto, mandem fotos, tchê. Espere aí que eu chamo a Noëlle, a velha anda se queixando que vocês não escrevem, não dão notícias, espere aí que eu chamo, você vai dar um alegrão a ela.

Estava mais do que claro que os avós Pierre e Noëlle não tinham ideia do paradeiro de Forcás. Na cabeça deles nem mesmo cabia a suspeita da tragédia que acabava de acontecer. Não, claro que não. Não ia ser na casa dos pais o lugar escolhido por Forcás para esconder Mateo. E Lorenza já não tinha para onde ligar. Forcás quase não se dava com ninguém na Colômbia, e como na Argentina não se devia conhecer os nomes, Lorenza não os conhecia. Não se devia ter números de telefone, e Lorenza não os tinha.

— Espere, Lorenza. Você está pulando uma coisa importante. Me conte como foi essa conversa com meus avós. Deve ter sido a última vez que ouviu a voz deles.

— Não falamos mais de novo, nem soube mais nada deles.

— Me diga direitinho como foi. Essa última conversa.

— Não me lembro, Mateo. Estava angustiada demais. Registrei que você não estava com eles e nem ouvi o resto.

— Falou com os dois, ou só com o avô?

— Com os dois, primeiro com ele, depois com ela.

— Contou o que tinha acontecido?

— Não.

— Então devem ter perguntado por mim e por Ramón.

— Acho que disse pra eles que você estava bem e que Ramón tinha saído, por isso não passava a ligação pra ele. Devo ter dito alguma coisa assim.

— E essa foi a despedida pra sempre.

— Temo que sim.

— Quer dizer, Ramón me tirou de você e você me tirou dos meus avós.

— Não soube fazer melhor as coisas.

— Eu também não. Não se preocupe, Lolé, nós dois somos um time.

Podia ter evitado e não evitou. Podia ter visto e não viu. Podia ter sabido e não soube. Podia ter impedido e não impediu. A cantilena aturde a mente de Lorenza. Agora mesmo podia ter seu filho no colo e não o tinha. Aí seu pensamento se enredava e não podia sair, um gato chinês, um gato sem pés, um gato sem cabeça. Ficava louca por descobrir tão tarde o ritual retorcido a que a tinham induzido, a cilada que Forcás havia armado para torná-la responsável e cúmplice. Uma cilada em que só poderia cair alguém que, como ela, se negasse a ver.

Às sete entrou em contato com o diretor de sua revista, um homem influente que poderia ajudá-la. Ela fez um esforço enorme para contar o que acontecera de maneira coerente, e através dele tiveram acesso à informação confidencial, ao conseguir que várias linhas aéreas facilitassem as listas dos passageiros que tinham saído nas últimas vinte e quatro horas de Bogotá.

Providência inútil, já sabia de antemão que Ramón teria utilizado nomes falsos. Voos para onde?, perguntaram a Lorenza. Voos para qualquer lugar. Nacionais ou internacionais? Nacionais e internacionais, podia ser qualquer coisa, ou nenhuma; também era possível que nem mesmo tivesse saído da Colômbia, ou de Bogotá. Claro que o mais provável era que Ramón tivesse voltado para a Argentina, onde conhecia o terreno como a palma de sua mão. Era bastante óbvio; não ia se mandar para a França, ou para a Austrália, com um menino pequeno, pouco dinheiro no bolso e sem conhecer o idioma. O mais plausível era que tivesse voltado à Argentina, mas também podia ser que tivesse ido para qualquer outro lugar.

O chefe da polícia aeroportuária era da teoria de que por ar não tinham saído e quis tranquilizar Lorenza garantindo que ninguém, nem mesmo o pai, podia tirar um filho do país sem permissão expressa da mãe, sem uma carta assinada por ela diante de um tabelião autorizando a viagem do menor. Mas nada mais fácil para Forcás que falsificar uma permissão; isso não era problema para ele. A única coisa clara para Lorenza era que não havia o que fazer.

A coisa não tem mais volta, ela mesma tinha dito a Ramón no parque. Ela mesma havia pronunciado essa sentença, não tem mais volta, sem se dar conta de seu significado. Nunca mais, dizia a carta de Ramón. Nunca mais Lorenza teria o filho. Nunca mais. Em que parte do mundo poderia procurá-lo, se poderia estar em qualquer uma? Com outro nome, as pistas apagadas, o rastro desaparecido. Um menino pequeno perdido no mundo imenso. Fora de seu alcance. Seu filho Mateo tinha se transformado numa gota no mar. Tinham arrancado o filho dela. O que os torturadores da ditadura não puderam fazer, Forcás acabava de fazer.

Por ser sábado, a maioria dos escritórios estava fechada, mas mesmo assim todas as horas de todo esse dia, sempre acompanhada pela mãe, Lorenza esteve consultando um advogado e um funcionário que tiveram a gentileza de recebê-la em seu próprio apartamento, inclusive em sua casa de campo. Não era que ela acreditasse na utilidade do que estava fazendo, muito pelo contrário. Sabia de sobra que esses trâmites superficiais não dariam resultado; Ramón já devia estar submerso, movendo-se por baixo. Sua irmã e seu cunhado fizeram o possível, pelo lado deles, e na revista o diretor designou um grupo para que se dedicasse a investigar. Mas deram as oito da noite e todos continuavam de mãos vazias. Não havia rastros do menino nem de Forcás. As horas tinham corrido, e continuavam ancorados no ponto de partida.

As pessoas consultadas tinham recomendado que ela denunciasse imediatamente o sequestro de seu filho às autoridades do país, para que pusessem a força pública no caso. Sua família tinha os contatos para fazê-lo, começando por um velho amigo de seu pai que tinha sido embaixador na Argentina e que disse estar disposto a resolver os trâmites com a Junta Militar.

— Não — Lorenza disse. — Não, não, não, não. Até esse ponto, não. Esses criminosos não encontram crianças, desaparecem com elas.

Não. Mesmo que a decisão parecesse incompreensível ou detestável: não. Denunciar Forcás à ditadura? Não. Até aí não chegaria. Não iria se aliar a seus inimigos para perseguir a quem tinha sido seu aliado; até esse grau de perversão não iria arrastá-la a situação em que a tinham metido. Procurar o filho apoiando-se em criminosos que sequestraram centenas de crianças, filhos das prisioneiras assassinadas? Não. Nem mesmo a perda de seu filho a faria ultrapassar esse limite.

— Que legal, mãe — Mateo diz com desprezo, e o ressentimento faz tremer sua voz. — Meus parabéns, típico de você. Primeiro, as convicções políticas.

— Espere, Mateo, espere. Ouve o que vou te dizer.

— Não quero saber mais — ele diz e sai do quarto do hotel, caminha rapidamente pelo corredor e vai chegando ao elevador quando a mãe o alcança.

— Você não vai a lugar nenhum — ela atravessa na frente dele. — Vai ficar aqui e me escutar. Pediu que eu te contasse? Agora espere até que eu termine. Vem, vamos voltar pro quarto. Quer uma coca-cola com gelo, pra esfriar a cabeça?

Mateo não responde, mas a segue e, no quarto, enche um copo até a borda de gelo e serve uma ginger ale que pega no frigobar.

— E agora me olhe nos olhos — a mãe diz. — Também tinha outra coisa, Mateo, uma consideração de aspecto prático. Pense. Me diga o que poderia ser.

Mateo toma a ginger ale bem devagarinho e depois gasta mais tempo mastigando os gelos.

— Teria sido inútil? — diz por fim.

— Certo, eu tinha de considerar isso: que não servia de nada. Se durante tantos anos os tiras da ditadura não tinham topado com Forcás, agora também não iam encontrar. Pedir socorro pra eles não seria só nojento e indecente, seria um erro tremendo. Perigava eu perder tudo se apostasse essa carta. Estava desesperada, sim, mas não tão cega que não me desse conta.

Lorenza queria que aproveitassem o que restava de uma bela tarde de sol, mas quem disse que Mateo tomava banho, tão acomodado nesse pijama que andaria sozinho de tanto que o usava e nesse par de meias que havia arrastado pelos tapetes do hotel? Por fim se meteu no banheiro, levou eternidades lá dentro e, quando fez sua aparição no quarto, estava gatíssimo, resplandecente e como que novo. Veio cantarolando "Pinball wizard" do The Who, barbeado com gilete, hálito mentolado, cabelos lavados com xampu de jojoba, enxaguado com revitalizador e penteado com dose dupla de gel, camisa limpa, Levi's pretas apertadas, sapatos Clark legítimos em vez dos Converse desfeitos de sempre, sorriso divertido e repentino interesse por conhecer Buenos Aires.

Tinha tido um ataque de fome que não dava trégua e seu propósito era se atirar de cabeça no primeiro café que vissem, mas Lorenza conseguiu convencê-lo a se aguentar até chegarem a La Biela, um bar no coração da Recoleta, diante de um parque esplêndido, que ela tinha frequentado na adolescência durante os passeios da família a Buenos Aires.

Escolheram uma mesa ao lado da janela para ver as pessoas passarem, e Mateo, que parecia decidido a continuar bancando o homem do mundo, puxou a cadeira para que sua mãe se sentasse. Depois, com sua melhor voz de adulto e como quem ordena um uísque duplo no balcão, pediu ao garçom dois copos de leite.

— Quer os dois de uma vez?
— Sim, por favor, se não for muito incômodo.
— Uau, kiddo, que presença! — Lorenza festejou.

Pela calçada passou uma família que levava pela guia um filhote de bernese da montanha, uma bola irresistível e macia de mimos e saltos, com a mais encantadora das cabeças negras de focinho branco, e Mateo, que adorava cachorros, se levantou da mesa, saiu para a rua e perguntou aos donos como se chamava a preciosidade e se podia acariciá-lo e ficou um instante fazendo festinhas nele. Voltava alegre para contar à mãe que o filhote se chamava Urso, mas Lorenza se antecipou para anunciar, com um grande sorriso, que havia pedido para os dois lombo de porco assado com abacaxi, um dos pratos favoritos do pai dela.

— Está me dizendo que pediu lombo de porco com abacaxi pra você — Mateo disse, sublinhando o *pra você*.

— Pra nós dois. Você vai adorar, o paizinho adorava, que emoção, vamos comer o mesmo prato que ele sempre pedia quando vínhamos a este lugar.

— Mas se você sabe que detesto abacaxi e o porco me faz mal — a desolação de Mateo parecia inexplicável.

— Você vai gostar deste, te garanto, vai me dar razão logo que provar, vai ver como preparam bem.

— Isso não se faz, mãe! Eu queria comer outra coisa. Quando vai parar de decidir por mim?

A expressão radiante tinha desaparecido do rosto dele e o ar desenvolto havia se evaporado. Afundou na cadeira e começou a torcer compulsivamente a mecha, sem se preocupar mais com o penteado que tinha feito com tanto capricho, e Lorenza tentou se desculpar sabendo que era tarde demais, que agora ninguém romperia o silêncio ensimesmado que havia se apoderado de seu filho. Ninguém, fora o garçom, que se aproximou de novo com o cardápio, porque o lombo de porco havia acabado.

— Qualquer outra coisa com o maior prazer — ofereceu —, infelizmente ficamos sem lombo de porco.

— Deus seja louvado — Lorenza disse, e pediu uma torrada de presunto e queijo, uma salada e um chá.

Mateo pegou o cardápio desalentadamente, mas se endireitou na cadeira, foi se entusiasmando com a lista de massas e, depois de considerar as opções, se decidiu por uns fettuccini alla panna, que começou a devorar logo que puseram na sua frente e que lhe devolveram a alma ao corpo.

— La Biela. Quer dizer que veio aqui com o paizinho — disse, como se anunciasse à mãe que estava disposto a aceitar uma trégua. — E com Forcás? Veio alguma vez?

— Não teríamos como pagar a conta. Além disso, houve um atentado neste restaurante, arrebentaram tudo com uma bomba, esteve fechado um tempo.

— Pare, não pedi histórias de atentados e guerras. O que eu quero é que me diga por que veio pra Buenos Aires quando conheceu Ramón.

— Olhe só como é a vida...

— Ui, não, isso não, que chatice! Não me venha com teus *olhe só como é a vida*.

— Chega, Mateo. Não quero falar com você. Eu me enganei ao pedir o porco, tudo bem, mas não seja mal-educado.

— Vamos, não fique brava.

— Então não encha tanto.

— Tudo bem, não encho mais.

— O negócio é o seguinte: você veio aqui procurar teu pai, e há anos eu vim tentando encontrar o meu.

— Mas se teu pai vivia em Bogotá e além do mais estava morto.

— Acabava de morrer, poucos dias antes.

— E então?

— Então eu tinha que procurar por ele em algum lugar; a gente anda por aí, procurando nossos mortos.

— Você não conseguiu chorar quando ele morreu. Pelo menos foi o que me disse.

— Dizem que uma morte importante mesmo não faz a gente chorar, ela nos derrota — ela disse e perguntou se ele queria um pouco de salada.

Ele negou com a cabeça, mas ela insistiu, tentou botar umas folhas de alface em seu prato, e ele deteve a mão dela com o braço e a olhou com raiva.

— De novo, mãe?

Era a velha guerra da comida que tinha sido declarada havia muito entre os dois, quase desde sempre. O que ela sentia a respeito também era, de alguma maneira, raiva. Ficava descontrolada que o filho se negasse a comer frutas ou legumes; se sentia indignada, preocupada e violentada por ele ter semelhante aversão por qualquer alimento que tivesse mais de uma cor, mais de uma textura, um sabor que não fosse elementar. Achava que atentava contra toda norma de sobrevivência, quase de decência, essa predileção pela comida branca e mole, o leite, o pão, o sorvete de baunilha, a massa, como se temesse levar à boca coisas surpreendentes, escuras ou desconhecidas. Como se o interior dele só aceitasse as primeiras comidas, as de antes do medo: as mamadeiras e as papinhas do bebê que havia sido e que lá no fundo talvez continuasse sendo.

— Que historinha é essa de que você não pode chorar? — ele perguntou, já mais calmo, de novo procurando o cessar-fogo.

— Não é historinha, é uma alergia. Alergia às lágrimas, que me queimam a pele. No fim das contas são gotas de água salgada.

— Vai ver você tem uma personalidade marcada por essa alergia.

— É, vai ver. Os que podem derramar lágrimas não saem correndo quando têm um sofrimento, ficam quietos e choram até que o domesticam.

— E em troca você saiu correndo em vez de ir ao enterro do teu pai. Mas não me convence, isso das lágrimas não explica nada. Me diga por que não foi, se gostava tanto dele. Por que em vez de pegar um avião de volta a Bogotá pra ir enterrar teu pai, pega outro que te traz a Buenos Aires?

— Uma manhã fui acordada por um telefonema em Madri, me anunciaram que o paizinho tinha acabado de morrer de um infarto fulminante. O coração dele tinha arrebentado em mil pedaços. Desliguei, me levantei, tomei banho, me vesti, peguei o metrô, entrei no escritório que o partido tinha em Virgen de los Peligros, perto da Puerta del Sol, e disse que estava pronta pra viajar pra Argentina.

— Não contou pros teus companheiros que teu pai tinha acabado de morrer?

— Não.
— Não?
— Faz de conta que o partido era uma mesquita, que os sentimentos e tudo que é pessoal eram os sapatos, e que ao entrar na mesquita tivesse que deixar os sapatos na porta. Quando papai morreu, não contei a ninguém e uns dias depois estava pegando o avião pra Buenos Aires.
— Esquisito, Lorenza. Esquisito, muito esquisito. Tente me explicar.
— Mas antes vou terminar meu chá com toda a calma. Você não imagina o quanto curto uma xícara de chá. Com calma.
— Agora sim?
— Vamos lá. Desde que saí da casa de meus pais, todos os dias sonhava voltar. Veja que militava em Madri, basicamente em tarefas de apoio do exterior à resistência argentina. Vivia minha vida, seguia minha paixão, trabalhava como louca, estava numa boa. Digamos que sentia que estava cumprindo com meu destino, isso que cada um chama *seu destino* e que vai saber o que é, ou porque teimamos que tem que ser esse e não outro qualquer. Dizemos *meu próprio destino* com uma convicção que sei lá de onde sai e numa dessas agarramos direitinho um rabo de foguete.

Ela sentia que estava cumprindo com isso, com seu destino, mas no fundo o que queria era voltar. Queria mas não voltava, ou seja, queria e não queria. Mesmo que preferisse que não fosse assim, a verdade era que tinha muita saudade do pai e que todos os dias dizia a si mesma, hoje não volto para casa, mas amanhã sim, na semana que vem não posso, mas na outra vou embora, já não aguento mais, vou passar o verão aqui, mas no outono estarei lá, com minha gente. E assim o tempo foi passando, ela sempre adiando a volta, mês após mês, ano após ano. E aconteceu que seu pai morreu, e para ela já não houve mais volta. À casa de sua mãe e sua irmã sempre poderia voltar, e realmente sempre voltava, mas o reencontro com o pai ficou pendente. Voltar para o enterro dele teria sido atroz, essa não era a volta que ela queria, essa volta ela não teria conseguido suportar.

— Vou te contar uma coisa que acho que não te contei — disse a Mateo. — Sobre meu pai. Uma pequena história sobre o paizinho. É o seguinte: uns dias antes de morrer, ele me mandou um vestido de presente a Madri; um vestido que ele mesmo cortou em seu ateliê de costura quando já carregava a morte nos ombros, embora ainda não soubesse, porque era jovem e o infarto iria cair em cima dele sem aviso. Esse vestido foi sua despedida, mas não chegou a tempo porque a notícia de sua morte se antecipou e eu me mandei pra Argentina. Meses depois vim a saber que os companheiros de Madri o tinham recebido, mas nunca chegou a minhas mãos e eu não soube de que cor era, ou se vinha com uma carta, ou o que dizia essa carta, e você não imagina como me dói esse vestido, Mateo, há anos tenho essa lembrança enrustida e ainda me dói.

O episódio do porco com abacaxi tinha sido o remake de um anterior, bem anterior, com uma manga. A mesma história que se repete. Mateo devia ter oito ou nove anos e Lorenza queria obrigá-lo a comer uma manga, custasse o que custasse. Havia coisas que a mãe não compreendia. Por exemplo, que a tragédia dele não eram as frutas nem os legumes, a tragédia dele era a própria Lorenza, quando encasquetava que comesse frutas e legumes. Ele via a si mesmo como um sujeito tolerante. Se ela queria comer manga, muita manga, uma dezena de mangas, tudo bem, ele não ia impedi-la. Que comesse uma cenoura, se gostava. Ou um tomate e um espinafre, ou mordiscasse uma cebola crua. Mateo não se importava, ele era tolerante. Em troca, Lorenza se empenhava em lhe meter na boca tudo quanto era coisa atroz que saía da terra. Ou do mar. Pretendia que engolisse moluscos e lulas e outros bichos com garras e espinhos. Animais que Deus criou para que vivessem secretamente nas profundezas marinhas, onde vai saber que coisas fariam, lá onde ninguém os via. Deviam estar por lá, na escuridão do mar, não no estômago dele. Mas ela insistia que o alimentavam e o fortaleciam, e para o cúmulo jurava que eram deliciosos. Prove, apenas prove, dizia pra ele num tom que soava falso e meloso. Era sádica com esse negócio da comida. Sabia que Mateo não queria provar nada que viesse do prato dela, ou de seu garfo, mas ela não se dava por vencida mesmo assim. Não sabe o que está perdendo, dizia a ele, e comia uma porção com luxúria. Ele a ouvia dizer, prove, Mateo, ou, pior ainda, meu bebê, e sentia que sua tolerância baixava ao nível zero, é que ele não era seu bebê porra nenhuma, quando ia parar de chamá-lo de bebê, e então tinha vontade de vomitar e de cuspir como se estivesse possesso. Mas ela insistia, deixava a tolerância para a política, pronunciava essa palavra com voz altissonante, como, por exemplo, o governo deve ser tolerante com a oposição. Por acaso não compreendia que tolerar tinha que ver com não ficar histérica porque Mateo tinha nojo de um tubérculo verde ou de um queijo podre? É um queijo francês, Lorenza dizia, como se fosse convencê-lo com isso. E está delicioso. Delicioso: a Mateo essa palavra tinha se tornado odiosa porque ela a repetia enquanto se atirava sobre ele brandindo o garfo. Estava exagerando? Não, não era exagero, as cenas eram grotescas, só que Lorenza não se dava conta, não podia ver a si mesma enquanto lhe impingia esses discursos eternos e montava um circo com o negócio da comida.

Quando era pequeno, Mateo fechava os olhos, abria a boca e mastigava. Às vezes chorava e regurgitava um pouco, mas sem abrir a boca para que ela não se chateasse, e depois engolia aquela porcaria azeda. Mais três bocadinhos, ela dizia com doçura. Mas Mateo tinha crescido e já não aguentava que ela fizesse cara de está delicioso; tinha vontade de arrebentar o nariz dela com uma porrada. Claro que não ia fazer isso, nunca bateria em Lorenza, mas seria bom que ela soubesse que ele desejava.

Antes cedia e aceitava qualquer coisa para vê-la calma e alegre. E ela se aproveitava disso, como na vez da manga. Disse que uma manga era a própria felicidade, a paixão tropical, a fruta do paraíso e, se não disse isso, disse alguma coisa do tipo. Mas Mateo não quis abrir a boca, nem mesmo quando ela espetou os lábios dele com o garfo. Sim, sim, ela os espetou, mas nem assim ele quis abrir a boca, não ia aceitar o segundo pedaço nem que lhe custasse a vida e a de sua mãe também. Tinha cuspido o primeiro pedaço, mal sentiu na língua a textura irregular e fibrosa dessa fruta, não homogênea nem confiável, de uma cor alaranjada que era repulsiva na boca. Lorenza dizia, se não come fibras vai estragar o estômago, e ele gostaria de ter gritado, o que me estraga o estômago é esse veneno que você quer que eu engula. Mas haviam se enredado no tudo ou nada, vida ou morte, manga ou tragédia, e não havia espaço para o diálogo. Tolerância zero: Mateo se refugiou embaixo da mesa, sentindo que a mãe preferiria vê-lo morto — uma criança asfixiada, engasgada com uma manga — a aceitar uma derrota. Lorenza ficou de gatinhas e armou o cerco com um garfo na mão, como um demônio com seu tridente, fazendo-o se sentir como um imbecil por não comer manga, sendo que depois, no colégio, veio a saber que quase nenhum menino gostava de manga, ou seja, no fim das contas ele não era um caso tão estranho.

O que era realmente estranho era que ela se descontrolasse dessa maneira, que o cérebro se fechasse quando se enfurecia e não pudesse pensar. Dessa vez da manga foi salvo por Guadalupe, que ao ver o drama gritou *acalmem-se os dois!*, e o grito dela surtiu efeito. Na família, Guadalupe encabeçava a parte sensata e dialogante, e Lorenza a parte frenética, e Guadalupe o salvava a toda hora de Lorenza. Claro que às vezes Mateo gostava do estilo da mãe, da forma enérgica como fazia as coisas. Mas quando exagerava se transformava num pesadelo, e em geral exagerava. A melhor personalidade dela aparecia quando se sentava para escrever, porque ficava quieta durante horas e se esquecia de que ele tinha de se alimentar devidamente. Mateo aproveitava essas tréguas para comer espaguete e tomar leite, espaguete e leite, leite e espaguete, e como ele também estava calmo, se metia às escondidas na cozinha e experimentava uma uva, por exemplo. Sem que ela se desse conta, porque se chegava a se inteirar se entusiasmava com os progressos, queria que festejassem a uva comida e empreendia uma campanha educativa comprando um cacho inteiro e pretendendo que Mateo reconhecesse que as uvas eram deliciosas e as comesse uma por uma.

Ele aproveitava os períodos tranquilos em que Lorenza escrevia, porque sabia que não ia ter que sair correndo atrás quando ela se atirasse a viajar, a tomar decisões repentinas, a embarcar em novas causas políticas e a mandar tudo o que fazia antes pro diabo, só porque ela era Lolé e Lolé fazia o que lhe dava na veneta. Por acaso Mateo não tinha notado a fúria assassina que saía dos olhos dela quando ele se negava a comer algo? Agora que estava alto e começava a ficar corpulento ninguém poderia forçá-lo a nada, e embora ele não movesse um dedo, ela o olhava como se ele fosse um monstro ameaçador de mães. Toda vez que lembravam o velho episódio da manga, Lorenza ria porque achava divertido, e quem sabe o próprio Mateo também ria, mas cuidado, porque no fundo a odiava por isso. E agora ao episódio da manga se somava o do porco com abacaxi. Mateo também não ia se esquecer nunca desse. Nunca. Prove, queridinho, eu imploro, prove. Não, Lorenza. Acabou-se. Daí pra frente Mateo não provaria nada. Não tinha vontade.

Vá se acostumando desde já a não andar por aí perguntando o que não te compete, os companheiros de Madri tinham advertido Lorenza na véspera daquela viagem a Buenos Aires, a que fez logo depois da morte do pai. Tinham falado isso mesmo que ela só tivesse perguntado por que Forcás era chamado de Forcás, um apelido que a fez lembrar esse poema estranho de Rubén Darío, "Forcás, o Camponês". Esse Forcás argentino era um dos membros da direção do partido dentro da própria Argentina, quer dizer, um ser mítico aos olhos dos que apoiavam a resistência do exterior. Como não o conheciam pessoalmente, consideravam-no uma lenda, no fim das contas era o secretário da organização, o sujeito que manipulava os fios operacionais do palco secreto. Gráficas clandestinas, movimentação de dinheiro, casas de segurança, acomodação de dirigentes, contatos internacionais, listas de simpatizantes, elaboração de passaportes e documentos falsos para que os perseguidos pudessem fugir do país: tudo isso dependia dele. Sabiam em Madri porque colaboravam com ele em algumas dessas coisas, as que podiam ser feitas lá fora.

— Pedimos um sorvete?
— Melhor um pudim em calda.

Muitos argentinos tinham se exilado em Madri e de lá colaboravam, e pessoas de outros países haviam se reunido a eles. Ela também. Faziam denúncias, levantavam fundos e coordenavam campanhas em toda a Europa pela aparição dos desaparecidos. Mas o verdadeiro sonho de vários deles era poder entrar algum dia na Argentina para fazer parte da própria resistência interna contra a ditadura.

— Achávamos que era preciso se arriscar — ela disse.
— Arriscar o quê? — ele perguntou.
— *Se arriscar*, mais jargão, acho que era o que dizíamos.
— *Achávamos, dizíamos…* Por que você fala no plural, como se fosse uma multidão? Como o diabo n'*O exorcista*, que

me arrepia os cabelos quando diz *não sou um, sou legião*. Mas agora me diz por que chamavam Ramón de Forcás.

— Foi isso mesmo o que perguntei, lá em Madri, e como me responderam que não tinham a menor ideia, eu recitei pra eles o que lembrava desse poema de Darío.

— Chamavam Ramón de Forcás porque os pais dele eram camponeses. Pierre e Noëlle. Meu avô Pierre, minha avó Noëlle. Pierre Iribarren, Noëlle Darretain. E você, Lolé, acha que a avó Noëlle gostava de mim?

— Muito, muito, imagina, você era o único neto. Quando você era bebê, a gente te botava roupas feitas por ela, de lã no inverno, de algodão no verão.

— O que será que aconteceu com eles, Lorenza? Você acha que ainda estão vivos?

— Vamos saber disso quando você se animar a ligar pro teu pai.

Veio à mente de Lorenza a lembrança pungente daquela vez: Mateo tinha dez anos e ela encontrou por acaso em seu porta-moedas a foto de Alice Hughes Leeward, uma senhora inglesa que vivera por um tempo em Bogotá, mais ou menos amiga da mãezinha, mas que fora isso tinha muito pouco a ver com a família. Mesmo assim, ali tinha o menino a foto dessa senhora cuidadosamente guardada. Alice Hughes Leeward no porta-moedas de Mateo, e Lorenza tinha caído na risada.

— Ei, cara, o que faz essa senhora no teu porta-moedas? — tinha perguntado. — De onde tirou essa foto?

— Encontrei num álbum da avó, deixe aí, Lorenza, é Noëlle — ele tinha respondido, muito sério e tirando a carteira dela.

— Que Noëlle?

— A avó Noëlle, ora. A mãe de Ramón, minha avó.

— Ai, meu filho! — Lorenza o tinha abraçado. — Esta não é a avó Noëlle, esta não é, meu querido, mas, se quer uma foto dela, a gente arruma em algum lugar, e você vai ver, Mateo, a avó Noëlle tem uns olhos lindos, como os teus; você herdou os olhos cinzas dela.

A partir desse incidente, Lorenza se impôs como dever dar um jeito de levar Mateo ao país basco francês, para que conhecesse a origem de seus avós paternos e do sangue que levava nas veias. A oportunidade se apresentou quando a convidaram para participar de umas mesas-redondas sobre literatura no festival de cinema da vizinha Biarritz, e ela levou o menino para lá.

Da bela e minúscula aldeia de Ascain, no coração do Euskal Herria, Mateo escreveu uma carta para sua tia Guadalupe. Parece que meus avós nasceram aqui, dizia. Estamos ao lado de uma tremenda montanha de pedras negras que se chama La Rhune, o monte sagrado dos bascos. Lorenza diz que, se meus avós não nasceram nesta aldeia, nasceram em outra igual. Pois sim. São as coisas que ela diz, convencida de que com isso me soluciona o problema. Ontem fiquei olhando uns caras jogar, atiravam a pelota violentamente contra uma parede, e depois comprei uma boina preta como a do Che Guevara. Me disseram que era uma boina basca, igualzinha à que usam por aqui todos os bascos. E eu que achava que só o Che Guevara usava, por ser o Che Guevara. O avô Pierre também tinha uma dessas. Lorenza diz que sempre andava com ela e que por isso nunca viu a cabeça dele. Perguntei se Forcás usava uma quando militava, e me disse que teria sido uma babaquice, e que nenhum militante clandestino ia andar por aí fantasiado de Che Guevara. Mas se engana, porque o Che Guevara era um militante clandestino e andava fantasiado de Che Guevara.

Antes que anoitecesse visitamos o cemitério, para procurar nas lápides os sobrenomes dos meus avós. Mas não tivemos sorte, e isso que procuramos com cuidado, túmulo por túmulo, porque Lorenza pensou que talvez tenham querido morrer em sua terra natal. Se é que já estão mortos, isso não sabemos. Perguntamos por eles pela aldeia, vai que estejam aqui, mas vivos, só que ninguém sabe nada. Numa taberna conheci um velho de boina basca que me contou que muita gente tinha ido para a América e nunca havia voltado. Eu contei que meu avô tinha sido lenhador. Ele disse, se teu avô era lenhador, na certa se deu bem na América, lá sobram árvores porque não há cidades nem estradas, lá é tudo selva, e eu ia discutir que havia cidades, sim, e estradas também, mas não valia a pena porque os bascos são cabeçudos, como Forcás e eu.

Lorenza é a mais cabeça-dura de todos nós, mesmo que não seja basca. Me trouxe pra procurar meus avós na França, onde será um milagre se toparmos com eles, e em troca nunca quis procurar na Argentina, onde é quase certo que estejam. Perguntei por que e ela disse que justamente por isso. Diz que é bem possível encontrar meus avós na Argentina, e que com eles deve estar meu pai, melhor a gente não se meter nessa encrenca.

Meus avós chegaram a Polvaredas, uma região da Argentina que não conheço, e é verdade que o avô era lenhador. Tinha uma motosserra e era pago por árvore cortada. Claro que Lorenza diz que viu poucas árvores em Polvaredas, nas vezes em que foi visitar meus avós. Vai ver, o avô já tinha cortado todas. Devia ser muito forte, como Ramón, se lidava todo dia com uma coisa tão pesada como uma motosserra.

Mas tem também umas histórias de uns coelhos. Tinham uns coelhos. Vai ver ainda têm, se estão vivos. Meus avós, não os coelhos. Quem sabe. Vai ver, Pierre e Noëlle continuam vivendo em Polvaredas e têm saudades de mim, e estão me procurando. Mas seria estranho; se estivessem me procurando, já teriam me encontrado. Quando eu era bebê, iam nos visitar e me levavam coelhos mortos pra que me fizessem um ensopado. Ramón metia os coelhos no congelador e ficavam ali, porque meus pais não sabiam fazer ensopado e além disso tinham nojo de tocar neles, vermelhos e esfolados assim. Depois meus avós ligavam de Polvaredas e Ramón dizia que eu tinha comido o coelho todo, que continuava crescendo e que estava me tornando um gigante. Então meus avós me traziam mais coelhos, que iam se reunir com seus irmãozinhos no congelador.

Quando ficou escuro e já não se via La Rhune, caminhamos outra vez até a loja das boinas e comprei outra. Para Ramón, para dar a ele quando a gente se encontrar de novo.

Quando Lorenza anunciou em Madri que estava disposta a se mudar para Buenos Aires para militar na linha de frente, foi encarregada de imediato de levar no avião, camuflados, uns microfilmes, uns passaportes de diferentes nacionalidades e uns dólares em dinheiro vivo, não se lembrava quantos, mas eram muitos, ou pelo menos nesse momento tinha parecido que era uma quantidade enorme. Tudo isso para entregar a ele, Forcás. Como encontro Forcás?, tinha perguntado, e lhe disseram você não procura por ele, ele procura por você.

— Meeeerrrda — Mateo disse —, meu pai, o Indiana Jones da revolução. Você faz cada novela, mãe!

Não devia carregar números de telefone ou nomes de contatos. Teria que chegar a certo hotel, onde a organização entraria em contato. Disseram que uma companheira chamada Sandrita iria procurá-la, que lhe daria alojamento, que seria a agente de ligação e a informaria do básico para começar a trabalhar. Forcás apareceria depois, quando ela tivesse vencido os obstáculos da chegada.

Também disseram que devia montar um minuto. Perguntou o que era isso, *um minuto*, e acabou que era uma história verossímil para justificar o que você andava fazendo por lá, no caso de um interrogatório. Decidiram que no começo diria que queria se matricular em literatura na Universidade de Buenos Aires e que tinha vindo tratar dos trâmites.

— Lembra do monstro de Gila? — Mateo mudou de assunto, como sempre que se enchia das histórias de militância da mãe.

Ela se alegrou de abandonar esse campo minado por onde devia transitar com um cuidado exaustivo, porque, ao menor engano, feria a suscetibilidade do filho e ele fazia as minas explodirem. Ao lado disso, tinham uma galeria de lembranças compartilhadas que não faziam parte do campo de batalha. Uma delas era aquele monstro de Gila que tinham visto uma vez, quando viviam numa cabana isolada na selva panamenha. Apareceu uma madrugada na cozinha, em cima, camuflado num canto da parede com o teto. Mateo foi o primeiro a vê-lo, enquanto ela comia uma laranja e ele vai saber o que fazia, talvez olhasse para o teto. Era um lagarto gordo e rosado, com mãozinhas. Os companheiros panamenhos avisaram que era um monstro de Gila e que sua mordida era mortal, e quiseram caçá-lo, mas ele escapou.

— Parecia um bebê feioso — ela disse.

— Um bebê feioso e mortal. Morde e não solta, o fiodaputa. E ainda mastiga — Mateo disse. — Ou melhor, te mastiga, pra que o veneno entre e te mate bem matado. Eu tendo tantos pesadelos com monstros inventados e aí no Panamá topei com esse de Gila, que era um de verdade. E lembra da cobra suicida? Essa cobra suicida é a coisa mais incrível que já vi.

Foi na mesma cabana do Panamá. Estavam dormindo nas redes e foram acordados por um ruído sibilante, estranho, como se alguém estivesse dando chicotaços. Era uma cobra verde e grande, de metro e meio ou por aí, que chicoteava a si mesma contra a parede; um bicho pavoroso e demente que estava fazendo uma coisa muito esquisita. Mateo e Lorenza observavam com os olhos arregalados, duros em suas redes, enquanto a alguns passos de distância essa coisa louca se erguia sobre a quarta parte posterior do corpo, como se ficasse de pé, e se atirava contra a parede com a velocidade de um chicote. Como se quisesse se suicidar. Quando era pequeno, Mateo contava essa história dizendo que os companheiros tiveram que *manietar* a cobra para tirá-la dali. Como se as cobras tivessem mãos.

— Meus amigos não acreditam quando conto que uma vez vi em minha própria casa uma cobra suicida. Mas vimos, sim, Lolé, você e eu vimos. Será que tentava tirar a pele? Gostaria de conhecer um biólogo que me explicasse o que era que esse bicho estava fazendo.

Mateo e Lorenza saíram de La Biela e foram até a rua Corrientes, para caminhar entre livros e discos e mesas de café. Lorenza se perguntava onde teriam ido parar nos tempos da ditadura todos os livros da Corrientes, não lembrava de tê-los visto, não lembrava de ter comprado algum, nem mesmo de ter parado para folheá-los, talvez porque não tivesse dinheiro ou porque não convinha por motivos de segurança, ou quem sabe tinha olhado, mas essa era uma de tantas coisas que haviam ficado sem registro; as lembranças dela dessa época se limitavam à trama central, eram sucintas e ligadas ao acontecido, sem utensílios nem cenário e, o que é mais estranho, quase sem palavras.

— Sente o cheiro, Mateo? — ela perguntou. — De mofo. É o cheiro de Buenos Aires.

Era um cheiro rançoso que tinha algo de aristocrático. Tinha sentido quando viera com seu pai, e anos depois quando tinha vivido com Ramón, e também agora, que estava aqui com Mateo. Não era permanente. Nascia nos cantos escuros e úmidos da cidade, nos parques sombrios, nos penteados de salão de beleza das velhas senhoras, nos vagões do metrô, nas pilhas de livros de segunda mão, e surgia em lufadas na rua. Ali... acabava de sair por uma grade, como um bafo. Ali, outra vez, tinha passado ao lado deles, preso à jaqueta de um transeunte. O velho cheiro. Porque os ditadores tinham vindo e tinham ido, mas Buenos Aires sempre havia cheirado assim, a casaco de astracã guardado num porão.

— Aproxime o nariz desse livro que comprou — disse a Mateo. — Sentiu? Cheira a Buenos Aires. Você leva na mão o cheiro de Buenos Aires. Quando a gente está aqui não sente tanto, porque o nariz se acostuma e já não o percebe. Mas quando você vai embora ele viaja junto e, aonde quer que você chegue e abra as malas, ele salta na sua cara, e você reconhece na hora. É aí que a saudade te pega.

— Parece guia de turismo, Lolé. Melhor me dizer o que continham esses microfilmes que você devia entregar a Forcás.

— Não sei, não perguntei. Já te disse que perguntar era coisa que não convinha. Mas, enfim, escondemos os microfilmes numa embalagem de pasta de dentes que tinha sido esvaziada e, quando quis saber que minuto eu inventaria se no aeroporto de Ezeiza descobrissem todas essas coisas que levava, os companheiros me responderam, se te acontecer isso, reze um pai-nosso, porque não vai ter minuto que te salve.

— Nunca leu *Fundação*? — Mateo perguntou, e sem esperar reposta começou a contar um argumento interminável, como sempre fazia quando lia um livro, tinha um pesadelo ou via um filme. Se começava, não podia parar até chegar ao gran finale, e desta vez foi igual, só deixou de falar quando a mãe informou que estavam mais perdidos que turco na neblina.

— Os argentinos dizem assim, *turco na neblina*? — ele perguntou.

— Dizem, sim. É uma expressão que eles têm.

Lorenza maldizia sua incapacidade para se orientar, esse mal que Trotsky chamou de cretinismo topográfico, que faz com que toda cidade se torne um labirinto e de que ela padecia sem remédio. Infelizmente Mateo tinha herdado esse defeito, o de vagar à deriva por não ter bússola interna. O bom de ser distraído, ele argumentava, é que você nem mesmo se dá conta de que está perdido. Ayacucho, Riobamba, Hipólito Yrigoyen levavam horas caminhando por onde os pés os quisessem levar, e as ruas do centro dançavam ao redor deles. Tucumán? Virrey Cevallos? Sarandí?

Já não andavam de mãos dadas. Fazia vários anos que não. Antes a mão do menino cabia na dela como se fossem feitas uma para a outra, a mão grande, a mãozinha pequenininha, e gostavam de dizer que encaixavam como as peças do Lego. Mas, quando foi a dela que coube na dele, Mateo já não quis saber de nada disso. Escapava chateado quando ela o abraçava e olhava para trás para ter certeza de que ninguém o tinha visto nessa situação de vergonha pública. Então Lorenza se continha para não incomodá-lo, mas não se reconhecia nessa distância que o filho tinha imposto. Quando era pequeno, andava sempre grudado nela, os dois amontoados como numa toca de furões, porque se era meia-noite os pesadelos o atacavam e ele passava para sua cama; se era no mar, queria brincar de luta de tubarões; se era na rua, ziguezagueava sobre os passos dela dando-lhe pisões com seus tênis grandões de sola dupla de borracha. A todo momento os dois como criatura de duas cabeças e oito patas, e quantas vezes não estiveram ao mesmo tempo dentro do escasso metro quadrado do provador de uma loja, ela lutando para experimentar a roupa enquanto ele alinhava um de seus Transformers no assoalho. Ou em casa, ela tentando escrever enquanto ele lhe aplicava uma chave de jiu-jítsu no braço, ou ele olhando seu programa favorito de tevê e ela o chateando com colheradas de sopa, ou ele amarrando cordões nos cabelos dela, ela a penteá-lo, ele a não deixar. Depois Mateo se tornou implacável na hora de delimitar seu próprio espaço e de estabelecer distâncias; traçou entre os dois uma Linha Maginot e não permitia que ela a ultrapassasse nem um centímetro. E devia ser assim mesmo, Lorenza compreendia que devia ser assim, que ele não era mais um menininho, nem dela nem de ninguém, e se dava conta de quanto o indignava que ela pretendesse ignorar isso. Mateo tinha razão em sua reivindicação territorial, o que pedia era mais do que justo. Mas essa dureza arrancava lágrimas dela, daquelas que causam alergia.

— Acha que Ramón já chegou em sua casa de Buenos Aires? — ele perguntou. — Ou em sua cabana, essa que deve ter na neve...

— Ou em seu bar, esse que deve ter em La Plata. Se você quiser, pode ligar pra ele de um telefone público, tenho o número aqui no bolso.

Ele negou com a cabeça. Sem saberem como, eram onze horas da noite e diante deles apareceu o Obelisco, dividindo em dois o resplendor vermelho de um anúncio gigante da coca-cola e espetando a escuridão com sua ponta. Mas como aquela noite tinha se ido? Costumava acontecer assim com eles. Já não caminhavam abraçados, mas a conversa era tão envolvente como um abraço, tão fechada que o tempo passava sem que soubessem como e o mundo ficava relegado a um pano de fundo, e assim continuaram caminhando por ali, entregues a Deus, às vezes se divertindo, às vezes quebrando o pau, e quando ela pensou ter reconhecido Santa Fé estavam outra vez na avenida de Maio.

— A gente parece cachorro atrás do próprio rabo. Não tem jeito, Mateo, o negócio é se conformar.

— Mas você viveu aqui uma porção de anos, Lorenza, como é possível que se perca?

— Eu me perco até em Bogotá. Atenção! Sentiu o cheiro? Esta esquina cheira de novo a Buenos Aires.

Foram parar numa rua suja e abarrotada de cinemas e night clubs que descobriram ser Lavalle. Andavam com apreensão em meio a neons pálidos que não conseguiam animar a noite, se esquivando de mãos que pretendiam entregar a eles entradas para os espetáculos de striptease.

— Vamos sair daqui, Lorenza, este lugar está muito *border*. Ei, olhe ali, melhor a gente se meter neste cinema, estão passando um filme de terror.

O filme foi um fiasco, mas isso nem preocupou Mateo. Quando sua mãe sugeriu que dessem o fora, respondeu que era melhor aguentarem até o fim. Ela pensou que o filho era capaz de qualquer coisa, até de suportar um filme infame, desde que pudesse adiar a chegada a esse quarto de hotel onde em algum momento teria que fazer uma ligação que não sabia como.

— Ramón deve pensar que sou um fraco — Mateo disse. — Um fracote sem caráter. Deve pensar que, como ele não me criou, eu sou um imbecil. Gostaria de contar pra ele que em Roma acertei a fuça de um tal Joe Ferla. Quando eu contar, você me apoia, diz que deve acreditar em mim, porque foi verdade.

Quando viviam em Roma, a secretária do diretor do instituto onde Mateo estudava havia ligado um dia para dizer a Lorenza que o menino havia tido um *scontro di una inammissibile aggressività* com outro garoto e que o diretor queria falar urgente com os pais dele. Lorenza estranhou; desde pequeno seu filho tinha boa compleição, mas não era nenhum valentão, nem dado a sair na porrada ou aos pontapés. A fase das grandes raivas viria depois, na adolescência; quando era menino tinha sido calmo e complacente. O instituto romano ficava no EUR, e durante o longo trajeto de metrô que Lorenza teve que fazer do centro até lá, para ir ao encontro com o diretor, foi rememorando o único antecedente que tinha a ver com atitudes agressivas de Mateo. Algo que havia acontecido anos antes, na escola que tinha frequentado na Cidade do México.

— Só olhe — tinha dito nesse tempo a professora mexicana, preocupada com o conteúdo dos desenhos de Mateo, enquanto exibia sobre uma mesa todas as cartolinas que ele tinha pintado ao longo do semestre. — Ele desenhou apenas armas, guerras, agressões, sangue...

Os desenhos realmente impressionaram Lorenza, mas antes pelo colorido e pela beleza, e foi o que disse.

— Acho que meu Mateo pinta bem...

Mas a professora não estava interessada em avaliações estéticas, o negócio dela era o alarme pelos impulsos violentos que afloravam nesses trabalhos, que indicariam a urgência de assessoria psicológica. Dizia que Mateo devia estar perturbado por *situações difíceis*, foram os termos dela, que talvez tivesse presenciado na Colômbia. Lorenza ficou calada e recolheu os desenhos, um por um, com a devoção com que toda mãe recolhe os trabalhos manuais de um filho, como se fossem peças de museu. Nessa mesma noite espalhou os desenhos pelo assoalho da sala para olhá-los com Mateo, que nessa época devia ter sete anos.

— Tua professora diz que são agressivos — disse. — O que você acha?

— Como assim, agressivos?

— Bem, ela diz que você pinta uns caras que estão atacando...

— Não estão atacando, Lolé, estão se defendendo. É muito diferente.

Era uma explicação categórica. Certamente nessas pinturas estava se travando uma guerra das mais sangrentas; esse ponto era preciso conceder à professora. Mas também era certo que todos os personagens estavam em atitude defensiva. O que igualmente preocupou Lorenza; perdeu o sono essa noite pensando de que seu filho teria que se defender com tanto empenho e perguntou para ele na manhã seguinte, na hora do café.

— Por que tanta fortaleza e tanta armadura, Mateo? Digo, nos teus desenhos... Todos esses escudos e capacetes...

— Nunca se sabe, melhor prevenir.

Como a resposta foi meio vaga, ela tentou uma aproximação por outro ângulo.

— Acha que teus personagens sabem se defender bem? Quer dizer, as fortalezas deles serão resistentes?

— Não se preocupe, Lolé, são im-pe-ne-trá-veis — Mateo disse, tomando cuidado para não saltar nenhuma das sílabas dessa palavra complicada, e saiu correndo para o ônibus que o levava todo dia para a escola.

O diretor do instituto romano disse a Lorenza que Mateo tinha batido num colega chamado Joe Ferla. Ela já sabia quem era, porque mais de uma vez Mateo voltara arrasado da escola porque Ferla havia posto um cigarro na sua carteira e por pouco não queimara os cadernos, ou o tinha espetado com um lápis.

— E com meu filho, o que aconteceu na briga? — perguntou ao diretor.

— Pouca coisa, *signora*. Levou alguns golpes e tem uma equimose nas costelas.

— Meu filho é um bom garoto, *signore direttore*, e em troca, pelo que sei, Joe Ferla é um *malandrino* — o termo *malandrino* era excessivo para a ocasião, mas foi o mais próximo de *valentão* que encontrou em seu pobre vocabulário italiano.

— *Malandrino*, não — corrigiu o diretor, amavelmente —, digamos com mais precisão que Ferla é um garoto com linhas de comportamento alteradas. Na verdade, tem matrícula condicional por atos repetidos de agressão contra diferentes crianças. Em troca, é a primeira vez que vemos em Mateo esse tipo de desmando.

— Aí está. Então não me surpreende que um bom garoto como Mateo acabe perdendo a paciência com as linhas alteradas de Ferla.

— Mas o problema não é tanto que tenha batido em Ferla, é a brutalidade com que o fez. Por favor, leia o relatório médico.

Fratura da clavícula, hematomas no rosto, corte de dois centímetros na sobrancelha esquerda. Falando claro, Mateo tinha ministrado em Ferla uma sova e tanto.

— Ele cresceu muito nos últimos meses — Lorenza justificou. — Passou rápido de pequenininho a grande, ainda não tem noção da própria força...

— Pode ser, *signora*, mas o problema é que isso também não foi o mais sério, o mais sério foi o modo ofensivo como me respondeu quando quis repreendê-lo.

— Sinto muito, *signore direttore*. Posso saber o que meu Mateo disse ao senhor?

— Quando disse que teria que chamar seu pai para informar o que tinha acontecido, me respondeu de maneira orgulhosa *se vuol lamentarsi con mio padre, dovrá andare a cercarlo in carcere.*

— Mateo não estava ofendendo o senhor, *signore direttore*, estava dizendo a verdade. Não sabemos onde está o pai dele, mas suspeitamos que possa estar preso. De qualquer forma, lamento o que aconteceu.

— Antes que se vá, *signora* — o diretor disse quando ela já estava de saída —, quero que saiba que houve uma coisa boa nisso tudo. Mateo mal começou a aprender italiano, mas me disse essa frase com boa pronúncia e sintaxe correta.

— Gosto dessa parte da história, Lolé, a do aeroporto de Ezeiza, quando teus companheiros te dizem *reze um pai-nosso, porque não vai ter minuto que te salve.* Me soa bem assim, sem acentuar o *e*, *reze*, como falam os argentinos; é uma frase de filme. E agora conte de novo o negócio do jornal.

— Que negócio do jornal?

— Ora, quando te avisaram que não lesse jornais no avião, nem depois, num café ou no metrô, porque qualquer mulher que lesse um jornal era suspeita. Mas, afinal, o que aconteceu no aeroporto, quer dizer, com os microfilmes e tudo mais?

Durante todo o voo, Lorenza havia se defendido da morte do pai se entrincheirando numa espécie de torpor, como se a mente dela tivesse se apagado durante essas horas suspensas lá em cima, entre as nuvens. Estava adormecida pela letargia, como quando diante do ataque de uma enxaqueca a gente fica calado e imóvel, quase desaparecido, esperando que o inimigo se esqueça e passe ao largo. Mas, ao aterrissar, a sacudida do avião ao tocar o chão a despertou: estava na Argentina. Nesse exato momento o nervosismo a invadiu e começou a se perguntar que diabo fazia ali, que estupidez era essa, a troco de que tinha se metido numa encrenca dessas. De repente a participação dela nessa história parecia irreal, encaixada à força, e o medo a paralisou. Uma das últimas campanhas que havia ajudado a organizar em Madri tinha sido pelo aparecimento de um casal e suas duas filhas, desembarcados à força de um avião quando estavam a ponto de levantar voo para a Suécia. *Morituri te salutant*, Lorenza ia dizendo mentalmente, enquanto o avião taxiava até a boca do lobo, *never more*, até aqui te trouxe o rio, *this is the end, my friend.*

— O medo paralisa, viu, Mateo? Não é uma metáfora, pode acontecer de verdade.

Começou a sentir que não podia mexer as pernas. Sua cabeça, mais decidida, ordenou a si mesma que fosse em frente, que tinha que fazer o que devia ser feito. Mas as pernas não eram da mesma opinião. Queriam ficar onde estavam, nessa poltrona de avião, e procuravam cúmplices para a sabotagem; convidavam as mãos a não desafivelar o cinto de segurança e tentavam ganhar para sua causa o resto do corpo enviando-lhe mensagens enganosas, este avião é sua última camada de proteção, diziam, melhor ficar aqui, não se mexa da poltrona. Deve ter permanecido assim uns quantos minutos, como quem se detém na borda do trampolim em busca de forças para saltar na água. Mas logo se dominou e, quando passou pelos controles, estava calma, outra vez quase entregue à letargia, de modo que não se alterou nem quando a revistaram, coisa que fizeram por cima, nem quando a interrogaram, o que também não foi grande coisa, apenas as perguntas de rotina.

— Por trás disso tudo estava a outra coisa, a morte do paizinho, que tinha me deixado blindada; a verdade é que entrei na Argentina convencida de que não podia me acontecer nada pior do que acabava de me acontecer com a morte dele.

Os primeiros dias dela em Buenos Aires tinham sido assim; ia fazendo as coisas como se flutuasse, como se não fosse totalmente ela que estivesse ali. Sentia-se atuando num palco, e essa sensação de estranheza, de representação, acompanhou-a durante os primeiros meses.

— Aurélia, eu? Aurélia clandestina em Buenos Aires? Isso me parecia teatral demais.

A primeira vez que sentiu na própria carne, como uma espetada, que a ditadura existia e que pressionava, a primeira vez que comprovou que atrás do cenário o monstro respirava envenenando o ar, não foi porque visse milicos invadindo uma casa, ou prendendo, ou atirando. Foi uma tarde num café qualquer, mais ou menos uma semana depois de ter chegado, quando se deu conta da desaprovação e da raiva com que umas pessoas mais velhas olhavam um casal de jovens que estava se beijando numa das mesas. Pouco depois, ia por uma avenida numa das últimas tardes daquele outono e, como fazia calor, usava uma saia de algodão leve que devia deixar transparecer um pouco as pernas, mas só um pouco, nada mais, e ao subir num ônibus escutou o insulto, agudo, vibrante de indignação, que um homem gritava da calçada:

— Vá se vestir, sua puta, ou vá mostrar o rabo numa boate!

Então soube que a ditadura não era exercida apenas pelos militares, mas também por uma parte da população sobre a outra e que não era só política como também moral, como uma água podre que ia se infiltrando por tudo, até nos recantos mais íntimos da vida.

— O que Ramón tanto fazia em Bariloche? Quer dizer, antes de conhecer você — Mateo perguntou.

— Ele tinha trabalhado como guia nas montanhas, acho que por temporadas; me parece que foi o único ofício que havia tido na vida, fora a militância.

Ramón acalentava Mateo recém-nascido contando histórias das montanhas de Bariloche. Canções de ninar para o bebê, digamos, só que, em vez de cantar, contava coisas de lá. Falava de uns blocos de gelo monumentais que se desprendiam da montanha Tronador, produzindo um rugido como que de trovão, e de uma taberna no pico da montanha Otto de onde você podia contemplar o mundo inteiro, todo coberto de neve, enquanto serviam chocolate quente diante de uma grande lareira acesa. Contava de uma caverna natural onde se refugiaram umas freiras eslovenas durante uma avalanche de neve, para sair com vida quatro dias depois.

— Mas eu não entendia essas histórias — Mateo disse.

— Claro, você era um bebê. Mas ele te contava do mesmo jeito, e eu ouvia e depois repeti pra você, quando teu pai já tinha ido embora e você era maior e podia entender. Me parece que, fora as montanhas de Bariloche, que enchiam teu pai de nostalgia, ele era um homem sem lembranças.

Tinha falado pouco, ou nada, para ela sobre a aldeia em que nasceu, os amigos que teve em criança, as namoradas de sua adolescência. Ou não tinha lembranças, ou não as contava. Ou as contou e foi Lorenza quem as esqueceu, e talvez por isso agora fosse tão difícil dizer ao filho como era o pai. A essas alturas nem ela mesma sabia, ou vai ver nunca soube. E no fim das contas não era tão estranho que Forcás não tivesse lembranças, se nessa época todos eles funcionavam um pouco assim. Não eram tempos para se ficar rememorando. Tensão demais para andar cultivando jardins interiores.

— Eu criei uma história, ou inventei uma lembrança. De Ramón. Uma lembrança de que gosto — disse Mateo. — Vai ver é real, não sei. É assim: uma presença grande, que deve ser ele, de mãos grandes, que me deita num berço na neve. Mas não tenho frio, estou quentinho, e esse homem grande me dá a mamadeira, quer dizer, essas mãos grandes seguram a mamadeira e eu vejo muita luz.

— Isso acontecia do jeito que você diz. Tua lembrança é real. Quando nós três estivemos em Bariloche, você já tinha dois anos e meio, e ele te levava nos ombros durante as caminhadas que fazíamos pela montanha. Eram dias de neve, não muita, e também de sol, e ao chegar ao topo de um cerro bem alto ele gostava de afundar a neve em forma de berço, cobrir com sua jaqueta e a minha (as duas de pele de ovelha) e te deitar ali, pra tomar o leite e dormir um pouco. Olhe só, eu conservo na mente outra imagem tua com teu pai em Bariloche, ambos com gorros de lã e botas de pele, e lá no fundo os resplendores da autora boreal.

— Tá vendo? Você já começou a exagerar. Te digo que tenho uma lembrança boa, uma só, e você corre pra enfeitar toda a história com resplendores. Tasca resplendores até num cara grosso como meu pai, como se tivesse uma auréola de santo. Porra, Lorenza, como inventa. Pra começo de conversa, não tem aurora boreal em Bariloche; perto do polo Sul o que tem é aurora austral.

Mateo ficou calado, olhando para lugar nenhum. Tinha se chateado com a mãe, como costumava acontecer quando falavam de Ramón. A coisa começava bem, continuava bem, subia um pouco a temperatura, continuava subindo até que ele explodia, e depois vinham longos silêncios.

— Pronto, apago as auroras e os resplendores — ela disse, depois de deixar passar um tempo prudente.

— É que você não quer entender que minha história com meu pai não é uma história feliz, eu tenho uma dor com isso e você não me deixa ter minha dor, e isso me dói! — o mal-estar enrolava Mateo num trava-línguas. — Tem outra coisa que não existe no polo Sul — disse dali a pouco. — Ursos-polares.

— Sério?

— Juro, nem urso-polar nem aurora boreal. Mas não acho que a estas horas Ramón ande fora, com o frio que deve estar fazendo lá. Acho que já entrou em casa e acendeu a lareira. Tinha ou não tinha uma lareira na casinha que alugou essa vez, em Bariloche?

— Tinha uma lareira que devíamos manter acesa a noite toda, porque não havia calefação. Às vezes se apagava enquanto dormíamos e aí o ar gelado nos acordava. Se este é o frio da vida, como será o da morte, teu pai dizia; vai saber de onde tirou esse ditado. Gostava de repetir sempre que fazia frio.

— Se este é o frio da vida, como será o da morte! — Mateo repetiu, agora contente. — O pai dizia assim, hein, Lolé? E lá em Bariloche cortávamos lenha pra acender de novo a lareira, que tinha se apagado... Vai ver, agora mesmo Ramón acaba de ficar sem lenha e está saindo pro mato pra trazer um bom carregamento que dure a noite toda.

— E se está em La Plata, seu pirado? E se está aqui em Buenos Aires, como consta na lista telefônica?

Lorenza foi passear com Mateo por Puerto Madero, à margem do rio, um lugar da moda, iluminado e resplandecente, cheio de gente, de cafés e restaurantes. Contou a ele que antes aquilo tinha sido o porto, o porto de Buenos Aires, e que ali ela havia tido reuniões clandestinas com os estivadores.

— Quem eram os estivadores?

— Os que carregavam e descarregavam os navios. Bem, os navios que ainda chegavam, de vez em quando. Aqui mesmo, onde estamos agora, mais ou menos por aqui a gente se reunia, entre cordames enrolados e uns garrafões quebrados.

Naquele tempo, o porto ficara reduzido a um lugar fantasmagórico, quase abandonado, e as docas estavam meio vazias. Ela explicou ao filho que chamavam docas, ou depósitos, essas construções de tijolo vermelho que viam em volta, agora transformadas em grandes restaurantes. O dique que ela tinha frequentado era pouco mais que um cemitério de gruas, de carcaças imprestáveis, de caixas de madeira atiradas por aí; sombras dessa Argentina rica e exploradora que dera para chamar a si mesma de *celeiro do mundo*. Ali Lorenza se encontrava com eles, com os estivadores, entre ferros oxidados e a bruma que vinha do rio. Em geral eram seis ou sete, meio desocupados, e a esperavam sumidos em suas jaquetas grossas, escuras, com as mãos enfiadas nos bolsos. Faziam ali mesmo a reunião.

— E se dessem um flagra em vocês reunidos e falando dessas coisas? Não desapareciam com vocês, ou algo assim?

— Algo assim. Mas em caso de flagra havia o minuto: um churrasquinho. Pra quem passasse por ali e nos visse, não estávamos fazendo nada mais que um churrasquinho.

— Vocês faziam de conta que comiam?

— A gente comia de verdade. Arrumávamos umas brasas, púnhamos uma grelha em cima e aí umas linguiças, que comíamos com pão e vinho vagabundo. Enquanto isso, conversávamos em voz baixa sobre o que estava acontecendo, sobre o que a imprensa calava. Eles nos contavam as tragédias deles e nós contávamos a nossa. Ou melhor, conspirávamos.

— Quer dizer que isso é conspirar. E que prejuízo podia causar à Junta Militar que vocês estivessem escondidos ali, comendo linguiça e falando mal deles?

— Bastante prejuízo, mesmo que você não acredite. A ditadura precisava do silêncio como você de ar, apenas o fato de se reunir pra conversar de certas coisas era por si só um jeito de resistir.

— Falavam do quê?

— A gente informava sobre os *chupaderos*, por exemplo, uns antros onde os militares torturavam e assassinavam sem que a opinião pública ficasse sabendo. Ou dávamos notícias frescas da insurreição contra Somoza, na Nicarágua. A imprensa não dizia nada sobre isso, e era o que os estivadores mais gostavam de ouvir. Me diziam, conte pra gente, companheira, os sandinistas estão ganhando? Achavam incrível que fosse possível correr com os ditadores, que em outro lugar do mundo as pessoas tivessem se revoltado contra a tirania e a tivessem derrubado. Alguns até me davam um pouco de dinheiro, pegue, me diziam, isto é pra que mandem pra eles, os que estão lutando lá, na Nicarágua.

— Tudo bem, Lolé, mas sei, não. Continuo não achando isso muito útil.

— É difícil medir a utilidade disso que fazíamos. Vai ver, você tem razão. Claro que, além de ser estrangeira, eu era militante de base, leve isso em conta. Da porra da base, como dizíamos. Eu agia no varejo e acho que os dirigentes agiam por atacado. Além disso, tínhamos dirigentes operários; esses estavam na linha de frente mesmo, na própria boca do lobo, lutando pra serrar as pernas da ditadura nos sindicatos. De qualquer forma o negócio era infinitamente complicado, infinitamente infinitesimal.

Todo mês o partido fazia um jornal clandestino, numa gráfica clandestina, com muito risco e uma série interminável de dificuldades. Distribuíam exemplar por exemplar, dedicando várias horas à tarefa: tiravam o papel celofane de um maço de cigarros, que era aberto por baixo e esvaziado; enrolavam cada uma das oito páginas do jornal até que ficasse do tamanho de um cigarro; enchiam a metade do maço com cigarros falsos e a outra metade com verdadeiros, depois o fechavam de novo e colocavam o celofane. Era um truque velho de vendedores de maconha que eles tinham copiado para tapear a repressão. Um jornal por vez, para um contato apenas, com frequência tendo que atravessar a cidade pra entregar.

— Essas oito páginas que imprimíamos eram uma boa porção de palavras, Mateo, tá me entendendo? Palavras que tanto faziam falta. Pense no motoboy da pizzaria, alô, alô, me mandem uma de mussarela com anchovas, e lá íamos nós com o jornal, chova ou faça sol, e quem sabe nem dizia grande coisa e chegava frio e molhado, mas lá íamos nós.

— A história do jornal é boa, mas a da bruma é invenção tua, isso de que os estivadores esperavam no meio da bruma.

— Claro que tinha bruma. Deve ter ainda. Você vai ver como sobe daqui a pouco.

No domingo, quando o lance obscuro completava quarenta e oito horas, Lorenza continuava presa na camisa de força de sua própria angústia.

— Você vai ficar louca se não procurar ajuda — a mãezinha dizia, mas ela nem ouvia nem respondia, apenas percorria a casa de cima a baixo como um leão enjaulado, com a frequência cardíaca a mil, o pulso alterado e as mãos geladas. Não tinham conseguido que dormisse, ou mesmo que se recostasse um pouco, tampouco que comesse, porque recusava qualquer alimento dizendo que estava engasgada. Numa foto que tiraram dela uma semana depois, para um documento de viagem, está com olhos desmesurados de animal acuado e feições emagrecidas pelo meio quilo diário que então vinha perdendo. Embora se negasse a ver um psiquiatra, a mãezinha e Guadalupe se empenharam nisso e de alguma forma conseguiram levá-la ao consultório de um muito conhecido, o dr. Haddad, especialista em tratamento de familiares de sequestrados, que concordou em atendê-la imediatamente, apesar de ser domingo.

Lorenza entrou nesse consultório às onze da manhã, olhando para todos os lados e para parte alguma. Ali também não quis se sentar e deixou que fosse sua mãe a explicar ao médico o que tinha acontecido.

— Eu não quero contar minhas histórias, nem ouvir suas teorias. Só quero encontrar meu filho — foi a única coisa que Lorenza disse.

— E por que essa antipatia toda, Lolé? — Mateo pergunta. — O que o homem tinha feito a você?

— Nada, eu nem conhecia ele. Mas eu andava impossível como um demônio. Tanto que nessa tarde, ou no dia seguinte, dei um tabefe no teu tio Patrick.

— Puta merda, por que isso?

— Porque disse ou porque não disse, porque fez ou porque não fez, vai saber.

— E ele deu o troco?

— Não, tá pensando o quê? Ele também tentava ajudar, e

todos lidavam comigo como podiam. Eu estava hipersensível. Eu tinha virado bicho, estava suscetível, fora dos eixos. Mas além do mais eu não queria ver esse psiquiatra, ou psicanalista, fosse lá o que fosse. Nem esse nem ninguém, nem antes nem depois; nunca sentei num divã, fora essa vez. Claro, ali também não me sentei porque fiquei o tempo todo de pé, tentando me conter pra não estourar de impaciência, pra não gritar com esse senhor. Falar com ele me parecia uma perda de minutos preciosos.

O dr. Haddad as fez sair do consultório e pediu que esperassem um instante na salinha de recepção. Quando entraram de novo, dez ou quinze minutos mais tarde, o homem tinha posto os óculos e na mão estavam as várias folhas da carta de despedida que Forcás tinha deixado. Pelo visto, todo esse tempo a estivera lendo.

— Você tinha dado pra ele? — Mateo pergunta.

— Não, eu não, já te conto, eu andava maluca. Acho que foi minha mãe que deu, ou talvez Guadalupe.

— E o que o doutor disse?

— Disse a coisa mais insólita. Não sei como escapou de levar umas porradas, porque o que disse me pegou como um tapa na cara.

Esta é uma carta de amor, disse.

Aurélia já estava em Buenos Aires havia doze dias, no apartamento que dividia com Sandrita na rua Deán Funes, e continuava com o montão de dólares e as passagens na maleta. E os microfilmes na embalagem de pasta de dentes e os passaportes embaixo do colchão. Sandrita estava ficando nervosa, dizia que se houvesse uma batida estariam mortas.

— Nada de Forcás dar as caras. Eu já estava duvidando que existisse mesmo, como nessa peça de Ionesco em que os personagens estão ansiosos pela chegada do Mestre e o Mestre não aparece nunca. Ou como em *Esperando Godot*, de Beckett: quando por fim Godot chega, os outros descobrem que não tem cabeça. Vai ver Forcás não tinha cabeça — Lorenza disse.

— Isso explica tudo — Mateo disse. — Forcás não tem cabeça.

Através de um contato ele mandava dizer a Sandrita que dissesse a Aurélia que dali a pouco, que logo, logo. Mas passou outra semana e nada. Até que no sábado Sandrita chegou em casa com duas caixas de ravióli, e quando Aurélia perguntou para que duas, se uma bastava para elas, Sandrita respondeu que não eram para comer, mas para camuflar entre os raviólis o que Aurélia entregaria no outro dia a Forcás. Quer dizer, no domingo ao meio-dia ela teria enfim um encontro com ele. E devia se preparar. As duas esvaziaram as caixas e as refizeram: primeiro uma camada de ravióli, em cima um par de passaportes, outra camada de ravióli, outros dois passaportes; dupla camada de ravióli e a tampa. E um cordãozinho para amarrar bem a coisa. Sandrita garantiu que ela podia ficar tranquila, que ninguém ia notar nada.

— Mas é que além disso tenho que entregar uns dólares — Aurélia confessou.

— Por que não me disse? Podíamos tê-los metido nas caixas.

— São muitos dólares.

— Quantos?

— Muitos. Não caberiam.

O encontro seria na confeitaria Las Violetas, na esquina de Rivadavia e Medrano. Quer dizer, Aurélia teria que ir até um ponto do mapa que se chamava Rivadavia e Medrano, ela, ou seja, Lorenza, que não sabia ir ali na esquina.

Sandrita foi com ela até lá nessa mesma tarde, a tarde de sábado, como que para um reconhecimento do terreno, para que no dia seguinte Aurélia pudesse chegar sozinha sem problemas.

— E ele? Como reconheço Forcás? — perguntou.

— Um pouco antes do meio-dia você entra em Las Violetas e senta a uma mesa. Não de costas pra porta. Nunca sente de costas pra porta. Sempre olhando pra porta, vai que os homens cheguem. Pra que não te peguem desprevenida. Sente a uma mesa num lugar visível. Ponha as caixas de ravióli sobre a mesa e espere que Forcás se aproxime.

— E como ele sabe que eu sou eu?

— Isso é com ele. Já deve ter investigado como é tua aparência e, se tiver dúvidas, vai te reconhecer pelas caixas; já sabe que você vai levar ravióli.

Segunda regra: para esse encontro, como para todos, a margem de espera era de dez minutos. Se ao meio-dia e dez um dos dois não tivesse chegado, o outro, pressupondo que o camarada tinha caído, iria embora, antes que o agarrassem também. Terceira: depois de um encontro, nunca voltar para casa ou ir a outro encontro, sem tomar antes mais de um metrô ou caminhar algumas quadras por outras bandas, para ter certeza de que não está sendo seguido. Quarta: andar sempre com os documentos de identidade. Sempre. Nunca andar sem documentos, nem mesmo para ir à padaria ali na esquina.

— Isso está claro. Agora me diga como é — Aurélia pediu.

— Como é o quê? — Sandrita disse.

— Como é Forcás.

— É um cara bonitão, se é isso que quer saber.

— Todos os argentinos são caras bonitões.

— Mas esse tem vinte e tantos anos, cabelos e olhos cor de mel, ombros largos. Te garanto, um cara bonitão.

— Sinais particulares? Defeitos?

— Ninguém é perfeito. Não é muito alto e além disso tem as pernas arqueadas, como se tivesse acabado de descer do cavalo.

Aurélia achou Las Violetas, uma confeitaria de princípios do século, um lugar romântico demais para um encontro político. Era uma verdadeira joia da art nouveau, adornada e primorosa como uma caixa de bombons. Ela andava nervosa, supunha que pelo que tinha de fazer no dia seguinte. Ou por culpa do entardecer que nesse momento caía sobre Buenos Aires, ou por culpa dos vitrais iluminados de Las Violetas. Ou por culpa do tal Forcás, que enfim ia conhecer depois de tanta espera.

Depois de tomarem um chá em Las Violetas, Aurélia e Sandrita caminharam umas quadras e entraram num bar onde tomaram outro chá, durante um rápido encontro de controle com um companheiro da regional que contou as fofocas que circulavam sobre o fiasco na Itália do chefe da Junta argentina, o general Jorge Rafael Videla. Corria de boca em boca em Buenos Aires que o papa tinha jogado na cara de Videla o desaparecimento forçado de centenas de pessoas e que a imprensa italiana o tinha recebido com a divulgação da existência dos *chupaderos*. Depois, de volta para casa, enquanto davam umas voltas para cumprir com a vigilância de praxe, Sandrita e Aurélia respiravam fundo o ar dessa noite excepcional — a partir dela havia começado a se derreter, gota a gota, como o gelo da montanha Tronador, o silêncio que até então vinha amparando os crimes da ditadura.

Em certo ponto se separaram, e Aurélia pegou um táxi até Belgrano R, um dos bairros ricos da cidade. Bateu na porta de um casal de colombianos amigos de sua mãe, que vivia em Buenos Aires e por quem ela tinha enviado de Bogotá uns papéis que Aurélia devia assinar e devolver o mais cedo possível por carta registrada. Tinham a ver com os trâmites da herança que seu pai acabava de lhe deixar, uma chácara na savana de Bogotá.

— Uma chácara que você não conheceu e que se chama San Jacinto — Lorenza disse ao filho. — Era um lugar maravilhoso, um valezinho mergulhado em neblina na bifurcação azul da cordilheira.

Junto com os documentos, a mãezinha tinha enviado dinheiro e uma carta em que tinha escrito, com sua letra bonita e clara, umas quantas palavras perplexas de tristeza. Além disso, havia mandado de presente um par de sapatos Bally, de salto alto, de camurça cor de uva, dos quais tantos anos depois Lorenza se lembrava como se os estivesse vendo. Mãezinha querida, ter cabeça para presentes, apesar de tudo, mas que doida mandar pra ela uns Bally, quem imaginaria semelhante despropósito?

Claro que no partido argentino todos deviam andar bem-arrumados, não como em Bogotá ou em Madri, onde era possível perambular com o kit completo: jeans desbotados, jaqueta militar, mochila indígena e umas botinas de amarrar, com poderosas solas de borracha, como de operário da construção, que o pai dela chamava *tuas botinhas de comunista*. Na Argentina era preciso se fantasiar justamente do contrário, se pentear com cuidado, pôr perfume, meias de seda, coisas femininas. Até as unhas pintavam, por precaução. Devia ser a única vez na vida que Lorenza tinha pintado as unhas. Mas os Bally não. Os Bally estavam fora do perfil, eram demais.

— Que palhaçada, e agora com San Jacinto você tinha se tornado latifundiária — Mateo gozou.

— Olhe, eu fazia qualquer coisa pra que os companheiros não me vissem como uma menina que anda brincando de revolução. Claro que deviam me ver assim, de qualquer jeito.

— E os colombianos?

— Que colombianos?

— O senhor e a senhora que te levaram os sapatos de que você não gostou.

— Mas eu gostei, sim, eram sensacionais, só que eu não ia usar nem a pau.

Os colombianos de Belgrano quiseram que Lorenza ficasse para jantar com eles, uma jantinha muito simples, avisaram, uma coisinha de nada aqui em família, e serviram uma omelete de queijo com champinhons. Naturalmente não sabiam nada do que ela andava fazendo nessa cidade; achavam que estava estudando porque era isso que a mãezinha tinha dito a eles. Enquanto comiam, conversando sobre nada, basicamente cachorros e cavalos, a senhora comentou, assim como que de passagem, que o general Videla era um cavaleiro extraordinário, uma verdadeira pintura quando montava a cavalo, e que o admirava porque estava desempenhando um grande papel na reconstrução dos valores argentinos. Lorenza se engasgou com a omelete, mas ficou calada, e a conversa foi voltando pouco a pouco ao terreno seguro dos animais, das séries de televisão que passavam na Colômbia, das geadas que estavam caindo na savana de Bogotá. O senhor parecia pensar em outra coisa, ou cochilar, mas de repente despertou e começou a interromper sua mulher:

— *Nós, argentinos, somos direitos e humanos* — repetia de vez em quando porque achava a frase genial, e foi a primeira vez que Lorenza ouviu esse slogan, cunhado pela reação como resposta às denúncias que começavam a circular pelo mundo contra a violação dos direitos humanos na Argentina. — Que ideia mais engenhosa, direitos e humanos! — o senhor repetia. — É preciso reconhecer que aquele que a inventou teve uma grande sacada, com essa frase tapam a boca dos detratores do governo. Porra, que grande ideia!

— Esses generais argentinos são um luxo — a senhora garantia —, brancos e alinhados, não como os nossos, que são atarracados e moreninhos, mas tão abnegados, isso sim, nossos pobres militares, reconheço a abnegação e a capacidade de sacrifício deles. Em compensação, esses generais argentinos, que belas figuras e que educação tão refinada, dominam o inglês e o francês, e com pronúncia perfeita, se você visse, é que, cá entre nós, são pessoas maravilhosas, sobrenomes tradicionais. Nunca imaginei que um militar pudesse falar francês sem sotaque, como ia suspeitar, se na Colômbia não falam bem nem o castelhano.

Lorenza escutava tudo isso sentindo o sangue ferver nas veias. Ai, paizinho, rezava, que não me escape nenhuma palavra, que eu não solte nenhum impropério que depois me custe caro, e engolia esses sapos inteiros, respondendo *não me diga*. Então Videla fala bem francês? Não me diga. Então é bom cavaleiro, muito direito e muito humano? Não me diga. *Não me diga*, essa frase tão bogotana que se diz quando a gente não quer dizer nada. Mas dali a pouco não se aguentou mais, inventou que devia assistir a uma conferência na universidade, agarrou sua carta, seu dinheiro, seus sapatos e os papéis de sua herança, agradeceu e se levantou da mesa. Mas eles, sempre corteses e carinhosos, pediram a ela que esperasse a sobremesa, *îles* flutuantes feitas em casa seguindo passo a passo a receita de *Art Culinaire*, você não pode perder. Cederam quando ela insistiu que tinha de ir imediatamente e disseram que o motorista estava ali esperando para levá-la.

— Obrigada mil vezes, mas não, vou de táxi, não se preocupem, vocês são uns amores, mas não, deixem pra lá, vou de táxi.

— Ora, ir de táxi a estas horas, o motorista leva você, incômodo nenhum, meu bem, ele se chama Humberto, é um personagem, precisa ver, mas diga, sobre o que é a conferência, que interessante, onde é mesmo, em que universidade?

— Na de Buenos Aires — ela inventou.

— Uma conferência a estas horas, e num sábado? Mas se já são dez e meia da noite, que conferência pode haver a estas horas?

— Bem, é mais um debate — ela balbuciava, vermelha do sufoco —, mas é verdade, que azar, ficou muito tarde, já perdi o debate.

— Então, para que a pressa? Coma tranquila suas *îles* flutuantes e tome um cafezinho. Que é colombiano, claro, cem por cento colombiano, porque, sabe como é, eles têm a melhor carne, mas café? Café, só o nosso. E, se quiser, nos acompanhe num conhaquezinho e depois, sim, Humberto a leva até a porta de sua casa e espera que entre, assim nós poderemos dormir tranquilos, não vá sua mãe dizer que não cuidamos de sua garotinha.

E lá se foi Lorenza no Mercedes dos colombianos, com Humberto ao volante, e teve que mentir para que ele não conhecesse o verdadeiro endereço em Deán Funes. Vamos a Recoleta, Humberto, foi a primeira coisa que veio à cabeça dela, mas em seguida se arrependeu, que cagada, por que disse isso, Recoleta é o cemitério. Mas não, ou melhor, sim, Recoleta era o nome do cemitério mais tradicional de Buenos Aires, mas também do bairro que o rodeia; o próprio Humberto a tranquilizou quando disse, então a senhorita mora na Recoleta? Parabéns, é um ótimo bairro. Sim, ótimo, obrigada, Humberto.

Já tinham andado um tempo, vai saber por onde, quando Lorenza perguntou, fazendo-se de estrangeira, já estamos na Recoleta, Humberto? E como o motorista respondeu afirmativamente em seguida ela disse, aqui, Humberto, obrigada, me deixe nesta quadra, fica pertinho de onde moro, não se preocupe, Humberto, eu caminho até minha casa, está uma linda noite, melhor, aproveito a caminhada, sabe?, pra baixar a janta o melhor é caminhar, não se preocupe. Mas Humberto, de jeito nenhum, ele sim se preocupava, tinha recebido uma ordem dos patrões e era dos que cumprem de pés juntos. Não havia nada a fazer, fora implorar a ajuda do paizinho, porque mesmo que lhe custasse a vida esse motorista ia deixá-la em sua própria porta. E com Humberto estacionado ali e vigiando-a, como ia se meter em alguma das casas, se naturalmente nenhuma era a sua? Se nem mesmo era seu bairro, jamais tinha pisado ali, e com que ia abrir a porta, que chave podia ter? Estava nesse aperto quando oh, milagre, veja só, um casal que sai de um edifício. Este é o meu, disse a si mesma, agora ou nunca, socorro, paizinho, heróis ou palhaços. É ali, Humberto, esse edifício na esquina! Obrigada, Humberto, aqui, aqui mesmo, assim está bem, pare, Humberto, obrigada, pare! Cumprimente o pessoal lá, tchau, Humberto, tchau.

Ela se atirou do carro para a calçada tentando alcançar a porta do edifício antes que se fechasse atrás do casal, e conseguiu. Estava dentro. Hora de recuperar o fôlego, obrigada, paizinho, te devo essa, meio segundo mais e já não dava. Quando o motorista viu que ela já tinha entrado, se deu por satisfeito e arrancou. Bem, já escapamos do bom Humberto. Nós nos salvamos, paizinho, você esteve sensacional.

Mas não tão sensacional assim: o casal que acabava de sair estava fechando a porta com chave por fora. Desastre. Estava trancada. Porra, isto está escuro pra chuchu, não se vê nem a puta que te pariu. A luz? Aqui está a luz. E agora onde estará o botão, esse que se aperta do lado de dentro para que se abra a porta? Apalpando às cegas encontrou o bendito botão e o pressionou, mas viu que havia duas fechaduras diferentes e que apenas uma tinha se aberto. A outra permanecia fechada: por segurança, passavam a chave à noite. Nada a fazer, estava trancada, sem remédio.

— Quer dizer, lá estava eu, prisioneira num edifício qualquer quando já despontava a uma da madrugada, com a esperança de que o casal que tinha acabado de sair voltasse, pensando que se tinha chave era porque morava ali e, se morava ali, algum dia teria que voltar.

A luz se apagava a cada minuto e meio e Lorenza a acendia de novo, não porque houvesse alguma coisa para olhar, mas porque para ela era deprimente esperar no escuro, como Audrey

Hepburn cega e com seu coquezinho se escondendo do assassino numa casa com as luzes apagadas. Sentou num dos degraus, que eram de mármore, e devem ter resfriado os rins dela porque ficou louca pra fazer xixi, além de tudo sentia a angústia de ter dito a Sandrita que estaria de volta o mais tardar às onze, e eram quase duas, Sandrita devia achar que estavam torturando Aurélia. A estrangeira caiu, salve-se quem puder, Sandrita devia estar espalhando a informação, ou talvez se pusesse a salvo nesse momento pulando da sacada. Aurélia tinha que voltar em seguida a Deán Funes, mas não se atrevia a bater em nenhum dos apartamentos do edifício que a prendia para pedir que lhe abrissem a porta da rua, a essa hora era impensável, então continuava de pé, com sua caixa de sapatos Bally cor de uva, os papéis da herança e a carta da mãezinha, com suas palavras tão bonitas e tão tristes.

— Mas no fim você conseguiu sair? — Mateo perguntou.

— Se não tivesse conseguido, você não teria nascido. Não vê que no dia seguinte eu ia conhecer teu pai? Pude escapar lá pelas duas da manhã, quando enfim um rapaz saiu e aproveitei pra me colar atrás dele.

Nessa noite, no apartamento de Deán Funes, Aurélia ficou acordada até o amanhecer, remexendo as coisas na cabeça. A cena com esse casal de aduladores da Junta Militar a tinha deixado de péssimo humor; então eram brancos e bem alinhados, os putos dos generais; então eram bons cavaleiros, aqueles cavalos. Valores argentinos? Direitos e humanos? Filhos da puta, uns carniceiros, era isso o que eram. E mexe e remexe as mesmas coisas, enfiada na cama; a humilhação de ter tido que ficar calada não a deixava dormir, teria sido melhor ter dado um bom puxão nessa toalha toda bordadinha em ponto cruz para que se arrebentassem contra a parede a omelete de queijo e as *îles* flutuantes, e em troca não disse nem *a* nem *b* e foi comendo toda a comida, uma porção depois da outra, aí nessa mesa, ouvindo barbaridades e se fazendo de boba, e agora o mal-estar, que embrulhada de estômago, pior que se tivesse engolido veneno. E, pra completar, Sandrita, como era de esperar, a tinha recebido a ponta de faca e impingido um tremendo discurso por chegar a semelhantes horas, disse que a tinha feito passar um susto filho da puta, que por culpa dela estivera a ponto de abandonar a casa e dar o alarme, que era uma idiota, pateta, pequeno-burguesa de merda. Disse isso tudo e um pouco mais, com toda razão, mas também por esse costume que têm os argentinos de xingar e botar a mãe no meio cada vez que ficam cabreiros.

— Ramón também xingava? — Mateo perguntou.

— Um horror. Saía disparando palavrões com metralhadora.

Aurélia estava mais calma quando Sandrita bateu na porta do quarto dela; tinha esquecido de avisar que o encontro com Forcás tinha sido adiado até segunda-feira, às seis da tarde. Gol de Beckett. Aurélia comentou em voz alta que definitivamente Forcás não tinha cabeça e Sandrita interpretou errado, entenda que ele tem mil outras preocupações, ele não está aqui só pra atender você, não é que Forcás não tenha cabeça.

— Vamos dormir — Aurélia implorou. — São quase três da manhã.

— Você vai dizer pra mim que horas são?

— Me desculpe, não vai acontecer de novo.

E isso porque Sandrita não sabia que ela tinha esquecido sua echarpe na casa dos colombianos... Aurélia se deu conta muito tarde, na verdade já na cama e em meio à recriminação, merda, pensou de repente, o xale, deixei o xale na casa dos colombianos... O sangue subiu ao rosto dela e golpeou as têmporas, devo ter deixado na casa dos amigos da mãezinha, ou será que caiu no edifício em que ficou presa, se foi no edifício tudo bem, perdi e pronto, mas se foi na casa dos direitos e humanos de repente resolvem mandar Humberto me devolver em meu suposto apartamento na Recoleta e aí flagram o rosário de mentiras que andei contando para eles, e aí toca a telefonar para Bogotá pra alimentar a fofoca, vocês não adivinham quem acabou subversiva. Na certa eram tão dedos-duros que até entregariam o nome dela às autoridades argentinas, não era raro que acontecessem coisas assim, tal era o pânico, mesmo entre os de direita, que os caras faziam qualquer coisa pra lamber os milicos. Nunca mais Lorenza vai voltar à casa dessa gente, teria que avisar a mãezinha que não mandasse mais nada através deles. E se o xale tivesse ficado no Mercedes? E se fosse Humberto quem o descobrisse?

— Chata, essa Sandrita — Mateo opinou.

— Chata não, disciplinada. Tinha razão, se eu continuasse dando uma de espontânea iam acabar nos matando. Era preciso aprender a se mover, Mateo, e não era fácil. Você passava a vida tentando não se enredar na teia de mentiras que semeava a torto e a direito.

Já sozinha e trancada em seu quarto, resolveu tirar Aurélia da cabeça por um momento, o monstro Aurélia, ou seja, ela mesma, com seu flamante nome de guerra, valente guerreira que não fazia mais nada além de meter os pés pelas mãos e contrariar todas as advertências. Assim, pôs-se a pensar na terra que o paizinho tinha deixado, a bela San Jacinto, e fechou os olhos para evocar imagens das grandes flores roxas em que se abria a alcachofra quando não era colhida a tempo, da fonte que brotava no cerro e que era preciso cuidar como da menina dos olhos para que não secasse, do forno de pão que o paizinho tinha construído com tijolos atrás da cozinha. Pensou um bom tempo nesse forno e nos pães que assavam, que em geral ficavam *abatumados*, ou pelo menos era o que o paizinho dizia, quem sabe o que queria dizer com essa palavra, porque a utilizava quando os pães ficavam crus, mas também quando ficavam tostados demais, quando se grudavam uns nos outros e também quando a massa murchava. Como ficaram desta vez, paizinho querido?, e ele sempre respondia: um horror, abatumados de novo. Com isso devia se referir a qualquer uma dessas categorias, crus, queimados, grudados ou murchos; a verdade é que não tinham conseguido dominar esse forno de tijolo.

— Um bom pão, o que se chama um bom pão, nunca conseguimos fazer, Mateo, mas em troca o cheiro morno que saía desse forno nas manhãs frias sempre foi agradável. Pensando agora, suspeito que o paizinho não se interessava tanto pelo pão, mas pelo cheiro do pão.

E a lenta neblina leitosa que inundava os potreiros de San Jacinto nas madrugadas, talvez descesse do cerro, ou era antes a respiração cálida das vacas ao entrar em contato com o ar gelado? Lorenza ficara pensando nisso tudo, sozinha no quarto na rua Deán Funes; o paizinho que acendia a estufa de carvão remexendo um atiçador e insuflando ar com o fole, a mãezinha que batia o chocolate com o poncho sobre a camisola de dormir, o velho tanque de cobre que começava a estalar quando se esquentava água; sua irmã Guadalupe e ela, ainda embaixo das cobertas, adivinhando com a ponta do nariz o tamanho do frio que as esperava lá fora. Eram tempos em que assentavam tijolos para acrescentar mais um quarto à casa, ou ficavam de gatinhas pela horta, arrancando mato.

— E eram também os anos do boom, Mateo, em San Jacinto devorávamos os romances de Carpentier, de Vargas Llosa, de Juan Rulfo e Carlos Fuentes, os contos de Cortázar, o *Patriarca* de Gabo, e nem acabávamos de ler o que tínhamos entre as mãos e eles já estavam publicando um novo prodígio.

Pensou também, ou deve ter pensado, no burro que tinham, lanudo e roxo como as flores-da-quaresma, e nos cactos que cresciam lá em cima, no frio do planalto. O paizinho tinha batizado o burro de Filantropo, porque era carinhoso e mansinho e tinha o costume de segui-los por todos os lados; até se enfiava na casa se não deixavam a porta trancada. Tinha fascínio pelos animais, o paizinho. Lorenza nunca tinha visto ninguém que gostasse tanto de animais. E foi assim desde pequeno, bastava ver suas fotografias de então para comprovar: quando não estava abraçado com um ganso, estava montado num cachorro ou num cavalo, mas não num cavalo para montar, e sim numa coisa raquítica, cheia de feridas, usada pra puxar carreta. Nessa noite, em Deán Funes, Lorenza ficou pensando em tudo isso e principalmente nas vacas Aberdeen Angus de raça pura que seu pai importou dos Estados Unidos e pôs a pastar nos potreiros de San Jacinto, com a ideia de montar um negócio de carne. Eram pequeninas e quadradas, essas vaquinhas, como uns pôneis vacuns, de pestanas sonhadoras e pelo negro reluzente, e não precisava dizer que em pouco tempo já andavam como Filantropo, comendo açúcar na mão, e que o paizinho, que conhecia cada uma pelo nome e dedicava horas escovando-as, foi incapaz, claro, de mandar alguma para o açougue, de modo que a única coisa que morreu ali foi o negócio de carne, porque as Aberdeen chegaram todas à velhice depois de uma longa existência das mais improdutivas e agradáveis.

Pensou e pensou, nessas e em outras coisas, até que acabou dormindo já de madrugada e quem sabe sonhou com o paizinho. Não teria sido estranho, porque nesses primeiros tempos em Buenos Aires sonhava muito com ele; talvez porque sua morte fosse tão recente, ou porque ela se negava a aceitá-la. Num desses sonhos ele aparecia montando um quebra-cabeça, algo que na vida real faziam com frequência nas noites de San Jacinto, perto da lareira. Só que o quebra-cabeça do sonho era tão grande que ultrapassava a mesa e seu motivo era um lago azul.

— Mas era difícil de montar, Mateo, ou impossível, porque toda a paisagem era azul, só azul, azul em tons diferentes, azul nos mesmos tons, azul a água, azul também o céu, quer dizer, no meu sonho o paizinho ficava quieto, como que pasmado, olhando primeiro o quebra-cabeça e depois as peças amontoadas ao lado, sem conseguir pôr nenhuma porque todas eram iguais, todas azuis, todas poderiam encaixar em qualquer canto disso que era só azul de cima a baixo.

Então agora ela era a herdeira de San Jacinto? Era o que parecia. Na mesinha de cabeceira tinha os papéis que o confirmavam. Mas acordou pensando que se o papaizinho não estava ali, com seus pães abatumados e suas vacas indultadas, então não ficava claro para ela o que no final das contas tinha herdado. Um pouco de neblina, nada mais; outra peça perdida da paisagem azul no meio de um quebra-cabeça.

— Felizmente não herdei as pernas de meu pai — Mateo disse e perguntou à mãe se as de Ramón eram mesmo arqueadas. Mas não a deixou responder; estava cansado de caminhar e de repente se sentiu irritado por não saber para onde iam. Parou um táxi e o pegaram, abriu toda a janela e em seguida disse que fazia frio.

— Feche a janela — Lorenza propôs, mas ele não deu bola.
— Feche um pouco, então.
— Ramón não se despediu de mim quando foi embora, não é, Lolé? Não consigo lembrar da despedida dele, acho que a última vez que vi Ramón foi perto de um lago em Bariloche, e tinha montanhas vermelhas em volta. As montanhas que se refletiam no lago pareciam de verdade, só que de cabeça pra baixo, mas as de verdade estavam tão longe que pareciam de mentira. Ramón esteve ali com a gente e depois sumiu. Se perdeu como

turco na neblina — Mateo disse, e Lorenza pensou mas não disse que a imagem que estava descrevendo não era tanto uma lembrança e sim uma fotografia, a última que ela tinha tirado junto com Ramón, às margens do lago Nahuel Huapi. — Ou isso que eu me lembro talvez seja apenas uma foto — Mateo se deu conta por si mesmo. — Mas se tenho certeza de uma coisa é que não se despediu de mim. Só muito depois que deixamos de ver Ramón é que comecei a suspeitar que ele não ia voltar nunca mais. Com você era diferente. Acho que quando eu era pequeno às vezes chorava quando você ia pro trabalho ou quando saía de viagem. Lembro que tinha ódio do teu secador de cabelo. Eu escondia ele, porque toda vez que você secava os cabelos queria dizer que ia sair de noite. Mas no outro dia, mal acordava, eu te encontrava lá. Ramón, em troca, não me fez falta no começo, quem sabe durante anos nem mesmo me dei conta de que não estava, ou me dava conta de vez em quando e logo me esquecia, até que um dia me dei conta de toda a falta que tinha me feito sem que eu notasse. Se tivesse se despedido, tudo teria sido mais claro. Mas me diga uma coisa, Lolé, por que acha que ele foi preso?

— Só Deus sabe a diabrura que deve ter feito.

— Você diz *diabrura* e até soa simpático. O simpático do meu pai fazendo suas diabruras. Lorenza, Lorenza, você escolheu o bandido e eu que aguente — disse Mateo, e os dois caíram na risada; apesar de tudo, a frase dele era cômica.

Sandrita e Aurélia mantinham o apartamento de Deán Funes limpo e arrumado. Nada a ver com o chiqueiro, o apartamento de Madri, onde vivia uma batelada de gente, todos latino-americanos: uma chilena, três argentinos e Lorenza. Pra completar, caiu por lá um casal de brasileiros. Foi por aí que o batizaram de chiqueiro. Fora Lorenza, todos vinham fugidos de alguma ditadura, nesse tempo o Cone Sul estava infestado de ditaduras e aquele apartamento era um reduto de gente sem documentos. Gente que entrava e saía; um offset que funcionava na sala; muitos amores e transas de cama; a cozinha transformada em depósito de jornais e volantes; e os cinzeiros cheios de bitucas. Isso das bitucas de cigarro era o mais difícil para ela; tudo bem a espera para o turno do banho, ou entrar em seu quarto e descobrir que não tinha cobertores porque alguém havia se apropriado deles. Tudo bem. O insuportável era esse cheiro metálico de bituca de cigarros que impregnava a casa.

Em compensação, em Buenos Aires tinham que cuidar das aparências, de modo que tratavam de comer nas horas certas e de manter a geladeira sortida. Nada a ver com a de Madri, onde nunca houve muito mais que uma cebola ressecada e algumas latas de cerveja. A coisa em Buenos Aires era estranha, porque o pessoal do partido jamais entrava na casa da gente, mais ainda, nem mesmo sabia onde ficava, por segurança não se podia saber, enquanto as portas e janelas deviam permanecer abertas de par em par para os vizinhos, ainda que você não os conhecesse. Passe, senhora do 4ºB, bem-vindo, senhor do 2ºA, não querem um cafezinho enquanto explicam o problema dessa goteira no tapete? Como não, senhora; como não, senhor. Que olhassem tudo o que quisessem, que farejassem e descartassem qualquer suspeita, que levassem a melhor impressão de você, que não tivessem absolutamente nada para entregar aos tiras. Vamos, me deixe ajudá-la com as sacolas das compras, senhora do 4ºB. Não quer emprestado o guarda-chuva, senhor do 2ºA? Olhe que está chuviscando.

— Mas então como você encontrava com os caras do partido pra conspirar? —perguntou Mateo.

— Só em lugares públicos, nos cafés principalmente, em encontros que nunca combinávamos por telefone. Os telefones eram encrenca certa, por isso era preciso marcar encontro através de intermediários que às vezes demoravam semanas pra levar ou trazer a mensagem. Nem te falo, a gente gastava quase todo o tempo em detalhes desse tipo.

— Me conte do dia em que conheceu Ramón.

— Se quiser, amanhã vamos a Las Violetas e te conto lá mesmo.

Las Violetas não existe mais, o recepcionista do hotel informaria no dia seguinte. Que pena Lorenza teve de não poder levar o filho. Com que exatidão guardava na memória o ar lânguido daquele lugar, o padrão de losangos do piso de mármore, as rosáceas cor de lilás e malva dos vitrais e até o dourado do chá que serviam nas xícaras de porcelana branca, mas, em troca, que enganosa a lembrança dessa moça que devia ter sido ela e que numa segunda-feira à tarde esperava esse outro rapaz a quem ainda não conhecia e que dois anos mais tarde haveria de ser o pai de Mateo. Lorenza tentou ver Aurélia sentada lá, em Las Violetas, a todo instante checando o relógio, nervosa, olhando para as portas e de novo para o relógio, consciente de que as três caixas que levava eram evidentes demais.

— Três caixas? Mas não eram duas? — Mateo perguntou.

Duas de raviôli e a terceira dos sapatos Bally. Porque, como não cabia tudo no meio dos raviólis, tinha resolvido armar um fundo falso na caixa dos Bally onde, com perdão da mãezinha, escondeu os dólares, e por cima colocou os próprios Bally. Enfim, eram seis horas. Seis? Teria sido realmente essa a hora combinada para o primeiro encontro? Agora Lorenza tinha dúvidas. O certo era que se tratava de uma segunda-feira, disso não havia dúvidas, logo Mateo veria por que não havia dúvidas. Chegou uns minutos antes do combinado e deu uma olhada ao redor, procurando com dissimulação. Devia haver ali umas trinta ou quarenta pessoas, não mais, em todo caso o lugar não estava cheio, muitas senhoras, um ou outro senhor mais velho, algumas moças e dois homens jovens, um à sua direita e o outro em frente, bem mais longe. Qualquer um dos dois podia ser Forcás. Mas ambos estavam acompanhados, o da direita da que parecia ser a namorada dele e o outro de uma mulher de quem Aurélia não podia ver o rosto. E se estavam acompanhados, nenhum deles podia ser Forcás. Mas, pensando bem, por que não? Ninguém tinha dito que viria sozinho se encontrar com ela, no fim das contas se tratava apenas de entregar e receber uma encomenda, não devia esquecer de que não tinha ido ali para um *blind date*, mas para cumprir um pequeno ato de guerra. Nem devia ignorar que, se tinham marcado ali e não em outro lugar, era só porque uma confeitaria chique despertaria menos suspeitas. E também porque o local, por ser de esquina, contava com duas saídas, uma para a rua e outra para a avenida, e isso facilitaria a fuga se as coisas ficassem feias. Quer dizer, não tinham nada a ver com ela, nem com o encontro que se aproximava, esses guardanapos com raminho de violeta bordado no canto, nem os bavarois e os éclairs que passavam em bandejas por entre as mesas, nem as toalhinhas brancas banhadas pela luz de vitral. Uma pena, pensou, essas maravilhas não são para mim. Mas para ela isso da clandestinidade ainda devia parecer uma brincadeira, ou uma encenação teatral; apenas pouco a pouco Aurélia iria aterrissar no que implicava uma existência tocada em segredo, alheia ao dia a dia, à margem da vida normal dos demais.

Mas quem sabe? Quem pode adivinhar o quanto é normal a vida dos outros, ou em que coisas esquisitas não andarão metidos? Certamente ali mesmo, em Las Violetas, devia haver mais de um numa situação parecida com a dela, alguém a ponto de sussurrar a outro uma informação vedada ao ouvido, ou de passar uma folha mimeografada por baixo da mesa, ou talvez um informante dos tiras que se fazia de desentendido enquanto tomava notas de tudo. Desses devia haver mais de um; nesse tempo muita gente estava na onda, jogando para um lado ou para o outro.

Em todo caso, se sentiu incomodada por ter tido ilusões a respeito de Forcás, mesmo que na verdade não soubesse nem que tipo de ilusões era, talvez esperança de uma xícara de chá bem conversada, ou antes a necessidade de ter a quem confessar que seu pai tinha morrido fazia pouco e que estava triste por isso, ou a urgência de um afeto que a ancorasse nessa cidade tão bonita, mas tão cheia de ameaças. Além disso, como não ia ter ilusões se ia conhecer um homem que considerava pouco menos que um herói?

— *Herói*, Lorenza? Ridículo, chamar de herói uma pessoa de carne e osso.

— Um pouco sim, um pouco não.

— Um pouco herói, um pouco palhaço.

— Como todo mundo.

Às seis e oito pensou que não devia permanecer muito mais ali. Pediria a conta, esperaria dois minutos e, se não chegasse ninguém, daria o fora a toda. Então prestou mais atenção em um dos dois jovens que estavam sentados, o que via refletido no espelho do fundo, e se deu conta de que ele por sua vez a olhava, também através do espelho e com dissimulação, enquanto sua companheira continuava conversando. Era bastante bonito, pelo menos mais bonito que o da direita, que era perfeitamente feio. Esse do espelho podia ser Forcás, devia ser Forcás, embora com cabelos e olhos não muito cor de mel, digamos, e Sandrita tinha sido enfática nesse traço. Bem, os olhos quem sabe como seriam, de longe era impossível ver bem, e o cabelo? O cabelo não era cor de mel coisa nenhuma, era mais escuro, digamos pretos, e enquanto não ficasse de pé, vai saber se tinha as pernas tortas. E se era mesmo Forcás, por que não se aproximava? E se não era

Forcás, por que a olhava? Talvez o pobre não tivesse nada a ver, só estava encucado porque ela o olhava muito.

Aurélia correu os olhos para a porta porque sentiu que agora, sim, alguém entrava e o instinto lhe disse que era ele, mas não, ora, se ia ser, era um grupo de senhoras, e então decidiu que agora, sim, ia se levantar, porque o compasso de espera se acabava. Sairia com suas caixas e, depois de deixá-las em casa, iria ao encontro de controle, para avisar que podia ter acontecido alguma coisa com Forcás.

— Me trouxe esses troços? — perguntou pelas costas, quase contra a nuca, uma voz rouca que naturalmente era a dele, não era preciso ser mago para adivinhar. Ela se assustou, não esperava que surgisse assim, pela retaguarda, e além disso deve ter ficado tímida porque ao cumprimentá-lo a voz lhe soou impostada, como uma fala de teatro. Em troca ele parecia calmo quando se sentou ao lado dela; em todo caso, estava muito sorridente.

— Sorriso bonito — Lorenza disse a Mateo. — Sorriso bonito o do teu pai.

— Ainda não tinha perdido o dente — Mateo cortou. — Ele te disse a palavra *troço*? Você acaba de me dizer que Forcás te disse *troço*. Ele perguntou mesmo *me trouxe esses troços*, assim, em colombiano?

— Assim mesmo; já devia saber de onde eu era.

Em seguida Aurélia soube que o homem que tinha ao lado fumava; era a primeira coisa que seu nariz registrava quando conhecia uma pessoa. Mas além disso chegou até ela outro cheiro — desse ela gostou mesmo —, o da lã crua do pulôver grosso que ele usava.

— Seus famosos pulôveres de lã grossa.

— É isso aí. Esse parecia tecido à mão e desprendia um cheiro que inspirava confiança, um cheiro agradável de animal.

— Um cheiro agradável de animal ou um cheiro de animal agradável?

— Cheiro de ovelha. Só quero dizer que usava um pulôver de lã de ovelha. Mas além disso teu pai cheirava a uma terceira coisa. Irradiava energia e juventude, e isso também cheira. Cheira forte e atrai.

— Isso se chama testosterona, Lolé.

— Eu nunca teria dito a você, mas já que falou, bem, sim, era um senhor homem, teu pai. Claro que exalava testosterona.

— Se nos interrogarem, vamos dizer que nos conhecemos em teu país, em setembro do ano passado — Forcás propôs a Aurélia, para acertar os ponteiros.

— Tudo bem — ela respondeu. — O que você fazia lá?

— Um negócio de exportação.

— Exportava o quê?

— Jaquetas de couro, e lá combinamos que você me ligaria logo que chegasse a Buenos Aires, pra que te levasse pra conhecer a cidade.

— Parece razoável. E na Colômbia, quem nos apresentou?

— Alguém da tua família. Me diga quem pode ser.

— Meu cunhado?

— Teu cunhado. Teu cunhado era meu contato pra vender as jaquetas. Dê um nome.

— Patrick.

— Patrick de quê?

— Patrick Ferguson. Digamos que é australiano.

— Se te pedirem mais dados, diga que só agora começamos a nos conhecer melhor e que não sabemos muito um do outro.

— Nem mesmo o nome?

— Diga que me chamo Mário.

O lugar era barulhento, Forcás falava muito baixo e muito portenho, e ela custava a entender, de modo que não tinha outro jeito senão se aproximar dele; deve ter sido por isso que no começo pôde mais cheirá-lo que vê-lo. Depois corrigiu o ângulo de visão e se deu conta de que era verdade, realmente tinha os ombros largos e o cabelo muito bonito, cor de mel nem tanto, estava mais para castanho-claro como tinha visto, mas dava na mesma, de qualquer forma era lindo, ou melhor, tudo o que tinha era lindo, Sandrita não havia mentido nem um tico.

— Então era isso mesmo, meu pai tem ombros largos, como diz Patrick. Mas não me disse o que aconteceu com o Charles.

— Que Charles?

— Aquele que deixou no Mercedes do Humberto.

— Xale, kiddo, xale.

— Isso, xale.

— Nunca fiquei sabendo. Como não falei mais com essa gente, nunca soube o que foi feito do *Charles*.

— E as caixas? — Mateo perguntou.

— Que caixas?

— As de ravióli, Lorenza, as de ravióli.

— Foi isso mesmo que teu pai me perguntou naquela mesa de Las Violetas, no dia em que nos conhecemos; me perguntou o que eram as caixas e fiquei surpresa que ele parecesse surpreso.

— Trago *esse troço* pra você; são caixas de ravióli — Aurélia respondeu a Forcás.

— Ravióli? Você tá maluca? Quem pensaria em andar com caixas de ravióli numa segunda-feira? — Forcás se alterou.

— Viu, Mateo, por que tenho tanta certeza de que esse primeiro encontro foi numa segunda-feira?

— Ruim, caixas de ravióli numa segunda? — Mateo perguntou.

— Péssimo. Quando Forcás me jogou isso na cara, comecei a balbuciar, envergonhada de ter metido os pés pelas mãos mais uma vez: mas me disseram, tentava explicar, ontem meu contato me disse...

— Ouça, *ontem* era domingo, filhinha — Forcás sussurrou ao ouvido dela —, pra *ontem* as caixas de ravióli serviam, pra hoje não, as fábricas de massa fecham às segundas. É suicida andar com isso numa segunda. Fora você, não há nenhum retardado em Buenos Aires que ande por aí com caixas de ravióli. Aqui não se come ravióli numa segunda...

— Você trocou o domingo pela segunda, como eu ia saber, hein? Como ia saber o que comem aqui na segunda, pra mim tanto faz se comem merda — Aurélia estourou. Sandrita já tinha passado um sabão nela e agora esse Forcás sendo grosseiro assim de saída. — E tem mais uma coisa — disse a ele —, não me chame de otária, nem de pequeno-burguesa e claro que não de retardada nem de filhinha, porque não sou tua filhinha e não aguento outra chuva de apelidos, já estou por aqui com isso tudo.

— Os companheiros te xingaram muito? — Forcás perguntou, suavizando o tom para acalmar os ânimos e dando outra vez um sorriso sedutor.

— Ultimamente não têm feito outra coisa.

— Você deve ter feito várias cagadas como esta, olhe que esta do ravióli é demais. E a outra caixa? — Forcás tinha perguntado, meio sardônico.

Ela ficou vermelha de novo porque sabia que tinham razão, ou tomava cuidado ou ia armar uma encrenca, e por aí ele já devia ter acendido um de seus Particulares 30 de rótulo verde, que tragava pra valer, como que ávido pelo câncer.

— Vamos, me diz agora por que chamavam meu pai de Forcás. Fora o cheiro de ovelha, o que você notou de camponês nele?

— Só o cheiro de ovelha. Depois soube que tua avó Noëlle tecia esses pulôveres, com a lã das três ovelhas que tinham lá em Polvaredas.

Talvez se naquele momento ela observasse Forcás com olho inquisitivo, teria detectado desde então como ele era selvagem; notava-se como que uma violência nos movimentos dele e na intransigência de suas opiniões. Embora devesse ser assim mais por ser militante que por ser camponês. A verdade é que no primeiro dia Aurélia não o tinha achado com cara de camponês; viu apenas que era o homem mais bonito que havia visto na vida.

Nunca soube a que horas ele tinha entrado em Las Violetas, ou se já estava lá quando ela chegou, sentado nos fundos, observando-a e esperando até o último momento para fazer sua aparição. O certo é que estava ali, sentado ao lado dela, olhando-a com olhos presunçosos e perguntando por que havia levado tantas caixas.

— São muitas caixas porque são muitos *troços* — ela respondeu.

Forcás quis saber o que trazia além dos passaportes, e ela contou que uns microfilmes e uns tantos dólares.

— Pensei que eram só os passaportes — ele disse —, nem suspeitava do resto. Quem teve a ideia de mandar tudo isso junto e por um só emissário? É uma coisa de louco.

— Eu fiz o que me mandaram, sem perguntar, porque também me mandaram não perguntar.

— Tudo bem, você não tem culpa.

— Só faltava que eu levasse a culpa.

— Na verdade a grana chega na hora H, mas que patetice, minha nossa, que filhos da puta, esses companheiros de Madri te mandaram pro paredão, como te despacharam com tudo isso em cima?

— Tem certeza de que meu pai falava assim, Lolé? — Mateo perguntou. — Com esse sotaque e essas palavras?

— Sim, bem, mais ou menos; não sei imitar os argentinos.

— Tudo bem, continue contando, mas as partes dele... melhor pronunciar normal. Vão soar menos forçadas.

— Pronuncio como me saem, kiddo, não encha. Depois, quase acabei. Ou prefere que deixemos a história por aqui?

— Quero que termine. Mas sem sotaque.

Aurélia perguntou a Forcás se por acaso não tinham avisado que ela ia trazer tudo isso e ele respondeu que tinham telefonado da Europa, mas que não havia entendido bem de que se tratava; eram tantos códigos para despistar o inimigo, que eles mesmos acabavam despistados.

— Assim terminou esse primeiro encontro, Mateo; só aconteceu isso — a mãe disse. — Não podíamos espichar a coisa por mais raviólis e dólares que levássemos, tínhamos pressa de sair, o mais prudente era cada um dar o fora para seu lado o quanto antes possível. Mas estava claro que nós dois gostaríamos de ficar, nos sentíamos bem juntos, mais que bem, imagino que já estávamos meio apaixonados.

— Tão rápido?

— Bem, digamos engatados. Química, como dizem.

Química, sim, que mais? Afinal de contas tinham falado muito pouco. Expressões insinuantes, tapinhas no ombro, joelhos se roçando, o beijo de despedida, mais uns minutos de conversa de contrabando, nova despedida, novo beijo, tchau, novo tchau, agora sim tchau.

— Saia você primeiro — Forcás indicou quando já não era possível esticar mais a despedida, e ela abriu a carteira para pagar seu chá e o café dele.

— Nem pense, guarde isso, filhinha — aplicou-lhe o filhinha de novo, mas ela já não se sentiu tão chocada. — Vai escancarar se você pagar, sinto muito, mas nesses encontros tem de deixar que o homem pague.

— *Escancarar?* — Mateo perguntou.

— É, dar bandeira.

Aurélia já ia alcançando a porta que dava para Rivadavia quando se virou e caminhou outra vez até a mesa, onde Forcás continuava sentado.

— Esqueci de dizer que os microfilmes estão no fundo dos sapatos — disse ao ouvido dele, aproveitando para aspirar pela última vez esse cheirinho de ovelhinha fofa, e então ele a segurou por um braço e perguntou, vamos nos ver na semana que vem?

— Espere aí, Lolé — Mateo disse. — Me explica por que se apaixonou por Forcás: pelo cabelo bonito, pelos ombros largos ou pelo cheiro de lã?

— Credo, que pergunta! Me deixe pensar. Primeiro, porque era do partido; nessa época não teria pensado em me apaixonar por alguém que não fosse.

— Gostou dele porque era operário?

— Não era operário.

— Camponês, então.

— De origem camponesa. Mas isso não era uma classe social muito apreciada por nós, nosso negócio eram os operários industriais. Os mujiques traíram a Revolução de Outubro, você sabe.

— Hein?

— Nada, nada. Segundo, gostei que fosse o polo oposto de qualquer namorado que meu paizinho teria desejado pra mim. E terceiro, pura atração, acho.

— Sexual?

— Sim, mas além disso era um cara interessante.

— Você achou que ele podia ser um bom pai? — Mateo lançou a pergunta à queima-roupa e pegou sua mãe no contrapé. Ela se sentiu envergonhada por ter contado a ele tanta frivolidade, tanta baboseira imprestável. Ficou quieta um instante porque não soube como responder; qualquer coisa que dissesse teria sido lamentável.

— Bom pai? Não, Mateo, não me perguntei. Nem mesmo me perguntei se seria um bom homem.

Esta é uma carta de amor, tinha dito o dr. Haddad, depois de ler as páginas que Ramón deixou escritas no lance obscuro. Carta de amor?, Lorenza se indignou. Como isso ia ser uma carta de amor, levam o filho da gente e isso é uma carta de amor? Nem ia se dar ao trabalho de discutir com esse Doutor Coração que se saía com uma melosidade dessas. Cometem contra você o mais vil dos atos, o mais traiçoeiro, e isso é uma carta de amor, anunciam que você nunca mais vai ver seu filho, um bebê de dois anos, o ser saído de suas entranhas, e isso é uma carta de amor, roubam uma criança falsificando documentos, falsificando a própria assinatura da gente, até nos obrigam a fazer as malas, e isso é uma carta de amor. Todos os psiquiatras do mundo falam um monte de bosta e esse Doutor Coração era o pior deles. Lorenza deu meia-volta para cair fora, que a mãezinha se despedisse do homem e agradecesse pelo incômodo.

— Você a leu, Lorenza? — escutou a voz de Haddad às suas costas, e a pergunta a fez frear de repente. Por um momento ficou paralisada na porta, decidindo se acabava de sair ou se entrava de novo, e pelo visto se decidiu pela segunda opção, porque se virou, procurou uma cadeira diante do médico e se sentou. Achou que o homem tinha uma aparência de grilo, e que esse grilo a desafiava com o olhar.

— Não. Não toda — respondeu. — Apenas o primeiro parágrafo, e não vou ler o resto.

— Faz bem — Haddad disse, e houve um imperceptível tom triunfal na voz dele, como se o peixe acabasse de beliscar e só faltasse ao doutor dar um puxão. — Melhor assim. Não leia, não. Mas eu a li. Nas entrelinhas.

— Nas linhas diz que não vou ver meu filho de novo. O que diz nas entrelinhas?

— Esse homem não quer tirar o filho de você, Lorenza. Esse homem quer recuperar você.

Ela não precisou pedir que repetissem a frase para se dar conta de que acabavam de lhe fazer uma revelação. Enfim alguma coisa concreta em que se agarrar! Uma pista, uma luz, uma possibilidade. A nebulosa de angústia que noite e dia tinha embotado a cabeça de Lorenza parecia ter se dissipado de repente. Depois de falar com tanta gente que não dizia nada, depois de tanta consulta inútil, alguém acabava de dizer alguma coisa que valia a pena escutar. Lorenza respirou fundo. Estavam apontando um caminho que poderia levá-la a seu filho. Endireitou-se na cadeira, como uma marionete de que puxam os cordéis, e observou detidamente o médico. Era um homem pequeno de mãos grandes. Calvo. Magro. Narigudo. Visivelmente árabe, apesar de estar vestido de ocidental. Mesmo no domingo não se vestia de modo informal; pelo contrário, o terno, a gravata e a camisa branca eram rigorosamente formais e, até se poderia dizer, impecáveis. Havia algo contido nele, seco, anguloso, e era isso, mais os grandes olhos escuros na cabeça pelada, o que dava a ele a aparência de um grilo. A voz de Lorenza era outra quando pediu a Haddad que, por favor, repetisse o que acabara de dizer.

— Quem escreveu esta carta é um homem apaixonado que não quer ficar com seu filho, quer recuperar você. Prepare-se, Lorenza, porque ele vai ligar. Faça tudo o que tem que fazer para estar pronta quando o telefone tocar. Você deve saber o que fazer para se preparar. Ele vai ligar, sim, pode ter certeza. Quando, não sei. Em uma semana, duas, um mês. Quando ele se sentir em território seguro, vai ligar.

Lorenza, que sabia que o dr. Haddad tinha anos de experiência em casos de sequestro, havia estudado minuciosamente a aparência dele e então olhou em volta, esquadrinhando o consultório.

— Olhei com tanta avidez — comenta para Mateo —, que, embora nunca mais tenha voltado lá, até hoje lembro de cada detalhe.

Móveis lineares forrados de tecido cinza-escuro, assoalho de madeira, paredes brancas, e sobre as paredes três cartazes de exposições de arte. Num havia um bronze de Archipenko, *Woman combing her hair*, segundo as letras que Lorenza leu embaixo. No outro, uma figura abstrata em azul, cinza e preto de Malevich. No terceiro, uma série de listras cor de ameixa e marrons, de Rothko.

— Não me diga que numa hora dessas você pôde ficar olhando quadros — Mateo reclama.

— Queria indícios. Buscava pistas. Algo que me permitisse dar o passo decisivo: confiar. Pra poder agir precisava acreditar nesse homem, pra mim era questão de vida ou morte confiar nele, e eu olhava em volta tentando encontrar confirmação. Quer saber de uma coisa? A reprodução de um Renoir teria me parecido um mau sinal; há alguma coisa pegajosa nas reproduções de Renoir.

Os quadros do consultório, por sua vez, estavam em sintonia com a mensagem que a própria figura do médico procurava transmitir, deliberadamente ou não: clareza, rigor conceitual, formas simples, precisão mecânica. Até aí tudo bem, mas impessoal. Era preciso mais alguma coisa para que Lorenza baixasse definitivamente a guarda, alguma coisa que permitisse a ela fazer contato, que comprometesse seus afetos, e a viu sobre a escrivaninha do médico: uma fotografia enquadrada. Não da esposa nem dos filhos dele, isso teria sido o equivalente a uma reprodução de Renoir, nem de Freud ou de Jung, isso teria sido ofensivo, por óbvio. Também não era um postal, nem um trabalho artístico; era uma simples foto em preto e branco de uma oliveira no meio de um terreno pedregoso; presumivelmente o próprio doutor a tinha tirado, em sua terra natal. Era justo o que faltava a Lorenza.

— O que tinha a ver? — Mateo pergunta.

— Não tinha nada a ver. Não me pergunte por quê, mas entendi como uma luz verde. Podia confiar nesse homem, ia confiar nesse homem. Ia me preparar pra receber a ligação que estava me anunciando. Quando Ramón ligasse, porque ele ia ligar, eu estaria preparada.

— Vem cá, Lolé, não era melhor você mesma ler a carta? — perguntou Mateo.

— Não! Nem pense nisso. Ler a carta de Ramón teria me deixado cheia de raiva, ou desprezo, ou culpa, no melhor dos casos de compaixão ou tristeza, e era indispensável que eu não sentisse nada. Nada de nada. Esse doutor era um terceiro, alheio ao assunto, que tinha lido a carta friamente e havia me dado, digamos, o diagnóstico. Ou vai ver foi apenas um estalo. Ou uma espécie de profecia? Tinha me dito *ele vai ligar*, e de repente tudo fazia sentido, as peças do quebra-cabeça encaixavam numa ordem imprevista, mas lógica, e me pareceu que era pertinente acreditar na palavra dele. Daí pra frente essa frase, *ele vai ligar*, se transformaria em minha certeza e minha bússola. Eu estava preocupada demais pra julgar por minha conta sem começar a delirar, comprometida demais no drama pra ser medianamente objetiva, então deixaria que o grilo traçasse as diretrizes e com base nisso empenharia todas as minhas forças pra montar um plano de ação pra única coisa que me interessava, recuperar você.

— Como um robô — Mateo diz.

— Sim, como um robô — Lorenza responde. — Mas você não sabe que robô. Graças ao doutor Haddad, saí do marasmo pra me transformar em Mazinger Z.

Na época em que Aurélia conheceu Forcás, conheceu também Lucía, uma companheira do partido que carregava uma tragédia. Uns anos antes, quatro dias depois do golpe militar, tinham desaparecido com seu marido, que havia sido militante como ela, mas mais como simpatizante, porque a política não era a dele. Seu nome era Horacio Rasmilovich e o chamavam de Pipermin, ou o Piper, e mesmo que Aurélia não o tivesse conhecido pessoalmente ela o fez através de Lucía, pouco a pouco, a partir do que ela ia contando. O Piper trabalhava como tradutor de português para espanhol, quer dizer, não aparecia muito trabalho para ele, e ele adorava isso porque podia se dedicar à sua verdadeira paixão, ler livros de história, em particular sobre a Primeira Guerra Mundial. Nunca ficou claro para Lucía se o marido foi sequestrado porque o confundiram com outro, ou porque estavam de olho nele, ou porque na verdade procuravam por ela e, como não a encontraram, tinham botado a mão nele.

Lucía ficava louca com esta última possibilidade, não podia deixar de pensar nessa troca mortal, se levaram Piper em vez dela.

— É parte da tortura, Mateo — Lorenza quis explicar. — Como os ditadores e os torturadores não dão as caras, as vítimas acabam culpando a si mesmas. Não adiantava nada repetir a Lucía que não caísse na crueldade desse jogo, que era suficiente o que já tinha com a dor da perda pra somar a agonia da culpa.

A única coisa que Lucía sabia com certeza, porque uma vizinha que presenciara a cena tinha contado, era que haviam tirado Piper com os olhos vendados de casa, as mãos amarradas atrás e a cabeça banhada de sangue. E que gritava algo, algo que queria que se ouvisse, embora batessem nele para que se calasse. A vizinha o tinha *visto* gritar, mas não soube dizer a Lucía quais tinham sido as palavras, pediu desculpas, explicou que estava com a janela fechada, que o medo tapa os ouvidos, que nesse momento os operários da prefeitura furavam o asfalto. Daí pra frente Lucía não parou de se perguntar quais teriam sido essas últimas palavras do Piper que o barulho da rua havia engolido, que mensagem quis enviar, talvez uma pista que tornasse possível a tarefa de encontrá-lo.

— E você, Lolé, o que acha que o Piper gritava? Eu também gostaria de saber — Mateo disse.

— Em geral os sequestrados saíam gritando o próprio nome. Pra que pelo menos houvesse testemunhas, alguém na rua que ficasse sabendo o que estava acontecendo e pudesse denunciar o desaparecimento.

— Quer dizer que o Piper saiu gritando *eu sou o Piper, eu sou o Piper, estão me sequestrando!*

— Acho que gritava *sou Horacio Rasmilovich*, seu nome verdadeiro.

A partir desse momento Lucía não voltou a saber mais nada dele, como se tivesse sido tragado pela terra, e tanto ela como sua sogra dedicaram todos os seus dias e todas as suas horas a procurá-lo, a denunciar seu sequestro a tudo que era organismo internacional que tinham ao alcance, a perguntar nos tribunais de instrução militar, no Estado-Maior do Exército, na Casa de Governo. Iam juntas ao arcebispado e às sedes de redações dos jornais sem se separar uma da outra nem de dia nem de noite, tanto que Lucía fechou seu apartamento e foi viver na casa da sogra.

Elas se apoiavam mutuamente em sua tristeza e mantinham uma relação monotemática, a todo instante falando do Piper, lembrando dele, chorando por ele, planejando estratégias para topar com ele, e assim ano após ano, sem deixar que a passagem do tempo enfraquecesse seu empenho, pelo contrário, cada vez mais obstinadas, mais desafiantes, desfilando todas as quintas-feiras com as Mães da Praça de Maio.

— Quer dizer, esta praça aqui, Mateo. Trouxe você porque quero que conheça — Lorenza disse, os dois parados ao lado do obelisco erigido no centro. — Quero que saiba que foi aqui onde a ditadura começou a cair, com o empurrão que as mães deram. Exatamente nesta praça, onde estamos: aqui se reuniam às quintas-feiras umas senhoras com lenços brancos na cabeça e andavam em silêncio em volta deste obelisco, exigindo o retorno de seus filhos com vida. Imagina a coragem, Mateo? Naqueles tempos terríveis, elas se atreviam. E faziam bem aqui, diante da Casa de Governo, que é aquela ali. Elas marchavam aqui, sob os olhos dos assassinos e diante da indiferença ou do temor da maioria das pessoas.

Entre as mães marchavam Lucía e a sogra dela, fizesse sol ou chuva, levando a foto do Piper num cartaz, seu rosto afável com óculos de lentes grossas, tão de acordo com seu ofício de tradutor, mas que não combinava em nada com as letras vermelhas que no cartaz o apontavam como desaparecido. Ali iam elas, como bucha de canhão, se levantando antes do amanhecer para fazer fila desde cedo nos escritórios governamentais, Lucía e a sogra fechadas em sua dor, afastadas do mundo, únicas habitantes de um planeta perdido chamado Piper. Todas as vezes que Aurélia esteve com Lucía, devido a atividades que compartilhavam no partido, ouviu-a falar do marido com um amor e uma devoção comovedores. Pelo visto a vida de casados deles tinha sido muito feliz. Ela o descrevia como um homem tímido e retraído, mas afetuoso, de humor fino e vida interior intensa. Era muito bonita, a Lucía, alta e espigada e com um rosto anguloso sensacional, e Aurélia sabia, porque não faltou quem lhe confessasse, que mais de um companheiro teria gostado de se aproximar dela, de convidá-la para sair nem que fosse ao cinema, travar amizade com ela, acompanhá-la em sua desgraça. Mas claro que nenhum tinha se atrevido; diante da fidelidade incondicional à memória do Piper, qualquer tentativa desse tipo teria sido uma profanação.

Era quase certo que a essas alturas o Piper já estivesse morto, inclusive havia indícios de que era assim, como o testemunho de outro prisioneiro que o tinha visto horrivelmente torturado em certo antro de reclusão e que não acreditava que nesse estado pudesse ter sobrevivido. Claro que essa possibilidade não podia ser mencionada a Lucía, para ela era evidente que o Piper continuava vivo e que, se ela não cedia em seu esforço por recuperá-lo, cedo ou tarde ia consegui-lo. Lorenza confessou a Mateo que, apesar do respeito enorme que tivera por Lucía e da compaixão por sua situação, não tinha deixado de perceber o toque de delírio que havia naquela obsessão, que além do mais Lucía compartilhava inteiramente com a sogra, a ponto de que as duas mantinham intactas as coisas dele, a poltrona favorita, o livro de história aberto na página que estava lendo quando o pegaram, a roupa lavada e passada no armário. Aurélia sabia disso tudo porque a própria Lucía tinha contado a ela. Havia dito que tinha que ser assim, porque qualquer dia o Piper podia voltar. Fiéis a essa convicção, nem ela nem a sogra se afastavam da cidade nem nos fins de semana, nem nos feriados, nem nas férias: e se justo nesse momento o soltassem, se aparecesse, ou aparecesse alguém que poderia dar uma pista, alguém que soubesse de alguma coisa, se por descuido deixassem passar algum indício, por mais tênue que fosse?

Nada mais compreensível, na realidade, Lorenza comentou com Mateo. A morte de um ser amado é uma coisa atroz, mas no fim das contas fechada, concluída, sem mais voltas, nem para trás nem para a frente. Seu desaparecimento, em troca, é uma porta aberta para a eterna expectativa, para a não resposta, para a incerteza, para o fantasmagórico, e não há cabeça nem coração humanos que possam aguentar sem se aproximar do delírio em maior ou menor medida.

— Eu sei — Mateo respondeu. — A gente inventa coisas, vai se dando explicações cada vez mais loucas; isso me acontece com Ramón. Ramón é o meu fantasma. Se os ditadores tivessem desaparecido com ele, como o Piper, eu pelo menos teria em quem jogar a culpa.

Era tudo uma atrocidade, começando pelo próprio nome, *desaparecidos*. Em vez de *sequestrados*, ou *torturados*, ou *assassinados*, foram batizados como *desaparecidos*, como se por si sós tivessem evaporado, por culpa de ninguém, ou talvez por culpa deles mesmos, de sua própria natureza volátil. A ditadura primeiro *desaparecia* com as pessoas e depois negava que tivessem desaparecido, e assim *desaparecia* até com os desaparecidos. Como um truque brutal de magia.

— Uma hora você vê o cara, uma hora não vê mais. Agora ele está aqui, de repente sumiu — disse Mateo.

Essa era a condição do Piper quando Aurélia deixou de ver Lucía. Como a compartimentalização do partido era tão estrita, uma vez que se rompia o contato com alguém, esse alguém perdia você, como um anel no meio do mar. Assim tinha acontecido com Lucía.

O tempo passou, Lorenza se foi da Argentina e tocou sua vida, a Junta Militar caiu e alguns anos depois, num jantar em Nova York, apresentaram a ela um oncologista argentino que tinha sido simpatizante dos Montoneros, e conversando com ele, perguntando sobre sua própria experiência durante a época da ditadura, descobriu que a mãe do Piper tinha sido paciente dele, e além disso amiga por velhos vínculos familiares. Em seguida Lorenza quis saber de Lucía, continuava esperando pelo Piper?

— Sim, continua procurando por ele — o oncologista havia contado —, sem tanta convicção como antes, mas ainda mora na casa da sogra, apesar de ela já ter morrido, e, até onde eu sei, não quis ter relações sentimentais com ninguém mais. No fundo de sua alma, continua esperando pelo Piper.

Então Lorenza comentou sobre o quanto tinha sido feliz o casamento deles, uma coisa assim, e o médico olhou surpreso para ela.

— Você não sabe? Sério? — perguntou.

— O quê?

— Lucía e o Piper estavam separados quando ele foi sequestrado — o médico disse —, fazia pelo menos um ano e meio. Ele já andava com outra, ela andava com outro... Quando houve o sequestro, essa relação era coisa do passado...

Uma semana depois do episódio em Las Violetas, Aurélia se encontrou de novo com Forcás, como tinham combinado. Mesma casa de chá, mesmo minuto; só que nessa segunda vez a situação tinha sido tensa, talvez porque estivesse carregada de expectativas premeditadas pelos dois lados e, além do mais, era de noite e a mise-en-scène noturna implicava certo compromisso meio incômodo, digamos que Aurélia estava arrumada demais, digamos que havia escolhido com toda a intenção a roupa que pôs e que tinha feito escova no cabelo, e que ele por sua vez estava recém-banhado e cheirava a colônia, uma dessas pesadonas e viris cheias de más intenções, Drakkar Noir, uma coisa fulminante assim, na verdade para decepção de Aurélia, que tinha desejado a semana toda o cheiro de estábulo do suéter, aquele de lã. Agora, nesse aspecto Aurélia também não se salvava; naquele tempo, para sair de noite, se aplicava uma dose reforçada de Anaïs Anaïs, um perfume alvoroçadamente floral, de modo que deve ter irrompido em Las Violetas como *A primavera* de Botticelli, deixando à sua passagem uma esteira de lilases e jasmins.

No fundo o motivo da tensão era justamente esse, que, ao contrário da primeira vez, esta segunda não tinha um motivo.

Falando claro, aquilo tinha ficado reduzido a um flerte sem subterfúgios onde a conversa não engatava. Se tivessem se encontrado em Bogotá ou em Madri, teriam quebrado o gelo discutindo coisas de trotskistas, como o antagonismo em Angola entre o MPLA, o FNLA e a UNITA, ou as denúncias contra o PSOE por parte da Frente Polisário de libertação saharaui, ou a previsível cisão dos sandinistas na Nicarágua. Mas em Buenos Aires não podiam fazê-lo; estando num lugar público, tinham que evitar esses assuntos — seus assuntos, suas paixões —, e o nervosismo os estava levando a uma série difícil de perguntas artificiais e respostas cortantes.

Em troca, o esforço de sedução já estava surtindo efeito em Aurélia, quer dizer, o cabelo bonito e os ombros largos, tanto que nem mesmo a fumaça dos Particulares 30 parecia incomodá-la muito e, quando o Drakkar Noir dele e o Anaïs Anaïs dela deixaram de se repelir e começaram a combinar, irromperam pela porta da avenida uns caras vestidos de escuro, vários, talvez cinco ou seis, de jaqueta de couro e cabelo cortado zero, embora talvez houvesse um ou dois de camisa e gravata.

— Parece que estou vendo essa entrada que fizeram em Las Violetas, como elefantes numa loja de cristais — Lorenza contou a Mateo. — Outra tirada argentina, essa do elefante na loja de cristais.

Todo mundo ficou congelado onde estava, até os garçons, como se aquilo fosse o palácio da Bela Adormecida e o único acordado para Aurélia fosse seu próprio coração, que desatou a bater como louco.

— Fique firme com o minuto que não acontece nada — Forcás quis tranquilizá-la.

Puderam ver pelo espelho do fundo que os caras obrigavam dois senhores que dividiam uma mesa a se levantar de suas cadeiras. Viram como empurravam o mais alto até um extremo do salão e o outro para o lado oposto. Uns minutos depois, três dos tiras se aproximaram da mesa de Aurélia e Forcás, que os tinham atraído como um ímã. Pediram-lhes os documentos. Em volta as pessoas se camuflavam numa imobilidade que desejavam que as tornasse invisíveis, inocentes, se te vi não me lembro e se me lembro já te esqueci, ninguém se atrevia a se virar para olhar, mas claro que viam, mesmo que não fosse com os olhos. Dois dos caras levaram Forcás até a porta que dava para a Medrano e o outro tomou Aurélia por um braço e a empurrou até o fundo, para a escada que subia para os banheiros, porque era assim que costumavam fazer, interrogavam um num canto, com quem está, onde se conheceram, de que falavam, e o outro no outro canto a mesma coisa, quem apresentou vocês, de que falavam, onde se viram antes? Ah, se contradizem? Então se foderam, filhos da puta, quer dizer que são subversivos e estão conspirando, vamos arrebentar com vocês. Os tiras sabiam que nos cafés se tramava muita coisa e aplicavam essas técnicas de controle, pura Escola das Américas, truques aprendidos com os milicos gringos no Panamá.

— E era verdade, kiddo — Lorenza disse a Mateo —, os cafés de Buenos Aires eram o epicentro da conspiração; algum dia devia se erigir um monumento por isso.

Um dos tiras tinha uma medalhinha presa na lapela com um alfinete. Uma medalhinha da Virgem de Luján. Encurralou Aurélia contra a parede e, como era alto, esfregava a jaqueta contra a cara dela, de modo que ela pôde ver bem, era a Virgem de Luján. Usava manto e coroa, lançava raios de luz e pisava uma meia-lua, como quase todas as Virgens, só que a de Luján tem aos pés o escudo argentino, nisso se diferencia. Fora essa medalha, era um tira igual a qualquer tira; Lorenza lembra o hálito espesso que o homem lhe jogava no rosto, os óculos escuros que ocultavam os olhos dele e o couro grosso da jaqueta preta.

— Era até engraçado ver como gostavam de se fantasiar de si mesmos — disse a Mateo. — Filhos da puta que andavam vestidos assim, de filhos da puta.

A primeira coisa que o cara perguntou foi quem estava com ela, e ela falou do Mário que fazia umas semanas tinha conhecido em seu país, e falou confiante porque sabia que do outro lado do salão Forcás também responderia que estava com uma garota que tinha conhecido na Colômbia, e depois o tira perguntou o que Mário fazia na Colômbia, e enquanto ela respondia que negociava couro, sabia que no outro lado Forcás estava respondendo exatamente o mesmo, era como um jogo de sintonia entre os dois, entre Aurélia e Forcás, que jogavam a bola de um lado para o outro do salão, suavemente, com precisão, sem vacilos, sem falhar um com o outro, ele lá no seu canto, ela no canto dela, cada um nas mãos do outro, ambos respondendo às perguntas com a certeza de que o outro o respaldava. Quem apresentou vocês? Meu cunhado. Como se chama o cunhado dela? Se chama Patrick. Patrick do quê?

Será que Forcás ia se lembrar do sobrenome que haviam dado ao cunhado, *Ferguson?* Aurélia o tinha escolhido porque sim, na verdade poderia ter sido qualquer outro, e no entanto agora a vida dependia de que tanto ele como ela dissessem justamente esse, Ferguson, nenhum outro. Tinham combinado na semana anterior, no primeiro encontro, e neste não o haviam repassado, disseram apenas o mesmo minuto? Tudo bem, o mesmo minuto, e isso foi tudo. Mas, claro, certamente Forcás ia se lembrar, Aurélia tinha certeza de que se lembraria e que lá no seu canto estaria respondendo com toda a calma: o sobrenome do cunhado dela é Ferguson. E o que vocês dois estavam fazendo aqui? Marcamos encontro para depois ir ouvir tangos, ela disse. Vou mostrar a cidade pra ela, ouvir tangos, os estrangeiros adoram, ele disse. E o que ele fazia na Colômbia? Já disse, um negócio de artigos de couro com meu cunhado. E lá no outro extremo, como um eco que Aurélia não podia escutar, mas que adivinhava: fui à Colômbia para acertar uma exportação de artigos de couro com o cunhado dela.

O tira que retinha Aurélia levantou os óculos, prendeu-o no alto da testa, aproximou o passaporte dos olhos e ela pôde vê-los. Eram olhos comuns, sem adjetivos, talvez cor de café, sem dúvida míopes, e, enquanto o cara passava as páginas e inspecionava os selos, ela tratava de olhar por cima do ombro para localizar Forcás. No começo não o encontrava, ocultavam-no as colunas grossas de granito que havia no lugar, depois sim, viu Forcás, ele também estava procurando com o olhar e sorriu para ela como se não acontecesse nada, não acontece nada, disse com o sorriso, e ela sorriu de volta, não, não acontece nada.

O incidente com os tiras não tinha sido nada, só uma acareação, quase um trâmite de rotina, e no entanto fora a cerimônia que selara a aliança de Aurélia com Forcás. Tinha ficado estabelecido um pacto de cumplicidade com esse sujeito que se fazia chamar de Forcás, e ela soube que a partir daí sua sorte correria ao lado da dele, acontecesse o que acontecesse.

O tira ordenou que ela ficasse onde estava, meteu o passaporte no bolso, subiu o fecho da jaqueta, foi em busca de seus cupinchas, certamente para comprovar versões, e depois voltou, agora menos insolente, pelo visto porque tinham passado no teste, e com um tonzinho paternal e meloso aconselhou-a a não andar por aí com estranhos, você é estrangeira, disse para ela, não tem por que saber, mas anda solto por aí cada chato que vou te contar, pode te passar a conversa, você topa e em vez de ouvir tango acaba num motel com um vagabundo qualquer, melhor você voltar pra casa, você é uma boa menina, vai pra casa.

— Então o que te interrogou tinha jaqueta de couro — Mateo disse.

— Acho que lembro que subiu o fecho de uma jaqueta, mas sei lá, a única coisa certa é que tinha algo na lapela, a medalhinha que te falei presa com um alfinete.

— Ele levou teu passaporte?

— Não, me devolveu antes de ir.

— Então por que não diz?

— Hein?

— Que te devolveu, ora. Que dali a pouco entrou de novo, foi até tua mesa e te entregou o passaporte.

— Perdão, kiddo, esqueci esse detalhe.

— Também tá esquecendo de me contar o que aconteceu com os outros dois caras, os dois que tiraram da outra mesa pra interrogar também.

— Quando os tiras foram embora, eu comecei a suar. Senti uma onda de calor de arrasar, me encharcou a camisa, como se eu já não pudesse segurar por mais tempo sei lá que descontrole físico. Então teu pai me disse, levaram aqueles, e eu vi que sim, a mesa deles estava vazia.

— Que aconteceu com eles? — perguntou Mateo em meio a um bocejo.

— Levaram pra um camburão. Mas agora dorme, amanhã te conto.

— Me conte agora.

— Não sei mais nada, foram levados, nem mesmo soube quem eram.

— Não saíram gritando seus nomes, como o Piper? Eu sou fulano, estão me sequestrando, socorro!

— Não gritaram nada. Talvez a Virgem de Luján os tenha protegido...

— Fale sério, Lorenza, diga o que acha que aconteceu.

— Vamos, kiddo, durma.

— O dia acabou e não liguei pro Ramón.

— Amanhã você liga.
— Acha mesmo que a Virgem de Luján salvou os dois?
— Não, Mateo, não acho.

— Agora sim. Agora vou ligar — anunciou Mateo logo que saiu da cama, e Lorenza sentiu que dessa vez ia ligar mesmo. — Sumiu! — gritou em seguida e olhou a mãe com olhos de espanto.

— Santo Deus, o que foi que sumiu? Calma, não fique assim.

— O caderno, Lorenza — Mateo sentenciou em tom lúgubre. — O caderno onde anotei o que vou dizer pra ele.

Deixou-se cair na poltrona, derrotado, e ela começou a procurar. Levou cinco minutos para encontrá-lo; estava mergulhado no meio de umas revistas.

— Apareceu? — perguntou assombrado, como se tivesse acontecido um milagre. — *Ramón Iribarren, sou teu filho Mateo Iribarren e vim a Buenos Aires pra te conhecer* — leu em voz alta, como tinha feito mil vezes desde que estavam nesse hotel.

Já sabia o parágrafo de cor, mas continuava repetindo, como um mantra, ou um conjuro. Lorenza o esteve observando todos esses dias: seu filho se preparava para o encontro com o pai como para uma cerimônia. Ou um duelo.

— Agora sim — Mateo disse e ficou olhando o telefone, como uma cobra hipnotiza a presa antes do bote. Mas, em vez de pegá-lo, optou pelo controle remoto e ligou a tevê.

— Daqui a pouco eu ligo. Juro, daqui a pouco — garantiu à mãe, como se tivesse que prestar contas a ela. — Merda, os Rolling Stones! Vão dar um show, aqui mesmo em Buenos Aires, não acredito, olhe, vem cá, estão anunciando pela tevê que vão se apresentar no campo do River Plate. Vamos, Lorenza! Você acha que podemos ir? Será que ainda tem entrada pros Rolling Stones? Isso é histórico, entende? Uma oportunidade em um milhão! Puta merda, como gosto dos Stones, prefiro mil vezes ver os Stones a me encontrar com Ramón, Ramón que vá à merda, Lolé, vamos ver os Rolling, isso chega pra mim, juro que se vejo os Stones volto na boa pra Bogotá e deixo de encher o saco com Buenos Aires, é mais emocionante contar pros meus amigos que fui a um show dos Rolling Stones que contar que conheci um sujeito carequinha que era meu pai.

Então foram. Ao show dos Stones, com a participação de Bob Dylan, no campo do River Plate. Aurélia teve que se conformar com uns ingressos caríssimos que ofereceram na recepção do hotel, os únicos que restavam na plateia porque aquilo estava lotado de arrebentar. Na entrada, Mateo comprou a camiseta de *Bridges to Babylon* e na saída não parava de falar, tal era sua excitação.

— Sensacional, totalmente demais! — repetia, enquanto tentavam avançar em meio à multidão que saía aos borbotões do estádio. — Um desbunde total, mas é bem esquisito ir a um show dos Stones com a mãe da gente, quero ver quem tem peito de se entusiasmar e se soltar com a mãe do lado. Na verdade, os Stones são mais do teu tempo que do meu, Lolé, que sarro, você sabia as letras melhor que eu. Puta merda, não tocaram "Paint it black", incrível, a gente gritou tanto pra que cantassem e esses Stones fodidos se fizeram de surdos, pelo menos Bob Dylan cantou "Like a rolling stone", ele compôs, Bob Dylan compôs essa canção e daí os Stones pegaram o nome, acho que a coisa foi assim, depois brigaram com Bob Dylan e por isso o encontro desta noite foi histórico, Lorenza, foi único, os Stones e Bob Dylan ficaram amigos de novo e eu tive a sorte de ver, me entende? Eu, Mateo Iribarren! Mas você é uma besta, mãe, como pôde gostar mais do palco pequeno, que mancada, aí mostrou a idade, definitivamente pré-histórica, gostou mais desse tabladinho retrô só porque era como os do teu tempo, mas a verdadeira putaria estava no grande, totalmente tecnológico, com uma tremenda iluminação, e você mortinha de felicidade com esse treco mixuruca. O mais incrível foi o aro azul que explodiu em fogos de artifício quando cantaram *I can't get no, saaatisfac-tion*, e tudo ficou azul, não acha que o melhor de tudo foi esse aro azul? Irado, irado total, se é que você sabe do que tou falando, Lorenza. É, do brilho azul quando cantaram "Satisfaction", ou você não viu? Estava pensando no quê, mãe? Todo o estádio se deu conta, era impossível não se dar conta dessa luz azul, pra que eu trouxe você, se perdeu um troço desses? Não ria, não tem graça, na minha idade é o fim do mundo ir a um show com a mãe, você não se dá conta dessas coisas, mas do meu lado tinha uma garota linda, uma argentina muito, mas muito linda, e ela me olhava e eu passava mal, fazendo força pra que não se desse conta de que eu estava com minha mãe, ou pior, que pensasse que eu estava com minha namorada, uma namorada mais velha que eu, isso seria o fim. Porra, tanto faz, que saiba que sou um panaca que vai com a mãe a shows, já era, fodeu tudo, mas e daí? Nunca mais vou ver essa argentininha. Puxa, mas fazia um frio do caralho, não, Lolé? Mas lá dentro não sentimos de tanto que pulamos e gritamos, eu suei como um cavalo. Merda, acho que fodi um pouco minha camiseta *Bridges to Babylon*, olhe só como encharcou, deve feder como o diabo, será que estraga se lavar no hotel? Ou mando lavar a seco? Sim, é melhor, mando lavar a seco, assim não corro risco. Estávamos acalorados lá dentro, não? Mas agora tô me cagando de frio, você não? Como diz Forcás, se este é o frio da vida, como será o da morte? Já te disse que não vou fechar a jaqueta, Lorenza, se fecho não se vê a camiseta, aí qual a graça? Obrigado, muito, muito obrigado por me levar ao show, você é o máximo, Lolé. O chato foi a grana que gastamos, um montão. Mas valeu a pena, não? Caramba, se valeu a pena, mil vezes valeu a pena, um milhão de vezes, e obrigado também pela camiseta, isto foi a melhor coisa de ter vindo a Buenos Aires, encontrarmos os Stones. Que pequenininho estava o Bob Dylan, parecia um gnomo, não acha? Mas é dos grandes. Um grande um pouco velho, mas um grande no fim das contas. O quê? Não gosta da minha camiseta? Qual é o problema que o tecido seja muito engomado? Só uma mãe pode botar defeito numa camiseta *Bridges to Babylon* porque tem o tecido engomado. Duro? Tecido duro? Claro, um pouco, e daí? Ramón gosta dos Rolling Stones, Lolé? Eu acho que gosta sim, penso que, se o homem estava com o rock argentino, os Rolling também lhe caem bem, são de sua época. E pensar que estávamos no campo do River, os arqui-inimigos de Ramón, que é fanático do Boca Juniors. Você me disse que Ramón era fanático do Boca e que ia ao futebol na Bombonera, não me mentiu, não é mesmo? O que Ramón diria se soubesse que estivemos no campo do River Plate!

— Teu pai dizia que, quando tivesse um filho, ia chamar de César, em homenagem ao Negro César Robles, um amigo e companheiro de que gostava muito e que tinha sido assassinado pela Triple A nos tempos da Isabel Perón. Então César, e Cesária, se nascer mulher, eu dizia, porque me parecia um absurdo, por pouco não digo uma besteira, isso de querer ter filhos no meio dessa vida de sobressaltos.

— Ma-te-o Cé-sar I-ri-bar-ren — Mateo disse. — Minha nossa, que nome me puseram. César por causa do Negro César, e o Mateo saiu de onde?

— Eu escolhi.

— Eu gostaria de ter conhecido o Negro César, contar que levo o nome dele. Ou pelo menos visitar o túmulo dele.

— Não sei onde ele está enterrado, mas podemos investigar. Também podemos procurar os filhos dele. Sei que deixou dois, uma menina e um menino, que já não devem ser crianças. O Negro era durão, dirigente sindical em Córdoba, liderou a greve de...

— Só quero saber se era negro de verdade — Mateo a interrompeu.

— Era moreno. Chamam os morenos carinhosamente de negros, como chamam de brancos os brancos, quando são rosados, ou amarelos os orientais, quando estes sim são brancos.

— Todos esses anos eu achei que meu pai me botou o nome do melhor amigo dele, que era negro. Agora descubro que era moreno. Essas coisas me alteram a personalidade.

— Alteram tua personalidade? — Lorenza riu.

— Me deixam confuso. Não sei nada do meu pai e o pouco que sei está errado. Gostaria de visitar o túmulo do Negro César, Lolé.

— Vamos descobrir onde está, mas é possível que não esteja em lugar nenhum.

— Em algum lugar tem que estar.

— É possível que nunca tenham devolvido o cadáver dele.

— Então os filhos do Negro César ainda devem estar procurando o pai deles. Como eu procuro o meu.

— Com a diferença de que o teu deve andar por aí, vivinho da silva.

— Vivinho da silva e esquecidinho de mim.

A Lorenza que saiu do consultório do dr. Haddad não tinha nada a ver com a que tinha entrado uma hora antes. *Vai ligar para você*, tinham garantido, e essas palavras, que se traduziam na possibilidade de recuperar o filho, bastaram para ela se firmar de novo em sua condição de ser humano, com espinha dorsal sobre a qual se erguer, cabeça para tomar decisões e agir, e coração não só para a angústia, mas também para a coragem. Contando com a mãe, a irmã e o cunhado, estabeleceu turnos para permanecer ao lado do telefone, que no entanto não tocou nessa tarde, nem nessa noite, nem no dia seguinte e no outro também não.

Enquanto isso, havia mil coisas a fazer. Lorenza ia fazendo uma por uma, de acordo com uma lista que tinha elaborado com a irmã. Tratou de trabalhar nisso friamente, sistematicamente, averiguando e calculando, dando a si mesma a ordem de não desfalecer e tirando forças da convicção de que cedo ou tarde por esse telefone ia surgir a ponta do fio de Ariadne que a levaria até Mateo.

Uma vez conhecido o paradeiro dele, teria de ir sozinha buscá-lo. Se Haddad estava certo, essa era uma dessas guerras que se tem que travar solitariamente. Se a fraqueza de Ramón era seu amor por ela, seria por esse flanco que teria de atacá-lo.

— Antes de mais nada, ia precisar de dinheiro — conta a Mateo —, um bom tanto de dinheiro. Para passagens, hotéis, documentos, contatos. E outras coisas, mas basicamente essas. Minha mãezinha foi maravilhosa. Firme e solidária, como sempre que houve cataclismos na família. Eu disse de quanto dinheiro ia precisar e ela arrumou em seguida. Depois tive que me ocupar de um montão de trâmites legais que me respaldariam se a coisa fosse parar nos tribunais por tua custódia. Era provável que acontecesse isso e, sendo eu a estrangeira, a lei ia estar contra mim. E ainda tinha que conseguir passaportes. O meu verdadeiro e um falso pra você, no caso de Ramón reter o teu, mais dois jogos adicionais com tua foto, a minha, nomes e nacionalidades trocados, com todos os selos que fossem necessários. Teu pai tinha prática em falsificar e eu não, mas na Colômbia é uma barbada comprar um passaporte. Tudo isso por um lado. Ah, e uma maletinha. Consegui uma maletinha com fundo duplo, mas você não imagina que maletinha, Mateo, não era nenhum brinquedo, era uma coisa de profissionais. E então, pronta e ao lado da cama, mantinha uma mala com minha roupa e com roupa extra pra você, porque sabia que estariam fazendo falta. E pra botar uma fita nesse pacote todo, bolei com Guadalupe um superplano de rotas alternativas de fuga da Argentina, não só por ar como também por terra. Pela fronteira com o Chile ou com o Uruguai e, em último caso, pela fronteira com o Brasil. Isso, mais os contatos em diferentes pontos, amigos que estavam dispostos a ajudar. Melhor dito, uma operação bem montada. Alguma coisa eu também tinha aprendido nas tramas clandestinas.

Tudo isso era válido na suposição de que Mateo estivesse realmente na Argentina. O que era apenas isso, uma suposição. Mas havia vários indícios. Primeiro, era quase óbvio que Ramón tivesse voltado para seu próprio país, onde ele jogava em casa e ela era visitante. Segundo, Ramón tinha pedido para o menino uma maleta com roupas de frio, e enquanto em muitas partes do mundo se preparavam para o verão, na Argentina o inverno estava começando. Terceiro, Haddad achava que, se o propósito de Ramón era reconquistá-la, ia fazer isso em terreno propício. Na Colômbia passara tão mal que a relação tinha se deteriorado, mas na Argentina estiveram apaixonados. Era possível que ele quisesse atraí-la para o lugar onde tinham sido felizes.

— Astuto, esse Haddad — Mateo disse.

— Sim, mas aí entrava no jogo outra suposição: que a carta de Ramón fosse realmente uma carta de amor.

— Mas, se era uma carta de amor, pra que montar uma *Missão impossível* como essa pra me resgatar?

— Aí é que está o ponto, kiddo: sua carta podia ser de amor, mas seus atos eram de guerra.

— Grande frase, Lolé. Tô gostando desse filme.
— Espere, que agora a coisa fica feia.

Pouco depois do incidente com a polícia em Las Violetas, Aurélia começou a se encontrar com Forcás em El Molino Azul, um *telho* de Buenos Aires. Tel-ho: hotel. Mania de argentinos, falar ao contrário. Hotel de encontros, para casais. Que máquina caprichosa era a memória; a dela guardava a lembrança do aspecto exterior do edifício, um catatau de cimento, uma espécie de monumento eterno ao amor de minutos. Mas o interior? Ela o tinha apagado. Se esforçou para recuperar um objeto qualquer, por mais insignificante que fosse, que devolvesse a ela o sabor dessas tardes. Uma colcha, por exemplo. Uma colcha de textura viscosa, fria ao tato, de cor desbotada. Vinho tinto, digamos? Por que não? Pode muito bem ter sido uma de cetim vagabundo cor de vinho tinto, ou framboesa desmaiada. Um objeto deprimente em qualquer circunstância que não tivesse sido essa.

E também a cortina plástica do banheiro. Devia ser amarela, ou de um branco sujo, ou talvez fosse verde? Verde-pistache estampada com bolhas, era isso. Com que tenacidade essa cortina verde tinha se escondido nas trevas da memória... Mas Lorenza conseguiu desenterrá-la e continuou atirando o anzol para ver que mais fisgava nessa pesca milagrosa, até que apareceu o par de xícaras de chá mal servido que o room service mandava por uma discreta janela giratória, água morna mal colorida por saquinhos melancólicos de chá e açúcar em cubos. Mas pouco mais.

A curiosidade por aquele Molino Azul de suas lembranças a tinha levado, havia alguns anos, a ligar de Bogotá para Felicitas Otamendi, uma de suas melhores amigas argentinas, em seu escritório de advocacia em Buenos Aires, para pedir um favor esquisito. Quando tivesse um momento livre, não poderia dar uma passadinha num hotel de encontros chamado El Molino Azul, para contar que jeito tinha? Era possível que ainda existisse, embora Lorenza não soubesse em que rua; só pôde dizer que se tratava de um edifício feio de uns cinco ou seis andares, de cimento cinza.

Felicitas entrou em seguida na brincadeira e enviou para Lorenza um primeiro fax que dizia: "Isso está suculento, querida. Descobri que El Molino Azul não só continua existindo como oferece várias categorias de quartos. Você quer a mais barata? A de luxo? Ducha escocesa ou banheiro romano? Fica na rua Salguero, e ontem passei por lá pra dar uma olhada por fora. Está lá, claro, mas a fachada não é cinza como você se lembra, e sim amora com leite. Penso voltar quinta-feira, desta vez pra entrar, com um amigo que se ofereceu pra me acompanhar sem compromisso. Baci, Felicitas".

Quer dizer que a fachada não era cinza. Então a teriam pintado, ou cinza teriam sido antes essas tardes chuvosas? Pelo menos na primeira vez que se encontraram no hotel chovia a cântaros, isso Lorenza poderia jurar; Buenos Aires tinha desaparecido sob o aguaceiro.

Antes de uma semana, Felicitas estava mandando um informe detalhado. "A porta de entrada é discreta", dizia, "não há cartazes nem sinal algum que permita identificar o lugar como hotel de alta rotatividade. Mas sobre uma das paredes exteriores pintaram um grande moinho, obviamente azul. Entra-se num hall pequeno e à esquerda está a caixa, atrás de um vidro espelhado que te protege dos olhos de quem cobra."

Sim, isso mesmo. Agora que Felicitas o mencionava, Lorenza pareceu estar vendo a mão anônima que entregava a chave através do buraco no vidro fumê. A chave da felicidade? Só por um instante, porque ao fim de duas horas os assustava o estrépito de uma campainha: ou entregavam o quarto, ou teriam que pagar a tarifa dobrada.

Felicitas descrevia uma fonte de gesso com uma espécie de anjinho, pelo visto metafórico, que segurava uma ânfora da qual escorria um jato de espuma que ia caindo sobre uma grande concha. Ela e seu amigo tinham pagado na caixa o equivalente a dez dólares por um quarto de luxo, por uma hora. "Cheira a desodorante ambiental barato e adocicado, mistura de geleia e desinfetante, o cheiro característico de todos os hotéis do mundo, sei por experiência", tinha escrito.

Sim, devia ser esse o cheiro. Mas o anjo, o jato de espuma, a grande concha? Naquele tempo não deviam existir, ou Lorenza se lembraria. "O quarto mede perto de cinco metros por cinco e está decorado em art déco de terceira." Lá dentro, Felicitas e o amigo tinham se divertido tirando as fotos que depois mandaram para Lorenza. Contra o fundo de alvenaria de papelão pintado apareciam os dois, ambos altos e sensacionais, de casaco, botas e mantas, na cama, no banheiro, contra os espelhos, em particular um espelho enorme, hexagonal, com os lados desiguais, que levava jeito de ser a pièce de résistance do conjunto.

As tardes do Molino Azul, na Buenos Aires da ditadura. Ia voltando à memória de Lorenza uma fila comprida de casais, moças e rapazes muito jovens, como eles deviam ser também, que esperavam abraçados ou de mãos dadas por um quarto, conversando em voz baixa, sem demonstrar vergonha nem segredo nem recato, como quem está na fila do cinema. Durante a semana havia pouca gente, mas nas sextas e sábados a espera era longa. Em geral não viam muito chefe com a secretária, prostituta com o cliente ou quarentão adúltero; o que havia principalmente eram estudantes, desses que ainda moram com os pais e economizam durante a semana para levar a namorada a um refúgio o mais longe possível do controle paterno. Não aparecia por ali ninguém que insultasse, que apontasse com o dedo ou armasse escândalo. Esse hotel, com sua colcha desbotada de cetim, suas xícaras de chá frio e seu cheiro de desinfetante, tinha sido para eles território livre em meio à violência moralizante daqueles tempos. Ossos do ofício da militância clandestina: nem Aurélia nem Forcás podiam conhecer o lugar onde o outro morava, daí tantas tardes em que El Molino Azul soube acolhê-los como se fosse uma casa.

Duas partes do informe de Felicitas preocuparam Lorenza: "a banheira está discretamente oculta atrás de um tabique de vidro martelado" e "a colcha de plush cor de pêssego com travesseiros *assortis*". Colcha de plush pêssego e vidros martelados? Quer dizer que iam ser espúrias até as mais recônditas lembranças dela, a colcha de cetim e a cortina do banheiro?

Tinha que reconhecer, o quarto que aparecia nas fotos de Felicitas não era o mesmo que ela conservava na saudade. É desalentador que modernizem tuas lembranças, pensou, mas o que se vai fazer? É preciso aceitar que El Molino Azul optou pelo upgrade e entrou rachando na remodelação. E no fim das contas, por que não, se até no pior dos hotéis renovam o enxoval de tanto em tanto? Enfim, que fizessem o que quisessem, Lorenza se manteria na dela: um casal de jovens apaixonados, uma cortina de plástico verde e uma colcha de cetim cor de vinho tinto.

Goyeneche chegou ao café da rua Florida, onde Lorenza havia marcado o encontro. Tinham se visto diariamente durante o tempo em que foram companheiros de partido na frente de comércio, e no entanto, nessa hora que compartilharam no café de Florida, Lorenza soube mais dele que em anos de militância. Tinha se apresentado de camisa escura, jaqueta de couro preta, cabelo já não tão preto, antes grisalho e escasso, mas penteado para trás e fixado com gomalina, tipo cantor de tango, do mesmo jeito que usava nos tempos da ditadura. Contou a Lorenza que seu nome verdadeiro era Luis Antonio Méndez, irmão daquele Arturo Méndez com quem haviam desaparecido em 1974, que não era argentino mas uruguaio, e que depois da queda da Junta terminou seu curso interrompido de medicina e se especializou em ginecologia. Quem teria imaginado, o Goye ginecologista.

— Mesmo que agora não se chame mais Goye, mas Luis Antonio — lhe disse ela —, você continua parecendo um cantor de tango.

— Um muito envelhecido e que nunca soube cantar — ele sorriu.

Nos velhos tempos, Goye tocava flauta, e agora, no café, riram lembrando a confusão que armou justamente por isso, no dia em que não se apresentou num encontro e fez com que dessem o alarme, tudo porque andava tão absorto em sua flauta que se esqueceu da hora.

— Goye desgraçado — Lorenza lhe disse. — Que susto nos deu. Você nos fez desativar a equipe e levamos um mês pra juntar todas as pessoas de novo. Ainda toca flauta?

— Depois do que aconteceu? Tá maluca, pra mim a flauta foi como aquele negócio dos músicos do czar — disse e contou que, se tocavam bem, o czar ordenava que enchessem de ouro os instrumentos deles, e o da flauta saía perdendo, mas, se tocavam mal, o czar ordenava que enfiassem os instrumentos no cu, e o da flauta saía ganhando.

Lorenza tinha procurado Goye por uma razão particular: pelo visto ele conhecia bem o episódio da prisão de Ramón. E não pelos vínculos da política, mas por uma via curiosa: a mulher dele era prima-irmã da mulher que no momento da detenção era namorada de Forcás. Mateo não quisera acompanhá-la a esse encontro no café; tinha preferido dar uma volta pelas lojas de

Florida para procurar um presente para uma amiga, conforme disse à mãe. Mas se negou a confessar de que amiga se tratava.

Goyeneche, ou seja, Luis Antonio Méndez, contou a Aurélia, agora Lorenza, que a prima de sua mulher, uma moça que se chamava Marisa e ganhava a vida como maquiadora profissional, tinha sofrido muito quando Ramón fora preso. No começo ela foi acusada de cumplicidade, porque mantinha com ele uma relação estável, mas em seguida a declararam inocente.

Goye já tinha ido embora quando Mateo voltou das compras e mostrou à sua mãe o porta-moedas de couro cor de cereja que havia conseguido para sua amiga sem nome.

— Gosta? — perguntou. — Também comprei outro igual, só que verde.

— Pra outra namorada?

— Não, pra você. Prefere o vermelho?

Lorenza pegou o porta-moedas verde e tascou nele o beijo sonoro que gostaria de dar em Mateo, mas que ele teria evitado. Depois contou o que soubera por Goyeneche.

O negócio da prisão não tinha nada a ver com política, mas sim com uma jogada tortuosa que Ramón estava planejando. Ele era o cérebro, junto com seu único irmão, o tio Miche, que tinha agido como autor material e homem dos contatos.

Tratava-se de uma soma considerável de dinheiro, em espécie, que um certo banco da província transferia uma vez por mês para Buenos Aires através de uma empresa transportadora. O dinheiro chegava a seu destino à noite e permanecia guardado num depósito de alta segurança até que o buscassem na manhã seguinte. Mas não era a única remessa que chegava ao depósito, porque a empresa transportadora tinha outros clientes além do banco. De modo que Ramón enviou de alguma cidade do interior uma grande caixa de madeira em seu próprio nome no mesmo dia em que o dinheiro do banco era fretado.

— Quer dizer que meu pai enviou pra ele mesmo uma grande caixa de madeira — Mateo disse. — Isso tá ficando interessante.

— É isso aí. Ele era o remetente e o destinatário.

— Aposto que não era uma caixa vazia.

— Realmente. Você não imagina o que ela continha. Olhe só, nada mais nada menos que teu tio Miche.

— O tio Miche dentro da caixa? — Mateo riu, incrédulo. — Está me dizendo que o tio Miche era a mercadoria? Mas que merda o tio Miche estava fazendo dentro de uma caixa de madeira?

— Teu tio Miche chegava fechado na caixa ao depósito e à noite, quando já não tinha ninguém, saía do esconderijo, trocava os sacos de dinheiro por uns falsos, guardava os verdadeiros junto com ele dentro da caixa de madeira, fechava bem e esperava… que teu pai viesse pegar no dia seguinte.

— Brilhante! Mas onde o estratagema falhou?

— Goye diz que, conforme contou a prima da mulher dele, já tinham posto em prática toda a transação uma vez antes da definitiva, quer dizer, sem o dinheiro, e que a coisa havia saído como de encomenda. O tio Miche tinha passado a noite no depósito sem ser notado e no dia seguinte Ramón o havia levado com sucesso. Até aí, nenhum problema.

— Caramba.

— Já sei, não dá pra acreditar. Pois repetiram a operação, agora pra valer, no dia da remessa do dinheiro. Como o tio Miche não deve medir menos de um metro e setenta e poucos, a caixa com ele era muito pesada e os carregadores deixaram ela cair, nesta segunda vez. Teu tio Miche levou uma pancada brutal na cabeça e perdeu os sentidos, parece que chegou desmaiado ao depósito e ficou assim toda a noite e começou a acordar no outro dia. E a gemer.

— E ouviram ele, claro. O estranho caso da caixa chorona.

— Ouviram e agarraram teu tio. Mas não disseram nada, esperaram que aparecesse o destinatário pra pegar a encomenda e prenderam teu pai também.

— Como uma piada boba dos Três Patetas.

— Os dois patetas.

— Típica ramonada.

— Moral da história: não é a mesma coisa bolar um golpe e golpear as bolas — ela disse de repente, e tiveram um ataque de riso incontrolável.

Ramón e o tio Miche ficaram em cana alguns meses. Nada muito grave; como Miche não tinha conseguido meter a mão nos sacos de dinheiro, não puderam provar grande coisa.

Não é a mesma coisa bolar um golpe e golpear as bolas, Mateo ia repetindo, divertido, pelo caminho de volta ao hotel. Mas, quando chegaram, estava triste.

— Não ria mais, Lorenza, não tem graça. Eu preferia que Ramón fosse um criminoso mesmo — disse. — E que tivesse pegado uma condenação de muitos anos. Assim, pelo menos, eu poderia acreditar que não me procurou porque não podia, porque estava preso e não permitiam. Um bandidão ou um dirigente político clandestino famoso, alguém trancafiado em isolamento absoluto durante anos numa prisão de segurança máxima, pensando todos os dias em mim, como eu penso nele. Alguém que soubesse que a primeira coisa que faria quando ficasse livre seria procurar esse filho que tinha perdido. Juro, Lolé. Até hoje eu tinha tido essa esperança. Acho que preferia que estivesse morto. Pra poder perdoá-lo, me entende? Mas não, o caso é que está vivo, que a prisão foi uma palhaçada.

Por que Ramón nunca procurou Mateo? A pergunta não deixava Lorenza dormir essa noite. Em plena insônia, já perto da madrugada, quis dar uma folga à sua cabeça levando-a para outro lugar e começou a ler o romance de Bernhard Schlink que tinha comprado fazia uns dias na rua Corrientes. Por puro acaso, topou com um parágrafo que talvez encerrasse a única resposta possível para a pergunta impossível: por que em todos esses anos Ramón não tinha procurado Mateo? "Há coisas que se fazem porque sim" — dizia Schlink —, "porque a consciência adormece, se anestesia, quer dizer, não porque tomamos esta ou aquela decisão, mas porque o que decidimos é precisamente não tomar nenhuma, como se a vontade estivesse sobrecarregada pela impossibilidade de encontrar uma saída e decidisse parar de pedalar e rodar em câmera lenta enquanto o caminho o permite."

Quem sabe se Ramón não procurou Mateo simplesmente porque não o procurou? Talvez não existisse outra resposta fora essa, deixando um vazio onde o garoto tanto necessitava de respostas. Lorenza leu uma vez depois da outra o parágrafo de Schlink pensando que teria que lê-lo para Mateo. Ou talvez não: seria duro demais. Sempre tinha tratado de defender o filho da dor do passado, como se pudesse suprimi-lo apenas não falando dele. Ser de poucas palavras tinha sido sua estratégia, e talvez fosse isso, mais que os próprios fatos, o que Mateo não lhe perdoava. Não a perdoava que minimizasse, que diminuísse a importância, que pretendesse neutralizar, que fugisse do assunto, que não reagisse. Era possível que Mateo sentisse que quando ela se interpunha entre ele e o touro selvagem do abandono o impedia de vê-lo e o deixava inerte diante de seu ataque. Era possível que Mateo acreditasse que, quando a mãe negava a solidão do abandono, em vez de exorcizá-la a duplicava, deixando-o ainda mais sozinho. Ou seria antes sua própria culpa, sua parte de responsabilidade naquilo tudo, o que Lorenza pretendia camuflar com eufemismos?

Na manhã seguinte, na hora do café, na mente de Lorenza essas considerações tinham ficado reduzidas a fantasmas da preocupação, a verdades intuídas, mas não assimiladas. A vigília voltava a forçá-la aos gestos impávidos e à linguagem recortada, porque como nomear aquilo sem aprofundar a ferida, porque onde poderia achar palavras ou razões? O abandono paterno nunca tem boas razões e isso o torna inominável. Nenhuma explicação basta e isso o torna inexplicável. *Rodar em câmera lenta*, dizia esse parágrafo de Schlink, que poderia muito bem ser aplicado à própria Lorenza.

Lorenza e Mateo passaram mal os dois dias seguintes, abatidos e distantes, reservados, ele muito encaramujado em seu ânimo sombrio e sem sair para nada do quarto, e ela acordada de noite e de dia brigando para trabalhar enquanto caía de sono. Ao voltar ao hotel, bastava ver do corredor que Mateo tinha pendurado o letreiro de *Please don't disturb* na porta do quarto para adivinhar que dentro as camas estariam desarrumadas, as toalhas no assoalho, as cortinas fechadas e, no meio do naufrágio, seu menino despenteado e de pijama, sobrevivendo à base de barras de chocolate, batatas fritas e coca-cola do frigobar e em estado catatônico diante de um PlayStation que soltava fumaça depois de horas e horas funcionando sem interrupções.

Ela sempre teve medo do PlayStation. Soava ridículo isso de ter medo de um objeto e mais ainda por se tratar de um brinquedo. Mas era isso mesmo. Ficava inquieta com a maneira como Mateo se deixava devorar por esse aparelho. Ficava nervosa com essa musiquinha reiterativa de orgãozinho eletrônico que o invadia e o transportava para um universo distante, hipercinético e superpovoado de bonequinhos que davam socos e pontapés, disparavam metralhadoras, saltavam barris, escalavam torres, caíam mortos, ressuscitavam, atravessavam labirintos, se afogavam num fosso e atiravam granadas, sempre num ritmo insustentável, sobre-humano, que contrastava bruscamente com a quietude de estátua de Mateo, porque fora suas pupilas, que dançavam, e seus polegares, que apertavam botões em sintonia com o frenesi da tela, todo o resto nele era quietude, ausência, hipnose.

É claro que temível não era o jogo, mas o que Mateo calava, o que evitava, o que negava quando se sentava na posição de lótus, como um Buda menino, diante de seu estranho altar iluminado.

A partir do momento em que Mateo soubera das circunstâncias da prisão de seu pai, decidiu fechar os ouvidos e a boca e não quis saber mais nada dele, nem de Buenos Aires, nem de sua mãe. Anunciou que voltaria a Bogotá logo que conseguissem antecipar a passagem de avião, e ela não achava argumentos para dissuadi-lo. Não havia jeito de ele lhe conceder um prazo para que procurasse um final menos desalentador para essa viagem que tinha empreendido com expectativas tão grandes.

— Quer conversar, Mateo? — Lorenza perguntava, mas o filho estava tão absorto no jogo que nem mesmo respondia. — Não será melhor a gente falar, filho? — ela insistia.

— Não, Lolé. Tudo o que disser não vai me cair bem. Não concordo com teu jeito de falar.

— Mas, kiddo, faço o que posso, tento te contar as coisas como aconteceram...

— Esse é o problema, você é a Mulher Maravilha e conta tudo como se fosse um roteiro de filme de ação. Me pinta um Ramón que parece super-herói de desenho animado. Faz sei lá o que aqui, puff, puff, faz sei lá o que ali, puff, tropeça, se levanta, puff, puff, entra em cana, sai livre, luta contra os maus, luta contra os bons... Não engulo, entende, Lorenza? Esse personagem não tem nada a ver com o Ramón que é meu pai. Meu pai é um cara que se mete em quixotadas, um ladrãozinho de merda e além disso frustrado, nem mesmo tem colhões pra mostrar a cara, pra vir me dar uma explicação. O que tem a ver teu combatente de ombros largos com esse canalha que se apaga, que some? Riiiing... riiiing... Alô? Quem é? Nada, não é ninguém, não sabe, não responde, *wrong number*, não se importa porra nenhuma, todas as anteriores, nenhuma das anteriores.

— Por que você não me espera uns dias, Mateo, até que eu termine meu trabalho em Buenos Aires e depois a gente volta junto pra Bogotá? — ela pergunta. — Ou, se você quiser, pode ir amanhã mesmo pra Bariloche e fica esquiando lá até que eu vá te encontrar.

Mas a negativa de Mateo era total. A única coisa que queria era que o deixassem sozinho e em paz, mergulhado no PlayStation e apagado do mundo.

No terceiro dia metidos nessa, Lorenza resolveu cancelar todos os compromissos para ficar no hotel jogando PlayStation com Mateo, para ver se assim conseguia restabelecer algum tipo de contato. Se Maomé não vai à montanha, disse a si mesma, então a montanha terá que se sentar para jogar PlayStation.

— Posso jogar com você? — perguntou.
— Não, você não sabe.
— Me ensine.
— Na tua idade, os reflexos já não funcionam...
— Me ponha à prova.
— Tudo bem, mas vamos jogar Dynasty Warriors 4.
— Como você quiser.
— Feche a porta a chave e pendure o letreiro, pra não interromperem.
— Quem vai interromper a esta hora?

— Bote o letreiro, tô dizendo. Dynasty Warriors é meu preferido de todo o PlayStation. A gente joga por fases e, à medida que vai avançando, Wei-Wulong vai se tornando mais craque e adquire mais poderes — ele explicou, de repente comunicativo. Falar de Wei-Wulong iluminava o rosto de Mateo de orgulho, como se fosse ele mesmo o possuidor dos poderes.

Lorenza pendurou o letreiro na maçaneta e entraram em Wu, em Shu e em Wei, os três reinos de Dynasty Warriors, onde tudo era brutal e luminoso. Ali não havia descanso, mas cansaço também não; as batalhas eram ferozes mas limpas de cadáveres e sangue, porque o inimigo exterminado se limitava a soltar faíscas e desaparecer no ato. Mateo nem mesmo piscava, tudo nele era concentração, tensão e reflexos alertas, e só tinha olhos para o movimento vertiginoso das espadas. Lorenza percebeu como, diante do brilho dessas cores cintilantes, o quarto se apagava e o mundo real ia desaparecendo, tedioso e lento. Neste momento não existe Mateo, pensava. Wei-Wulong possuiu meu filho.

— Você não disse que ia me ensinar? — perguntou, e a voz dela sobressaltou Mateo, que havia se esquecido por completo de sua presença.

Ele respondeu, bem, claro, e começou a explicar, sem entregar o controle a ela, quando podiam pegar as catapultas, quando deviam usar as pontes levadiças, como se acumulavam os pontos. Finalmente Lorenza conseguiu que o garoto emprestasse o controle, mas, como jogava mal, ele ia se impacientando, incomodado com sua falta de jeito, e ia encurtando cada vez mais os turnos dela enquanto alongava os próprios. Suas explicações, no começo entusiasmadas, foram se tornando esporádicas e sucintas, até que ele voltou a mergulhar totalmente num silêncio que parecia religioso. Então Lorenza abriu a porta e saiu do quarto, e Mateo nem se deu conta.

* * *

— Exatamente quinze dias depois que Ramón foi embora com você... — Lorenza começa a dizer.
— Não *foi embora comigo*, mãe; ele me sequestrou.
— Quinze dias depois disso...
— Isso não se chama *isso*; isso se chama *desaparecer* com uma criança. Você, que conta tanta história de desaparecidos na Argentina, tem medo da palavra quando se trata do teu filho.
— Não foi a mesma coisa, Mateo. Você sabe.
— Não foi a mesma coisa, mas parece muito com ela.
— Parece, mas não muito. Me deixe continuar. Quinze dias depois eu soube que ele tinha voado pra Argentina, exatamente como eu pensava. A confirmação veio do modo mais inesperado.
— Devagar, Lorenza. Vamos devagar, isso você nunca me contou.
— Espere e verá.

Essa semana passou inteira sem que acontecesse a ligação de Ramón. Ligaram, em troca, de *La Crónica*. O diretor da revista, que tinha dado a Lorenza licença indefinida do trabalho e que fazia o que estava a seu alcance para ajudá-la, avisava que tinha se apresentado na redação um sujeito mal-encarado que perguntava por ela e dizia trazer notícias de seu marido. Palavra curiosa, *marido*, que Lorenza não utilizava para se referir a Ramón, e os que a conheciam também não. Em menos de uma hora, ela já estava lá, diante de um homem que lhe entregava um cartão que garantia que ele era Joaquín Albeiro Pinilla, advogado.

Mas não um advogado qualquer; no sorriso dele cintilavam as obturações de ouro e as próteses dentárias excessivamente brancas; na cabeleira excessivamente preta apareciam as raízes grisalhas, e na entrada do edifício havia estacionado uma narco-Toyota excessivamente prateada. Fazendo reportagens sobre o tráfico, Lorenza precisara entrevistar vários advogados desses, que agiam como testas de ferro, porta-vozes ou representantes dos chefões.

— Se entendi bem, você assinou isto — o sujeito disse, tirando do bolso um cheque de cento e cinquenta mil pesos, uma soma muito alta para ela, se levassem em conta que seu salário nessa época era de vinte e oito mil por mês. O cheque tinha sido escrito a máquina, mas estava assinado por seu punho e letra e tinha saído do talão dela. Estava datado para o dia anterior. — Seu marido, o senhor argentino, deu a meu chefe faz um mês, digamos, pré-datado. Vencia ontem e meu chefe mandou descontá-lo, e você vai me perdoar, mas foi devolvido por, digamos, falta de fundos. Pelo que entendo, seu marido já não está na Colômbia, de modo que, com todo o respeito, Lorencita, você vai ter que responder por isto — o homem se abanava com o cheque enquanto esbanjava sorrisos e fórmulas de cortesia. Dizia que a respeitava e ao mesmo tempo a desrespeitava chamando-a familiarmente de Lorencita, uma pequena bolina verbal que podia se permitir porque a tinha contra a parede com esse cheque comprometedor e além do mais sem fundos. — Meu chefe lê *La Crónica* e admira muito você, reconhece que é uma jornalista de grande valia e, justamente por essa razão, não gostaria de fazer, digamos, uma cobrança judicial. Este chequezinho não representa um montante importante, mas aqui estamos falando de princípios; meu chefe não aceita que passem a perna nele, me entende?

— Entendo, sim, doutor Pinilla, mas me diga, a troco de que meu marido deu esse chequezinho a seu chefe? — perguntou Lorenza, que já ia mapeando na cabeça toda a situação.

— Do equivalente em dólares, minha senhora.

— Aí está você, Lorenza, ao vivo e em cores! Sobre os ombros largos de meu pai você me falou mil vezes — disse Mateo com um salto —, mas nunca tinha me contado que ele tapeou um traficante.

— Estou te contando agora.

— E por que só agora?

— Quer que continue?

O advogado acabava de proporcionar, sem se dar conta, outra peça do quebra-cabeça que encaixava em seu lugar: agora Lorenza sabia com que dinheiro Ramón andava funcionando. E com quanto. O cheque devia ser um dos tantos que ela tinha assinado em branco enquanto viviam juntos, para que pagasse o aluguel ou os serviços. Lorenza fez mentalmente o cálculo. Se depois de recuperar Mateo continuasse morando com sua mãe e entregasse a esse sujeito o salário inteiro, poderia quitar a dívida em cinco ou seis meses. De qualquer forma, era melhor renunciar ao salário que ter contas pendentes com o personagem.

— Olhe, doutor Pinilla, faça-me o favor de dizer a seu chefe que estou saindo de viagem nestes dias, mas que logo que eu voltar pago, desde que me dê um prazo.

— Ele não vai gostar disso, doutora. Meu chefinho não vai gostar que você também vá pra Argentina...

— Argentina? — o coração de Lorenza deu um salto. — Disse Argentina?

— Bem, seu marido foi para lá, dona Lorenza, e a senhora deve compreender que meu chefe...

— Eu compreendo, Pinilla, e pode contar com o pagamento do cheque, mas me diga por que disse *Argentina*...

— Argentina, sim. Foi pra lá que foi o senhor seu marido, como você bem sabe.

— Garanto que o senhor sabe mais que eu. Diga a seu chefe que o senhor meu marido roubou o dinheiro dele, mas que de mim roubou meu filho. Diga que confie em mim, porque neste assunto estamos do mesmo lado.

Pinilla aceitou e mandou seus cumprimentos à senhora mãe de dona Lorencita, perguntando se continuava vivendo na 94 logo abaixo da Nona.

— Por acaso esse Pinilla conhecia a mãezinha? — Mateo pergunta.

— Não, kiddo, não conhecia. Estava me ameaçando, caso não cumprisse o trato.

Antes que o advogado se retirasse fazendo reverências, Lorenza o reteve um instante.

— Só mais uma coisa, Pinilla. Como sabe que foi pra Argentina que meu marido viajou?

— Você que é jornalista tem suas fontes e nós temos as nossas — Pinilla sorriu de orelha a orelha. — Como vê, também temos isso em comum.

— Mais uma vez o bandido do meu pai, com suas grandes pequenas trapaças — Mateo diz. — Pega o menino, pega o dinheiro e te deixa na mão, amarrada com essas feras.

— Esse não era o plano dele. Antes que Pinilla se despedisse, eu já sabia que dessa vez, sim, a qualquer momento Ramón ia me ligar.

— Não faz sentido.

— Isso diz muito sobre quem é teu pai. Tinha dado um bolo no mafioso e devia ter tudo calculado pra que eu também desse um bolo nele.

— O.k., faz sentido. Então você correu pra casa pra atender a ligação.

— Ainda não. Se o jogo era tão sujo, então me faltava fazer uma coisa. E agora, sim, tinha os minutos contados.

Quando sugeriram a Lorenza que denunciasse Ramón aos militares argentinos, ela tomou uma decisão: qualquer coisa, menos isso. Agora acabava de tomar outra: tirando isso, qualquer coisa. Lá mesmo, na revista, trabalhava Botero, conhecido como o

Botas, um investigador da seção judicial com quem ela se dava bem; sempre dava resultado fazer dupla com o Botas, que sabia se meter até nos piores antros para averiguar alguma informação. Não havia buraco, covil nem puteiro que escapassem do Botas. Lorenza pensou, este é meu homem, e foi até a escrivaninha dele.

O Botas fez umas duas ligações e dali a quinze minutos os dois estavam num táxi, indo a um bairro de classe média baixa a oeste da cidade. Tocaram a campainha de uma casa amarela com pátio na frente, grade metálica e três cachorros monstruosos, dos que matam e comem o defunto. Uma velhinha de chinelos que saiu para abrir o portão deu um esporro daqueles nos cachorros e os acorrentou na grade, e embora os bichos parecessem dispostos a se enforcar com a corrente desde que pudessem arrancar um pedaço de alguém, não puderam impedir que eles bordejassem a linha de ataque até uma salinha, onde se sentaram para esperar. A velha lhes trouxe café açucarado em xícaras em miniatura e dali a pouco os levou a uma das peças do segundo andar, onde os atendeu um homem de jaleco branco.

— Médico? — Mateo pergunta.

— Nunca soube o que era, médico, químico, ou um aborteiro clandestino. Nem soube nem perguntei. Mas trabalhava com um jaleco branco e foi muito amável. Quando o Botas contou pra que eu precisava o que eu precisava, ele não quis me cobrar nada.

— Você pediu uma arma pra ele... Há uma cena de tiros entre meus pais e ninguém me contou nada! Vamos, confesse, você matou Ramón.

— Cala a boca, bobo. Você nem imagina o que foi que ele me deu.

— Uma... faca assassina.

— Não.

— Um colete à prova de balas.

— Não.

— Um machado, uma banana de dinamite marca ACME, como as usadas pelo Coiote contra o Papa-léguas. Desisto, Lorenza, me diga o que ele te deu.

— Um delineador de olhos, cor de café, marca Revlon. A gente tirava a tampa transparente que protegia a ponta, como qualquer delineador. Mas depois a gente também desenroscava e tirava a ponta, e aparecia uma agulha. Mais curta que uma agulha de seringa, mas fina como ela. Oculta entre o corpo do lápis, ia uma pequena cavidade com um líquido espesso. "Poucas gotas e o cara dorme, muitas gotas, morre", me disse o homem do jaleco branco.

— Poooorra, Lolé, e você guardou esse troço no fundo duplo da maleta profissional?

— Não foi preciso, guardei na bolsinha dos cosméticos.

De repente Mateo desligou o PlayStation para se sentar e escrever uma carta a Ramón.

— Entregue depois que eu tiver ido pra Bogotá — disse à mãe quando terminou. — Se por acaso você falar com ele, ou com alguém que possa entregar.

Deixou em cima da escrivaninha uma folha de papel dobrada, dentro de um envelope com o timbre do hotel, e anunciou que ia tomar um bom banho de banheira.

— Posso gastar toda a água quente? — perguntou antes de se fechar.

— A única coisa infinita nesta vida é a água quente dos hotéis — ela disse.

— Pode ler, se quiser — a voz do garoto chegava a Lorenza do outro lado da porta do banheiro, fundida com o barulho da água. Ela abriu o envelope.

Ramón: Esta viagem a Buenos Aires me serviu para confirmar o que já sabia, que você nunca esteve e que agora também não está — dizia a carta. — Você cresceu em mim como um fantasma, como um medo do escuro e um ódio pelos legumes. Reconheço tua ausência nesta adolescência insegura e nesta timidez arrogante que me isola das pessoas. Mas felizmente não é só isso. Você também cresceu em mim como paixão pelas montanhas, pelos rios, pela neve e pela neblina. Cada vez que subo uma montanha, acho que lembro que alguma vez tive pai. Fico com essa lembrança e não te procuro mais. Já não espero nada de você.

Mateo tinha escrito isso, mas claro que esperava. No verso do envelope, fazendo um esforço para que a letra ficasse clara, tinha anotado seu telefone e endereço em Bogotá, especificando o nome do bairro, o número do apartamento, o código postal. E, como se não fosse suficiente, embaixo havia desenhado um mapinha rudimentar, indicando com flechas como chegar.

Lorenza tinha pela frente outro dia abarrotado de trabalho e a mortificava horrores ter que deixar o filho sozinho, entregue a Wei-Wulong e a Dynasty Warriors. Por sorte, o telefone tocou. Atendeu, e era uma voz doce de garota, que perguntava por Mateo.

— Mateo, é Andrea Robles, a filha do Negro Robles! Diz que avisaram que você anda procurando por ela e pergunta se não quer que te acompanhe pra dar uma volta — gritou através da porta do banheiro, tapando bem o bocal do telefone para que do outro lado da linha ela não ouvisse o tremendo não que seu filho ia proferir.

Mas, para surpresa dela, Mateo disse que sim.

— É bem bonita, a Andrea Robles — Mateo contava à mãe nessa noite —, de rosto comprido e corpo magro, cabelo crespo e olhos um pouco assim, deste jeito. Me levou ao Jardim Botânico. Estava cheio de gatos, e ficamos conversando lá. Como será que todos esses gatos do Jardim Botânico se alimentam, Lolé? Você acha que as pessoas levam comida pra eles? Ou será o governo? A não ser que comam plantas, coisas botânicas, como as vacas... Não pense que são poucos, são um exército de gatos, nunca vi tantos na minha vida, isso não é um jardim botânico, é um jardim felínico.

"É mais velha que eu, a Andrea Robles. Quatro anos, ou dez, por aí. Pelo menos seis, sim, seis ou sete, é o que calculo, mesmo que às vezes pareça da minha idade, dependendo de como a gente olhe, e fala de revolução, de compromisso e das injustiças deste mundo. Andrea acredita nessas coisas, Lolé; diz que herdou do pai. Me contou que durante anos achou que ele tinha morrido num acidente de carro, essa foi a versão que deram, imagino que a mãe dela, porque parece essas mentiras maternas carinhosas. Uma mentira de mãe com medo de que no colégio a filha conte a verdade e meta toda a família numa confusão.

"Na casa da Andrea Robles o trabalho do Negro Robles sempre foi um mistério" — continuou Mateo. — "Quer dizer, enquanto o Negro Robles estava vivo tinham esse problema. Já pensou? Quando perguntavam a Andrea no que o pai dela trabalhava, ela não sabia o que responder e por isso decidiu inventar profissões pra ele, inspirada em coisas que via em casa. Sempre via papéis, um montão de papéis, máquinas de escrever e um mimeógrafo, e por isso começou a dizer que o pai trabalhava num escritório. Ou então que era piloto, porque viajavam de graça. Na verdade não era de graça, era o partido que dava as passagens, mas isso ela não sabia. O que sabia era que os pilotos das companhias aéreas ganhavam passagens pra toda a família e então ela decidiu que seu pai era piloto. O melhor é que dizia também que era militar, ela me contou isso, que dizia pras pessoas que o pai era militar, ou militante. Imagina só, Lolé, que genial? Essas duas coisas soavam igual pra Andrea Robles, militar e militante. Tinha ouvido em casa e achava que eram a mesma coisa.

"Andrea Robles me contou que um dia às sete da manhã iam tomar o café como sempre e nesse momento chegaram uns amigos da mãe dela, que na verdade eram companheiros do partido, mas Andrea só soube disso muito depois. A mãe recebeu os caras na cozinha. Andrea não entendia o que faziam ali tão cedo, por que não iam embora pra que pudessem tomar o café, e quando enfim foram embora a mãe sentou ela e seu irmão à mesa, mas em vez de dar o café disse que o pai deles tinha morrido num acidente.

"Fazia um tempo que o pai da Andrea Robles tinha se separado da mãe, quer dizer, da mãe da Andrea Robles, e tinha ido morar em outra cidade, quer dizer, Andrea já não via tanto ele, todos os dias não, todos os meses também não, só de vez em quando. Por isso, quando mataram ele, Andrea não sentiu muito a mudança, foi o que me disse, que não tinha sentido muito a mudança, na verdade se esqueceu rapidamente que ele estava morto e voltou à ideia de que estava longe e que ia voltar em seguida pra visitar a família. Quando estava vivo, o Negro Robles vinha de visita e levava eles até a serra num Citroën que tinha e faziam bonecos de neve lá. Eu perguntei a Andrea se essa serra ficava em Bariloche, contei pra ela que Forcás me levava pra ver a neve em Bariloche, o que não contei foi que me levou só uma vez e depois desapareceu. Ela me disse que não, que não tinha sido em Bariloche, mas na serra. Que serra? Ai, Lorenza, não sei, não sei qual serra, não entramos em detalhes. Andrea me disse que essa foi a única vez em sua vida que viu neve, depois nunca mais, nem mesmo quando ficou grande. Olhe, pensando bem, acho que o Negro César levou os filhos pra ver a neve só uma vez, como Ramón a mim. Se não,

não dá pra entender a coisa. E tiveram sorte, porque nevou dessa vez. Bem, vai ver levou os filhos várias vezes à serra, mas nevou só uma.

"O que quero te contar é que Andrea achava que o acidente do pai tinha sido no Citroën, mas dali a uns dias teve uma baita surpresa quando viu o Citroën em perfeitas condições, sem um arranhão. Como era possível que o Negro se matasse no Citroën e que não acontecesse nada com o carro? Mas ela não perguntou. Nada. Diz que não perguntou nada, nem pensou nada, nem tirou conclusões. Só depois ficou sabendo que tinham assassinado ele a tiros e que o Citroën não tinha nada a ver com isso.

"Hoje Andrea sabe perfeitamente como tudo aconteceu e abriu um processo contra os assassinos e tem que testemunhar e dar declarações. Mas não sabia quando era menina. Diz que a morte do Negro parecia uma coisa irreal, porque ela só tinha oito anos quando mataram ele e não entendia como era isso de morrer, no fim das contas não tinha morrido ninguém da família e, pra completar, o caixão estava fechado no velório e ela nem mesmo suspeitou que ele estava ali dentro.

"Andrea me contou que gostava dele pra chuchu, e ele dela também. Eu perguntei como ela sabia, quer dizer, como tinha certeza de que o Negro Robles gostava dela, e ela me disse que ele sempre trazia presentinhos das viagens, postais e mapas do mundo. E umas castanholas. Andrea guarda ainda essas castanholas que o Negro Robles trouxe uma vez; me disse que certamente da Espanha. Mas além disso ela sabe que ele gostava dela porque, quando ela nasceu, o pai saiu correndo pra comprar todos os livros do Piaget pra entender como eram as crianças e como tinha que educar. Me diga, Lolé, Ramón leu os livros do Piaget quando eu nasci? Porque, se leu, não serviram de nada.

"Um dia Andrea convidou o pai pra tomar um café numa lanchonete, pra discutir. Me disse que era pequeninha e que nunca na vida tinha tomado café, porque achava horroroso, mas que, como via o Negro discutindo nos cafés com os companheiros e que todos tomavam café, quis fazer a mesma coisa e armou uma tremenda discussão sobre por que tinha que viver de novo com sua mãe.

"Mas enfim, depois que mataram o pai, Andrea Robles começou a sentir muita saudade dele, foi o que me disse. Aí deu pra inventar que ele não tinha morrido, que andava pela Europa e que na volta ia trazer postais e castanholas. Também gostava de acreditar que ele tinha perdido a memória, por causa de uma pancada, uma coisa assim, e que como não se lembrava de nada não podia procurar por ela nem ligar. Achei graça quando Andrea me contou isso, Lolé. Achei graça porque antes eu também montava um vídeo de que Ramón tinha perdido a memória. Perguntei pra Andrea se não imaginava que o pai estava preso e aí quem riu foi ela, na certa porque ela também havia imaginado essa desculpa.

"Andrea Robles continuou inventando coisas até que um dia foi pegar o jornal e viu publicada a foto dele, todo crivado de balas. Era um aniversário de sua morte, uma coisa assim. Andrea me disse que tinha sido um choque terrível, mesmo que ela já tivesse dezoito anos. Um choque terrível ver a foto de seu pai crivado de balas, imagina só, Lolé, deve ter sido uma surpresa bem forte. Claro que isso ajudou, quero dizer que encontrar essa foto no fim das contas foi uma coisa boa pra Andrea Robles, porque obrigou ela a aceitar enfim que o Negro Robles estava morto. E além disso se deu conta de que ele tinha sido um cara valente e que havia morrido lutando contra as injustiças e pelos pobres. Daí se tornou uma fã tão grande que agora quer imitar o pai em tudo. Mas que coisa, hein? Essa da foto. A balaços, Lolé, que troço mais fodido. Que coisa mais fodida ver assim de repente a foto do pai da gente crivado de balas. Se contei que me chamo César em homenagem ao pai dela? Não, acho que ela já sabia."

Certo meio-dia, Lorenza tinha ficado de se encontrar com Forcás num lugar chamado Banchero, pelas bandas da Primera Junta. Dispunham de apenas uma hora para ficar juntos e ele a tinha convidado a essa pizzaria, que ela não conhecia, porque ali, conforme disse, faziam uma fugazza de primeira que tinha que provar. Mas ela chegou tarde ao encontro, para variar tinha se confundido de rua, por excesso de zelo havia caminhado mais que o devido e teve que voltar, convencida de que já não chegaria em tempo. Forcás ia dar o fora, como tinha de ser. Os dez minutos permitidos de espera iam se esgotando e de repente o viu, quando menos esperava e onde não o esperava, mas era ele, Forcás, sentado a uma mesa, de camisa branca, atrás da vidraça de um restaurante que não era o combinado. Aurélia olhou para cima e leu o nome do lugar; dizia Banchero. Então deve ser Banchero, pensou; não olhe mais. Fazia um instante tinha passado em frente sem se dar conta e seguido ao largo.

Ele estava muito bonito de camisa branca, mas de cara amarrada, vai ver devido à demora dela, ou talvez porque tinha pedido duas Quilmes bem geladas para ter prontas sobre a mesa e quando ela chegou já não estavam lá essas coisas, e além disso Aurélia disse que preferia uma pepsi porque não tomava cerveja e para completar não quis a fugazza que ele tanto insistia que provasse e pediu uma pizza de calabresa pequena, vai saber qual das razões anteriores era a correta, o certo foi que o encontro não estava saindo tão bem como das outras vezes, havia pelo contrário uma desafinação notória e o tempo corria, a hora disponível ia se esgotando e ela fazia força para que a coisa se corrigisse. Mas Forcás falava pouco e não tirava os olhos de uma tevê que os donos da pizzaria tinham instalado num canto para que sua clientela pudesse ver as partidas da Copa do Mundo, que nesse ano era disputada na própria Argentina.

    A seleção local contava com jogadores do calibre de Kempes, Passarella, Fillol e Ardiles, e o país inteiro comemorava seus golaços com grandes festas nas ruas. Mas os ditadores também comemoravam, essa era a merda, que os ditadores também comemoravam, aparatosamente, aos abraços, saindo nas sacadas para saudar a multidão depois de cada gol, orgulhosos como pavões, paternais e populistas, como se as pessoas tivessem que agradecer a seu governo as vitórias em campo. Com a Copa, a Junta Militar estava marcando seu melhor gol: graças ao futebol, lavava olimpicamente a cara e a exibia ao planeta recém-barbeada, pulcra, livre de pó e cisco, limpa de sangue. Se no exterior existiam dúvidas ou corria o alarme sobre o que estava acontecendo na Argentina, agora todo mundo podia se tranquilizar diante do espetáculo de um povo que se derramava eufórico na rua para comemorar lado a lado com os militares as vitórias de um time fenomenal. Os generais tinham posto no bolso a raça local que fervia de orgulho patriótico e alguns correspondentes internacionais que elogiavam aos quatro ventos o clima amistoso e o bom espírito esportivo que reinava no país. Tal era o entusiasmo coletivo que dava a impressão de que nesse dia, a essa hora, nesse instante preciso, a ditadura estava chegando a seu apogeu. A seu ponto máximo, sua consagração, sua justificação histórica.

    — Esses filhos da puta querem tapar os mortos com gols — Forcás praguejava em voz baixa e fumava com raiva seus Particulares. — Que filhos da puta, até o futebol conseguiram deixar amargo pra nós.

    Como parte da lavagem da cara do regime, seus porta-vozes deram para atacar a arraigada tradição argentina de atirar papel picado no campo durante as partidas. Com o argumento de que isso era grosseiro e arranhava a imagem, tinham montado uma campanha sistemática para intimidar a torcida e impedir que continuasse atirando papeizinhos. Mas todos os dias Clemente, um passarinhão gozador e demente que era o personagem central de uma tira cômica muito popular, incitava a desobediência nas páginas do *Clarín*, aparecendo atrás da moldura dos quadrinhos de sua história para jogar papeizinhos para o leitor. E aconteceu que Forcás não tinha terminado a fugazza nem Aurélia a calabresa quando viram na tevê uma chuva prodigiosa de milhares de milhões de pedacinhos de papel branco que começava a descer sobre o campo, irreprimível e lenta, inundando o estádio e explodindo na tela. Vitória de Clemente, eles teriam gritado, caso pudessem gritar.

As pessoas tinham se atrevido a atirar os papeizinhos, a cometer abertamente um desacato, mesmo que fosse um desacato inocente e espontâneo, mais festivo que outra coisa, na verdade quase nada. Mas, nesses dias de pânico e submissão, aquilo talvez fosse um sinal. Um mínimo e imperceptível primeiro indício de que, ao chegar ao ponto mais alto, o pêndulo começava a retroceder. Ao menos foi o que os dois devem ter intuído, porque diante dessa fantástica nuvem de papel picado se abraçaram emocionados, como se quisessem comemorar.

Pouco depois disso deixaram de se ver. Assim, de uma hora pra outra, na saída de um cinema. Numa troca repentina de palavras, passaram das nuvens ao chão, do amor eterno ao nada, *rien de rien, c'est fini*, até nunca, necas de pitibiriba. Ele confessou que tinha outro amor, uma relação de cinco anos, e ela contou que havia deixado um namorado em Madri. Nada a fazer, não era possível desfazer o malfeito, nenhum dos dois estava disposto a romper pelo outro lado, de modo que vieram meses de ausência e agonia ansiosa. De dor de estômago, de coração, de cabeça: o castigo desmedido que é o desamor, essa pequena morte.

* * *

Há um beco que dá na parte de trás do mercado popular do Progreso, na Primera Junta, bairro Caballito. Se chama pasaje Coronda. É o local de descarregamento dos caminhões que abastecem o mercado de alimentos e bem pode ser o menos memorável dos pontos de Buenos Aires.

O número 121 desse beco é uma espécie de cortiço que aloja várias famílias; uma construção comprida e precária de um só andar, em forma de trem, com fachada estreita e nove quartos independentes entre si e alinhados até o fundo, que dão a um corredor comum. Naquela época, Forcás alugava o primeiro desses quartos, o único com janela para a rua, e seu irmão Miche, o seguinte.

— O quarto de Forcás tinha um patiozinho mínimo, uma ameaça de banheiro e uma meia cozinha num canto, mas, como o do Miche era apenas quarto, Forcás tinha dado a chave pra ele pra que usasse o resto, se precisasse. E, claro, o Miche precisava, como não ia precisar, e passava entrando e saindo a qualquer hora do dia ou da noite. Não quer ir comigo a Coronda, Mateo, pra conhecer o lugar? — perguntou Lorenza, e Mateo, que andava de melhor humor desde que conversara com a filha do Negro Robles, se deixou convencer depois de regatear um tempo.

— Que lugar mais feio — disse quando chegaram, e a mãe ficou ofendida que tivesse falado.

— Feio? Eu não diria isso. Acha feio mesmo? Pois eu fui feliz aqui.

— É, mas é meio feinho — Mateo deu umas palmadas carinhosas nas costas dela, para compensar.

— Eu adorei desde o primeiro dia, quando cheguei com minha mala pra morar com Forcás. Nunca tinha vindo antes; nem mesmo sabia pra que lado da cidade estava a toca dele.

— Espere aí, vocês dois não tinham brigado tipo pra nunca mais?

— Mais ou menos um mês depois nos reconciliamos; ele me procurou pra dizer que tinha terminado com seu velho amor e eu terminei com o meu numa ligação de longa distância de um telefone público; dali a poucos dias já tínhamos decidido morar juntos. Me despedi de Sandrita e do apartamento de Deán Funes, peguei minha mala e fui bater nesta porta, a 121. Naquele tempo era assim, igual ao que você vê agora, metálica, desta mesma mostarda enferrujada. Toquei a campainha aqui, acho que emocionada, ou pelo menos assustada, é, acho que isso, assustada, sem saber muito bem o que estava fazendo nem aonde estava chegando.

As preocupações dela se dissiparam logo que Forcás abriu a porta. Estava de camiseta e sandálias e tinha uma cuia de chimarrão na mão, e ela gostou disso. Parecia um cara da periferia. Não cheirava a lã de ovelha nem a Dakkar Noir, mas a isso, um cara de todos os dias, de sandália e tomando chimarrão em seu bairro. Era a primeira vez que ela o via assim; sempre o tinha visto com a pinta de alguma coisa, de clandestino, ou de dirigente sindical, ou de bonitão, ou de argentino, ou de apaixonado. E de repente tinha cara de ser um rapaz qualquer, que sorria enquanto abria para ela a porta de uma casa qualquer, num bairro qualquer, e pegava sua mala e a convidava para entrar. Ela sentiu que esse momento era importante. Significava algo parecido com aterrissar na vida normal, na medida em que uma coisa dessas pudesse existir em meio ao horror generalizado. Além disso, era como entrar pela primeira vez em Buenos Aires. Para Aurélia, a Coronda foi a porta para Buenos Aires.

— Estar numa cidade não é a mesma coisa que entrar nela, Mateo. Por exemplo, você e eu em nosso hotel. Estamos em Buenos Aires, mas não estamos. No apartamento da Deán Funes eu estava em Buenos Aires, mas não estava de todo. Em compensação, na Coronda, sim, Coronda era enfim Buenos Aires, por dentro da cidade, como se diz, no coração da cidade. E olhe, não acho que seja uma metáfora; Caballito está no centro de Buenos Aires e Coronda deve estar no centro de Caballito. Ou, quem sabe, isso já seja literatura. O certo é que a Coronda foi minha carta de cidadania; assim que pisei nesta casa, deixei de ser estrangeira.

Forcás apresentou-a às duas gatas, Abra e Cadabra, duas coisinhas cinzentas, vivas apenas, uns fiapos de tanta fome. Fazia poucos dias que as tinha encontrado num terreno baldio que havia na frente da casa, no meio do lixo do mercado, onde alguém as tinha abandonado num cesto. Estavam quase mortas quando as resgatou.

— Mas já estavam bem quando você chegou? — ela notou a ansiedade de Mateo, que não resistia à ideia de que um animal sofresse.

— Começavam a ressuscitar, graças a uma água com minerais que Forcás dava com uma seringa pra elas. Depois de me apresentar às gatas, me fez entrar e me mostrou sua casa.

A partir de agora é nossa casa, Forcás tinha dito, mas não disse que também era de seu irmão Miche e de Azucena, a namorada do Miche; dessa parte da história Aurélia ficaria sabendo já tarde da noite.

A entrada para o quarto era pelo patiozinho, que tinha uma porção de plantas em vasos, e ali Forcás mostrou a ela o tanque e uma escada de mão que dava para o telhado e que, conforme explicou por sinais, tinha posto ali para escapar pelos fundos se fosse preciso. Depois se abaixaram para passar pelas cordas de roupa e Aurélia viu o banheiro, um jato de água que saía de um cano e caía no chão salpicando o vaso, num espaço tão estreito que, conforme comprovaria no dia seguinte, ao tomar banho tinha que cuidar para não roçar as costas na parede fria.

Aurélia não soube bem por quê, mas teve a sensação de estar entrando num lugar acolhedor. Melhor dito, soube sim, a razão saltava à vista: essa era uma casa de verdade, com plantas e gatas e roupa estendida, coisa estranha para alguém como Forcás, que vivia no fio da navalha. Antes de continuar conhecendo o novo refúgio, Lorenza se trancou no banheiro para ficar um minuto sozinha e pensar um pouco no que estava acontecendo com ela.

— Você não se trancou aí pra pensar, Lolé, mas pra fazer xixi. Pra marcar teu território. É o que fazem os animais quando tomam posse de um lugar.

Depois Forcás mostrou o quarto, que ela achou sensacional. Havia uma porção de livros, daqueles que podiam passar por inofensivos, como Dickens, Kipling e Stevenson, e além disso um equipamento de som Ken Brown e todos os discos do rock nacional. A única cama era simples, com colcha de franjas cor de café e pretas; Forcás disse que era tecida à mão pelos aimarás e que tinha ganhado de presente dos companheiros da Bolívia. Esta é minha cama, disse para ela, e agora tua também. Ela se sentou ao lado dele e riram porque era uma cama realmente estreita; uma de casal não teria cabido, aquele espaço não devia ter mais de trinta metros quadrados e além da cama continha uma mesa com quatro cadeiras, no canto uma estufa e uma geladeira amarrada com uma cordinha porque a porta estava desajustada, e, contra a parede, estavam empilhadas caixas e caixas de papelão que diziam *Yiwu YaChina*. Seria melhor sem essas caixas, pensou Aurélia, mas não disse nada.

— *Yuyu China?* — Mateo perguntou.

— Yiwu YaChina. Joalheria chinesa por atacado. Era o minuto de Forcás. Para os vizinhos, ele era atacadista da Yiwu YaChina.

— Caixas cheias de joias! Isso devia valer uma fortuna...

— Eram joias chinesas, kiddo, bijuterias de fantasia. As caixas estavam tapadas de poeira, qualquer um se dava conta de que essa mercadoria não tinha muito movimento. Mas, enfim, era o minuto. De tanto em tanto teu pai tirava uma caixa, metia outra, sabe como é, pra engambelar os vizinhos.

Da rua, Mateo quis olhar pela janela, dando saltos, porque ela ficava alta. Como não conseguia, trouxe uns tijolos do terreno baldio, empilhou-os para subir neles e tentou de novo, fazendo uma viseira com as mãos para driblar o reflexo do vidro.

— O que você vê? — Lorenza perguntou de baixo.

— Está vazio. Aí não mora ninguém — Mateo saltou para o asfalto.

— Quem sabe eu toco a campainha, kiddo? Vamos ver se podemos falar com algum dos vizinhos, alguém que tenha conhecido teu pai. Posso dizer que moramos aqui anos atrás, vai ver têm a chave e a gente pode entrar no quarto, não importa que esteja desocupado, melhor assim, de repente querem alugar e estão mostrando.

— Vai você, eu vou ver o que tem no mercado.

— Vamos juntos, então. Mas me diga o que viu pela janela, me diga se o piso é de lajotas de um verde desbotado, como me lembro...

— Não sei, não prestei atenção.

— Me espere aqui, eu também quero olhar — Lorenza voltou à janela, acrescentou outros tijolos à pilha, se encarapitou neles e um instante depois andava procurando Mateo pelo mercado. — O piso é verde, kiddo, verde leitoso, estriado de branco! — começou a gritar quando o avistou ao fundo de um dos corredores.

— Grande notícia — ele riu. — Estriado de branco.

No dia em que Lorenza chegou pela primeira vez a Coronda, as lajotas tinham acabado de ser limpas com alvejante.

O lugar todo cheirava a alvejante, porque Forcás o esfregara para dar as boas-vindas a ela. Além disso, tinha desocupado umas duas prateleiras em cima dos discos, disse que podia botar ali sua roupa e a ajudou a desfazer a mala. Foi uma perfeita cerimônia de instalação, e, embora não tenham falado muito a respeito, era evidente que era solene para ambos.

— Pude ver o pátio — Mateo disse, se desviando das postas de carne que estavam expostas sobre um mostrador. — Deu pra ver até o fundo. Bem pequeninho, mais do que eu imaginava.

— Fazíamos de tudo nesse minipátio — Lorenza contou. — Até uns churrasquinhos aos domingos, no verão. No muro do fundo, ali entre os vasos com plantas, o Miche tinha pendurado um espelho que utilizávamos pra nos pentear. E como dentro não tinha pia nenhuma, lavávamos tudo no tanque, panelas, pratos e roupa, e também dentes e mãos. No inverno tinha que ser rapidinho; era cômico ter que pôr o casaco pra escovar os dentes.

— Que legal — Mateo sorriu. — Tudo ao ar livre, como camponeses. Em plena cidade, Forcás vivia como camponês. Gosto disso. Já tô manjando o homem.

— No verão a coisa se complicava, porque a umidade era sufocante e mal você se afastava do ventilador começava a suar aos borbotões. Mas no inverno era agradável, de verdade. Eu voltava todo dia pelas oito ou nove da noite e adorava encontrar teu pai numa cadeira jogada pra trás, preparando um chimarrão, com as gatas num lado e os pés apoiados na porta aberta do forno ligado.

— Assim ia chamuscar os pés — Mateo disse.

— Estava de sapatos. Como não havia calefação, a gente mantinha o forno a gás aceso e aberto pra nos esquentar. Em geral não nos víamos durante o dia, desde cedo cada um zanzava pela rua fazendo suas tarefas do partido, eu não tinha a menor ideia de onde ele andava, nem fazendo o quê, e ele também não sabia nada de mim, e era bom chegar à noite e ver que o outro tinha voltado são e salvo, pode crer, Mateo, que cada encontro a cada noite era um presente, quando a gente anda temendo pelo pior é um alívio constatar que não aconteceu nada, e assim íamos vivendo, dia por dia, muito apaixonados, sem saber muito o que ia acontecer depois de amanhã e sem nos perguntarmos também.

— Você tinha medo?

— Quando ficava sozinha em casa.

Às vezes Aurélia tinha que passar a noite sozinha na Coronda, porque o Miche, que dirigia um ônibus, cobria o horário noturno, Azucena não chegava e Forcás havia tido que sair de viagem. Então ela trancava bem a porta e se aconchegava na colcha dos aimarás, com Abra e Cadabra enrodilhadas aos pés, e sentia como o pânico que se espalhava lá fora ia se infiltrando pelas frestas e inundando o quarto. Não podia dormir pensando nos porões onde as pessoas se esvaíam em sangue no escuro, nas unhas arrancadas, na mulher grávida que tinha desaparecido do bairro na semana anterior, num companheiro de grupo que havia aparecido arrebentado dentro de uma vala. Quando escutava lá fora o ruído solitário de um motor, ficava de pé sobre a cama para olhar pela janela e sentia o sangue gelar se via um dos Ford Falcon verdes, sem placa, dos federais, autênticos veículos da morte, que de tanto em tanto vinham estacionar no terreno baldio da frente. Por sorte, pelas quatro começavam a chegar os caminhões para descarregar e isso era a salvação, a vida que reaparecia fazendo bagunça e espantando os fantasmas, e então Aurélia podia realmente dormir, ninada pelas vozes dos caminhoneiros que na friagem da madrugada ofereciam uns aos outros um chimarrãozinho ou um cigarro. Era o anúncio de que a noite ficava para trás e que ela tinha se salvado, e dormia profundamente até as seis, quando o Miche, que voltava do trabalho, irrompia no quarto sem bater, com o jornal numa mão e uma sacola de bolos e biscoitos na outra, comentando com ela as notícias e perguntando se não queria tomar o café da manhã.

Foi um problema convencê-lo de que devia bater antes de entrar; na realidade, nunca conseguiram convencê-lo. Argumentava, com razão, que ninguém pede permissão para entrar em seu próprio banheiro. Além disso, a cozinha era território dele: era ele quem costumava preparar a comida para todos, e tinha bastante jeito, principalmente com os bifes à milanesa com purê e salada. Antes de trabalhar como motorista, tinha sido açougueiro e conservava em seu quarto a coleção arrepiante de machadinhas e facas suíças que usou no ofício.

— Te trataram bem nessa casa — Mateo disse.

— Sempre. Forcás fez o que pôde pra que a casa dele fosse minha. Bem, nem sempre. Me lembro de um dia que não.

Aurélia tinha comprado uma lanterna japonesa, dessas redondas, de papel de arroz, que se veem em muitos lugares. Pendurou-a num cordão sobre a mesa, fez a instalação elétrica e ficou contente, achou que dava uma luz agradável ao quarto. Era a primeira coisa, fora a roupa, que colocava na Coronda. Nessa noite, o Miche mal viu a lanterna e armou a maior gozação, começou a golpeá-la como se fosse um saco de pancada de boxe e ia arrebentando com ela.

— Forcás ficou olhando pra ele e não fez nada, deixou que o Miche destruísse a lanterna — Lorenza disse.

— Normal — Mateo disse —, a casa tinha sido dos dois irmãos até que você chegou.

— Na verdade, essa foi a única vez que fizeram que eu me sentisse uma forasteira.

— Deve ter sido uma espécie de rito de iniciação, ou um batismo de sangue.

— De papel, nesse caso. Seja como for, a partir dessa noite a Coronda foi tão minha como deles. E de Azucena, claro.

— E Ramón, se sentiu bem quando chegou à tua casa, em Bogotá?

— Não chegou à minha casa, eu não tinha casa, chegou a um apartamento que alugamos juntos, e com você também, que já tinha nascido. Nas paredes do teu quarto colei um cartaz gigante de cavalos selvagens, e você gostava que...

— Espere — Mateo interrompeu —, o que quero saber é se Ramón se sentiu bem nessa casa de Bogotá, como você na de Coronda.

— Não. Foi uma merda. Fomos embora da Argentina porque eu pedi, e nos afastamos do partido. Você ia fazer dois anos, já tínhamos passado por três ditadores, um atrás do outro e cada um com seu rastro de sangue, os generais Videla, Viola e Galtieri. E eu já não aguentava mais. Me matava de angústia a ideia de que dessem as quatro da tarde, que acontecesse alguma coisa com Ramón e comigo, e que não houvesse quem te pegasse na creche. Essa foi a pior face que o medo assumiu pra mim, que dessem as quatro e não houvesse quem fosse te pegar na creche. Pela tua segurança e pela minha tranquilidade, Ramón aceitou viajar pra Bogotá, se afastando de tudo o que era dele, do partido, dos companheiros, do que gostava de comer, da única coisa que sabia fazer. E em Bogotá eu me esqueci dele, deixei ele muito sozinho. Olhe, me lembro como uma foto de cada um dos objetos que tínhamos na Coronda, mas em troca não me lembro de um só que levamos pro apartamento de Bogotá. Fora o cartaz de cavalos em teu quarto, não me lembro de nada. Uma das linhas dessa carta de Ramón que não li, aquela que ele me deixou no lance obscuro, dizia "desterrado de tudo e também do teu amor". E dizia ainda: "levo o menino, a única coisa minha".

— Então você leu a carta.

— Não, só essas linhas.

— Tenho que te arrancar as informações com um saca-trolha.
— Saca-rolha.
— Isso, rolha. Sabe? Às vezes eu gostaria de perdoar Ramón.
— Querer perdoar já é uma forma de perdão, acho.
— Bem capaz, Ramón só faz merda, eu não fui a única coisa que ele levou, também levou esse dinheiro que não era dele.

Aurélia morava havia pouco tempo na Coronda quando Forcás anunciou que a direção do partido a convocava para uma reunião. Além do próprio Forcás, estariam presentes Águeda e Ana, duas das dirigentes históricas. Delas se sabia que eram misteriosas e poderosas, que passavam a maior parte do tempo no exterior, de onde manejavam os cordéis, e que seus métodos eram implacáveis.

— Era muito raro que a direção convocasse a gente — Lorenza comentou com o filho. — Conhecer Águeda e Ana pessoalmente era algo excepcional. Noventa por cento da base do partido certamente nunca tinha visto nenhuma delas, nem em fotografia.

— Como se te levassem pra ver Brad Pitt e Johnny Depp ao mesmo tempo — Mateo disse.

— Não podia imaginar que tarefa iriam me encomendar, ou pra onde queriam me mandar. No dia do encontro, Forcás me acompanhou até o lugar, mas não me deu nenhuma dica. Claro que ele sabia pra que precisavam de mim, mas não quis me dizer nada. Eu ia olhando pra baixo, os olhos cravados no chão pra não saber da localização, uma precaução boba, eu nunca sei por onde ando.

Quando Aurélia pôde olhar de novo, estava no interior de uma casa escura onde alguém tinha fumado muito; o cheiro de charuto foi a primeira coisa que veio ao encontro dela. Mas também cheirava a alho, deviam estar cozinhando. Forcás a levou até a cozinha, esta sim banhada na luz do dia, que entrava por uma janelona que dava para um pátio interior, e ali o companheiro que estava preparando a comida disse, são uns nhoques com molho, tchê, espero que goste. Sentadas à mesa, diante de um cinzeiro cheio de bitucas, estavam as duas mulheres. A que se apresentou como Águeda era visivelmente mais velha que a outra e tinha o cabelo tão curto que deixava as orelhas totalmente à mostra, de onde pendia um par de argolas tipo cigana. Ana, mais calada, de lábios pintados de vermelho, tinha uma carinha de lontra de rio, mas quase bonita. Ambas se levantaram para dar as boas-vindas com um abraço e em seguida começaram a fazer perguntas sobre a situação política na Colômbia e sobre o funcionamento do escritório de solidariedade com a Argentina em Madri.

— Pensei, então, é isso que querem — Lorenza contou ao garoto. — Querem que informe sobre o trabalho internacional, e até me passou pela cabeça que teriam me chamado pra me pedir que voltasse, que voltasse a trabalhar em Madri. Mas não, não era isso.

— Ouça, menina — Águeda lhe disse, e Aurélia ouviu, e ao se inteirar do que queriam ficou gelada. Ficou com a boca seca, não pôde responder.

— Eu sei o que foi que te pediram. Você já me contou uma vez — Mateo disse. — Te pediram que entregasse San Jacinto ao partido.

— Se dizia *cotizar*.

— Isso, *cotizar*. Que cotizasse San Jacinto com o partido.

— Ficaram sabendo que eu tinha herdado uma chácara na Colômbia e começaram a me falar de como no partido todos vivíamos com o indispensável e cotizávamos o resto. Disseram que isso era o *bolche* e o *prole*, e que Homero tinha entregado o apartamento da mãe quando ela morreu, que a Gata havia cotizado a totalidade de sua herança, que Rafael tinha cotizado a fábrica de que era dono e ficara vivendo com o salário de operário.

O bolche e o prole, o prole e o bolche, e Aurélia ali, muda. Não dizia nem sim, nem não, nem talvez; não conseguia dizer nada. San Jacinto era a única coisa que restava do pai. Mais que uma chácara, era para ela uma série de manhãs de domingo, de tardes de chocolate e almojávenas, excursões à montanha e noites diante da lareira acesa. San Jacinto era alguns animais com nome próprio e pelo suave. Como alguém cotiza suas lembranças e seus animais de estimação?

— Mas, caramba, também era uma chácara — Lorenza disse ao garoto —, terra boa que valia uns bons milhões de pesos, no fim das contas minha única herança. E eu calada. Meus ouvidos começaram a zumbir e as vozes delas se tornaram distantes. Me virei pra olhar Forcás, como pedindo ajuda.

Até esse momento Forcás tinha permanecido em silêncio e quando abriu a boca foi para dar razão a elas, o prole e o bolche de um lado, e do outro lado o pequeno-burguês de merda. Ela estava se comportando como uma pequeno-burguesa de merda, sabia e não queria, mas não podia evitar, tinha que dizer que sim, claro que cotizava a chácara, mas tinha um nó na garganta. A pior coisa do mundo era ser pequeno-burguês, de todo o coração ela queria ser prole e bolche, mas escutava aquelas vozes como se fossem um eco, que Fulaninho entregou o carro, que Fulaninha o anel de casamento, e ela incapaz de escutar nada que não fosse seu próprio ruído interior, como se estivesse mastigando cenouras cruas. Como encontrar as palavras para explicar que o paizinho fazia pães no forno, que em San Jacinto pastavam suas vacas mimadas, que o vestido que ele tinha mandado para Madri nunca havia sido entregue a ela? Como dizer que a mãe tinha lhe dado uns sapatos Bally, que ela os havia utilizado para camuflar uns dólares e que Forcás nunca os tinha devolvido apesar de ela lembrá-lo todos os dias? Esses eram os únicos argumentos que lhe vinham à cabeça em defesa de San Jacinto, e algo lhe dizia que não iam soar convincentes aos ouvidos de dois monumentos esculpidos em rocha viva, herdeiras da tradição operária mais pura e dura, como eram Águeda e Ana.

— E aí, o que você disse pra elas? — Mateo perguntou.

— Que primeiro teria que viajar à Colômbia pra receber a herança, porque o trâmite ainda não tinha sido feito e à distância não era fácil.

— E elas te responderam o quê?

— Que pensasse, que não tinha que ser imediatamente. Depois o companheiro que cozinhou serviu os nhoques com pão e vinho tinto e se sentou pra comer com a gente, e elas me falaram muito sobre a diferença entre o diletante e o militante profissional. Na despedida, me disseram que tinha que me decidir a cruzar as pontes. Ou que tinha que queimar os navios. Ou queimar as pontes e cruzar os navios; uma dessas metáforas irrefutáveis.

Até esse momento Lorenza sempre tinha pensado que aguentaria na Argentina o mais que pudesse e que quando já não aguentasse mais, bem, tocar por onde tinha vindo: deixaria de ser Aurélia e voltaria para a Colômbia e, pronto, missão cumprida e contas saldadas com a clandestinidade. Mas, a partir do encontro com Águeda e Ana, sua estadia em Buenos Aires já não lhe pareceu tanto teatro nem passeio. Abandonou essa cozinha com a sensação de que um compromisso profundo a amarrava e para ela não havia mais como voltar atrás.

— Tudo se encaixa, Lorenza — Mateo disse. — Entregar a herança era a prova a que o herói tinha de ser submetido. Como Luke Skywalker em *Star wars*, como não se deu conta? O herói tem que renunciar à sua vida anterior e à sua família de sangue pra ingressar limpo e puro e sem amarras à sua nova família, que é a sociedade secreta. E também renunciar a seu nome anterior! Esse joguinho é puro cinema, isso de passar de Lorenza a Aurélia, de Ramón a Forcás... Como Darth Vader, que é o nome que os Sith dão a Anakin Skywalker quando se une a eles... Você cumpria todos os requisitos, mãe, e ainda não se deu conta, troca de nome, identidade falsa, linguagem em código, sociedade secreta, perigo de morte, ideais superiores, renúncia à vida anterior... Você não vê, por acaso? Você foi cumprindo todos os requisitos da ascensão iniciásica.

— I-ni-ci-á-ti-ca.

— Isso, iniciática.

— Veja desta maneira mais prática — sua mãe propôs. — Andar metido nessas com teu próprio nome teria sido uma tremenda roubada. E quanto a San Jacinto, como você acha que se poderia manter uma resistência não armada se não fosse com as contribuições voluntárias dos que participavam ou apoiavam?

— Tudo bem, deixe pra lá. Agora, convenhamos, esses nhoques nos custaram caro.

— Você se dava bem com Azucena? — Mateo quis saber.

— Cheirava a bolacha.

Azucena, a namorada do Miche, trabalhava na Bagley, uma fábrica de bolachas que ficava no sul da cidade, na avenida Montes de Oca, em Barracas. Seu ofício consistia em tirar bolachinhas do forno — tira que tira do forno bandejas e bandejas de bolachas, exposta a altas temperaturas e suando aos borbotões, até que o cheiro se metia na pele dela e lhe impregnava os cabelos. Ao fim da jornada, tomava um banho na fábrica com água quente, se esfregando com sabão e xampu, mas nem assim conseguia tirar de cima esse cheiro doce e penetrante.

— Chegava em casa com um cheiro divino maravilhoso, canela com manteiga e farinha.

Lorenza lembra dela sentada num tamborete, no pátio da Coronda, tentando pintar as unhas dos pés de vermelho-escuro, com algodões entre os dedos e angustiada por não poder acertar o alvo com o pincelzinho do esmalte.

— Eu devia tê-la ajudado a pintar, vai saber por que não ajudei — Lorenza disse. — Na verdade não era fácil se aproximar dela. Era uma moça tensa, de movimentos elétricos, como se estivesse em curto-circuito por dentro. Talvez chegasse com o pulso alterado depois do dia todo se cansando na fábrica, ou talvez a doença dela influísse nesse negócio de não acertar as unhas com o esmalte.

A personalidade de Azucena tinha sido um mistério para Aurélia até que o Miche confessou, em segredo, que comprava comprimidos de Epamin para a namorada, para evitar as convulsões. Epilepsia? O Miche tinha dito que sim, uma forma leve de epilepsia.

— Como eram? — Mateo perguntou.

— O quê?

— As convulsões, ora.

— Nunca vi Azucena tendo uma. Era magra, com um bom corpo; eu diria que bonita se não se penteasse tipo Betty Boop, nem tirasse as sobrancelhas até quase sumirem. Mas, enfim, era bonita. Agora, tinha um olhar esquisito, febril.

Mesmo que no começo dissesse que não queria saber nada de política, Azucena acabou apresentando duas companheiras de Bagley, e assim Aurélia começou a abrir um trabalho político no setor de alimentação. E, embora Azucena logo caísse fora, essas duas operárias lhe apresentaram outra, e esta mais uma, e também a algumas de Terrabusi e de Canale, as outras fábricas tradicionais de bolachas, e assim foi se formando o grupinho. Para não ventilar nomes próprios, elas mesmas decidiram que seriam chamadas conforme as bolachas que lhes correspondiam na linha de produção, e uma foi Crioulinha, a outra Sorriso, Sorriso Dois, Tentação, Merengada, Rumba, Gêmea Um, Gêmea Dois, e até uma Gêmea Três chegou a ter no melhor momento.

— Bons nomes de guerra — Mateo disse. — Eu gostaria de estar num grupo subversivo com Sorriso, Rumba e Merengada.

As garotas demoravam pelo menos uma hora entre o apito que anunciava o fim do expediente e o momento em que apareciam em El Chino, um barzinho canalha que ficava a umas duas quadras de Bagley, onde às segundas e quintas-feiras Aurélia as esperava para a reunião clandestina do grupo. Chegavam sem o avental cinza e a touca plástica, recém-banhadas, o cabelo produzido, maquiladas com esmero, de jeans justos e saltos altos. Com o minuto de que iam se reunir para ver *Amor cigano*, a telenovela da moda naqueles dias, levavam Aurélia a algum quarto que compartilhavam nos cortiços de Barracas.

— Assoalho de madeira que rangia, camas simples com colchas de algodão fino, um braseiro, uma tevê de bom tamanho e uma foto grande de Evita no lugar mais visível — Lorenza disse a Mateo —, umas coisas a mais, umas coisas a menos, esses eram os tesouros delas.

A foto de Evita não podia faltar, com flores de plástico ou velas acesas ou, melhor dito, o altar a Eva Perón, morta fazia tanto tempo mas ainda entronizada. Aurélia começava a entender com quem essas garotas se pareciam — se se vestiam, se moviam e conversavam como Evita, com quem iam se parecer senão com Evita, enfeitada e comovida de pátria, disposta a ser mártir se a coisa fosse necessária? *Se Evita estivesse viva seria operária* — por Evita e sob o amparo dela as garotas de Bagley topavam qualquer parada, enfrentavam quem aparecesse pela frente, começando pela ditadura, como elas diziam: esses filhos da puta, milicos de merda, puta que os pariu.

— Mas você não era peronista — Mateo disse.

— Eu era trotskista, e elas aceitavam que eu as convocasse, mas se eu tivesse me metido com a Evita delas me teriam fechado a porta na cara. E pra quê, afinal, se o que nos unia era estar contra a ditadura?

Trancadas no quarto, sentadas de três em três por cama, faziam o chimarrão circular e iam se animando na discussão sobre a qualidade das diferentes marcas de meias-calças, sobre as varizes que iam aparecendo por ficarem tanto tempo de pé, sobre os cremes para as mãos ressecadas, sobre o preço das coisas, a canalhice dos homens, os milagres dos santos e os atrasos da menstruação, até que às sete da noite em ponto, como que por encanto, todas se calavam ao mesmo tempo. E no cortiço, no bairro, pelo visto em toda a Buenos Aires, o silêncio se impunha, porque havia começado a telenovela. Um novo capítulo de *Amor cigano*.

Crioulinha, Sorriso, Rumba e Tentação cravavam os olhos na telinha, perdidamente apaixonadas por Renzo, o Cigano, tão elegante e masculino, de olhar tão profundo, impulsivo, valente, injustamente condenado por um crime que não cometeu e privado do amor da bela condessa de Astolfi, vítima por sua vez de uma infame tirania num reino vai se saber onde e ninguém sabe quando, mas que tanto se parecia com a Argentina daqui e de agora, também dominada por vilões cruéis como o marquês Farnesio e seu vil lacaio, o Corcunda Dino, ou talvez mais cruéis ainda, e também semeada de masmorras e passagens secretas e matas de tocaias, onde os jovens inocentes e de olhos verdes, como Renzo, eram trancafiados nas imundas ilhas dos Condenados.

Durante os intervalos para os comerciais, as garotas da Bagley se esqueciam de Renzo, porque tinha chegado o momento de conspirar. Subiam o volume da tevê, baixavam a voz até um sussurro e a reunião clandestina se realizava. Rumba, que pertencia à comissão interna, informava que no século XIX tinha sido aprovada *a lei da cadeira*, que o patronato já não respeitava e pela qual elas deviam começar a lutar de novo: por cada hora de trabalho de pé, direito a quinze minutos de trabalho sentadas. Logo Renzo e Adriana de Astolfi juravam se amar eternamente mediante um ritual cigano de sangue e, durante os comerciais seguintes, Aurélia lia partes do jornal do partido e as comentava com elas. Precisava ver as pragas que aquelas garotas diziam em voz baixa contra os milicos da Junta, contra os verdugos da Triple A, contra os federais da Coordenação, contra os marqueses Farnesios e seus corcundas abjetos. E tinha que ouvir como juravam dar a vida para derrotá-los, a todos igualmente, para devolver a liberdade a Renzo e a todos os desaparecidos e sequestrados. Porque, se Evita estivesse viva, não teria permitido que esses criminosos nos fodessem a vida. Se Evita estivesse viva, se Renzo, o Cigano… Se a condessa de Astolfi existisse de verdade…

No terceiro quarto da Coronda, o que vinha depois do quarto do Miche, vivia um senhor paralítico.

— Paralítico quanto?

— Muito paralítico. Andava de cadeira de rodas, nunca saía pra rua e quase não podia fazer nada sozinho.

Esse senhor era casado com uma mulher que se chamava Gisella Sánchez, bem mais jovem que ele, que o ajudava em tudo e na certa também o mantinha, porque ele não podia trabalhar mas ela sim, numa floricultura. Gisella Sánchez saía cedo e voltava à noite, e se o seu marido precisava de alguma coisa enquanto ficava sozinho batia com um cabo de vassoura no teto do quarto e, como se escutava no dos dois irmãos, quem estivesse ali dava uma passadinha para ajudá-lo. Talvez tivesse caído o jornal e o pegavam, ou tinha acabado o garrafão de água ou o papel higiênico, e então iam comprar no mercado. Às vezes o vento virava a antena de sua tevê e Forcás ou o Miche se encarapitavam no telhado para endireitá-la. Por isso Gisella Sánchez vivia agradecida e todas as semanas levava algumas flores do seu negócio de presente para eles.

Forcás nunca tinha falado abertamente de política com ela, e no entanto tinham fechado um pacto de sobrevivência. Mais que um pacto, era um favor; um favor arriscado que ela aceitara fazer em caso de se apresentarem problemas. Lorenza não sabia se o marido, o senhor paralítico, sabia do acordo.

— Era um cartaz que tinha escrito em letras grandes, vermelhas, VENDE-SE CAMINHONETE FORD. Forcás tinha entregado a Gisella pra que o colocasse na porta da rua se alguma vez, estando eles fora, visse que acontecia alguma coisa estranha no cortiço ou no bairro. Alguma coisa estranha, Forcás não explicou o quê, e ela não perguntou nada. Só disse que compreendia e que podia contar com ela. Coisas assim podiam ser feitas porque havia uma certa cumplicidade entre as pessoas, uma espécie de entendimento que se dava com este ou com aquele, por sinais ou pelo olfato.

— E se você se enganava?

— Não havia margem de erro, mas era difícil a gente se enganar muito. Estava na cara das pessoas se eram contra a ditadura ou não. Bastava falar com uma pessoa por cinco minutos, fosse de futebol ou do clima, pra saber mais ou menos pra que lado pendia.

— Você morava na Coronda quando eu apareci? — Mateo quis saber.

Uma tarde de primavera, Aurélia havia chegado correndo à casa da Coronda com um papel na mão, um exame que acabavam de lhe entregar. Deu-o a Ramón para que o lesse em voz alta: "Laboratório de Análises Clínicas, Doutor Juan Manuel Rey, Exame Imunológico de Gravidez: Positivo".

— Ramón se emocionou, Mateo. Desatou a chorar, se emocionou muito — a mãe disse.

— Sério?

— Sério. O que eu vi nesse dia foi um homem feliz.

— Mas então quando acabou a felicidade dele?

Nos meses seguintes, a Coronda esteve povoada de sonhos, às vezes de Aurélia e às vezes de Forcás. Alguns eram agradáveis e carregados de bons preságios, mas outros eram angustiantes e, ao contar a Mateo, Lorenza se perguntou a que horas sonhariam se nesse quarto mal se podia dormir, entre a excitação pela notícia da gravidez, a cama tão estreita, o barulho dos caminhões e as idas e vindas de Azucena, que arrastava os chinelos do banheiro para a cozinha e da cozinha para o banheiro antes de sair para a fábrica, para arrematar com o Miche, que irrompia oferecendo o café da manhã. Para não falar dos barulhos insignificantes que encerra uma noite qualquer, mas que nessa época a gente confundia com sinais de alarme.

— Você nunca pode dormir direito quando até os passos do gato no telhado soam ameaçadores — Lorenza disse. — Mesmo assim sonhávamos, Mateo. Sonhávamos com você.

Uma noite Ramón sonhou que o menino nascia enquanto ele estava longe e que ao voltar não podia encontrá-lo. Enlouquecido, perguntava aqui e ali por seu filho recém-nascido até que alguém lhe dizia que a mulher que cuidava dele o tinha levado no colo ao santuário de Luján. No sonho, Ramón, que ainda não tinha visto o filho e portanto não sabia como era, tinha que procurá-lo e reconhecê-lo no meio de uma multidão de peregrinos que ia de joelhos a caminho do santuário.

Um tempo depois, foi Aurélia que acordou assustada por um pesadelo. Seu filho nascia e tinha um rosto sério e bonito, não sorria, mas suas feições eram perfeitas. Em compensação, seu corpo era alongado como o de uma lagartixa. Ela queria abraçá-lo, queria envolvê-lo num cobertor para que não sentisse frio, mas o bebê-lagartixa escapava dela.

— Suspeito que, ao dormir, teu pai e eu reconhecíamos o que acordados não éramos capazes nem de nos perguntar. Como íamos cuidar de você, Mateo, se tínhamos feito uma promessa de nós mesmos não nos cuidarmos? Como defender tua vida sem saber quanto as nossas durariam? Teu nascimento ia ser um acontecimento contra toda evidência, uma urgência e uma reivindicação da vida diante da engrenagem de morte que nos rodeava.

Haviam passado três semanas desde que souberam da gravidez. Era sábado, por volta da uma da tarde. Azucena não estava, e o Miche havia se despedido dizendo que voltaria para preparar uma lasanha de beringela para o almoço, desde que eles comprassem os ingredientes. Então Aurélia e Forcás foram ao mercado pegar o necessário, a massa, as beringelas, os tomates, a mozarela, o parmesão, o alho e o azeite.

Mas não retornaram diretamente, deram uma volta pelo bairro para fazer as coisas de rotina, uma parada na farmácia, outra na mercearia para *armar o tira-gosto*, como dizia Forcás: pegar azeitonas pretas, salame e salpicão de galinha. Se distraíram um instante cheirando os jasmins da Primera Junta, depois compraram o jornal e folhearam revistas na banca. No total teriam demorado pouco mais de uma hora. Voltavam pela Alberdi, entraram pela Coronda e já se aproximavam de casa. Forcás ia lendo o jornal, quando Lorenza divisou o cartaz VENDE-SE CAMINHONETE FORD. Sentiu uma porrada dentro do peito. Agarrou Forcás pelo braço e instintivamente quis dar meia-volta, mas ele a obrigou a continuar caminhando em frente. Devagar, com calma, sem dar bandeira. Não corra, Aurélia, pelo amor de Deus, não corra. Alterados, com a alma na boca, passaram diante da casa sem se virar nem mesmo para olhá-la e continuaram ao largo, até cruzar a entrada dos fundos do mercado. Foram se escondendo pelos corredores, ziguezagueando entre as bancas de verduras e de carne, até alcançar a porta principal, que dá para Rivadavia. Dali caminharam para a estação da Primera Junta. Misturados com as pessoas, esperaram o que pareceu um século até que chegasse o metrô, embarcaram, fizeram várias trocas de linhas e depois voltaram à superfície em algum lugar, Aurélia não soube qual. Nunca mais voltaria à Coronda.

— Sabe quanto pode aguentar uma pessoa sem dormir? — Lorenza perguntou a Mateo. — Vinte dias e vinte noites. Você vai dizer que isso não é possível, mas eu sei que sim. Sei por experiência. Passei vinte dias e vinte noites sem dormir e pesava dez quilos menos, quando enfim recebi a ligação do teu pai.

— Siga a corrente — Haddad tinha indicado. Como especialista em sequestros, sabia dos manejos telefônicos com o inimigo que tem em mãos alguém querido da gente. — Se ele disser que ama você, diga que o ama. Se ele disser que sente saudade de você, diga que sente saudade dele. Se ele chorar, chore. Mas, se ele ficar furioso, não fique. Chore de todas as formas, isso surte efeito. Diga que está arrependida, que tanto ele como o menino fazem muita falta. Ouça bem: tanto ele como o menino. Não o deixe de fora. Não o culpe, bote as culpas em você mesma. Minta e finja sem escrúpulos, que aqui o decisivo é que a comunicação não seja interrompida, que vá se prolongando e estreitando, para que seja um fio que a leve até seu filho.

Aos ouvidos de Lorenza, a voz de Ramón chegou salvadora e ao mesmo tempo improvável, como um milagre. A mesma voz rouca e a mesma fala acelerada que anos depois Mateo iria ouvir na gravação de uma secretária eletrônica. De onde estava falando? Lorenza não soube, Ramón não disse, ela não perguntou.

— Não tinha que pressionar nem incomodar teu pai — conta a Mateo. — Haddad tinha dito que era como dançar em dupla, era preciso seguir o ritmo sem ficar pra trás nem saltar longe.

— E por que não fez como em *Nova York contra o crime*, instalar um sistema de rastreamento de telefonemas que em três minutos e meio registra a procedência?

— Eu fiz, é claro. Mas aconteceu como nos filmes, o bandido desligou aos três minutos.

Parecia que Ramón estava falando com ela do outro mundo, esse outro mundo onde se encontrava seu filho, um mundo escorregadio, quase impossível, quase inexistente, que estivera perdido no espaço até este momento em que a voz de Ramón dizia, sem dizer, que havia um ponto específico no mapa onde seu filho se encontrava. Já não em uma nebulosa, nem no vazio, nem na morte, mas numa cidade ou numa aldeia, num hotel ou numa casa: um ponto físico onde tinha um telefone e certamente uma mesa e uma cama. Um lugar real. Era terrível continuar sem saber qual era, mas pelo menos Lorenza já sabia que esse lugar existia. E, se existia, ela poderia ir até lá.

A ligação durou três minutos e sete segundos, Guadalupe a cronometrou. E também a gravou, e depois que Lorenza desligou e conseguiu dominar a comoção, escutaram-na juntas uma vez depois da outra, para que não escapasse nenhum dado, nem insinuação, nem matiz. Durante esses três minutos e sete segundos, Lorenza não tinha reclamado nem insultado, não tinha dito nada que saísse do script. Durante os dois primeiros minutos, tinha se limitado a perguntar como estava Mateo.

— Está muito bem — a voz disse, enquanto ela acreditava sentir a presença do menino, acreditava adivinhar a respiração dele, tentava acalmar o barulho de seu próprio coração que lhe retumbava nos tímpanos para que não a impedisse de ouvir o coração do menino, que estaria pulsando do outro lado. — Está alegre, comendo bem, dormindo bem. Aprendeu duas palavras novas, que repete toda hora. Logo te passo ele pra que fale pra você. Nem imagina, me deixa louco repetindo elas toda hora — a voz de Ramón soava natural, quase festiva, como se não tivesse acontecido o que tinha acontecido, como se simplesmente fosse a voz de um pai que levou o filho para passar o fim de semana numa chácara, exatamente como se supunha que ia fazer, e estivesse fazendo uma ligação rotineira para a mãe.

— Me passe ele — Lorenza implorou, cuidando para que sua voz não soasse como um rogo, tentando sintonizar sua voz com a de Ramón, procurando que soasse como a de Ramón, quer dizer, alegre, ou quase alegre, jogando o mesmo jogo, seguindo a corrente como lhe tinham dito, como se não tivesse acontecido o que tinha acontecido, como se ela não houvesse emagrecido dez quilos nem tivesse permanecido acordada durante vinte dias e vinte noites, como se ela não fosse uma morta em vida a quem apenas a presença do filho conseguiria ressuscitar, como se, pelo contrário, fosse uma mãe qualquer que fez a maleta do filho, botando nela umas calças grossas, um par de brinquedos e um pijama de ursinhos, porque o filho foi com seu pai mas só por um fim de semana.

— Que palavras? — ela rogou. — Me diga que palavras Mateo aprendeu.

— Ele mesmo vai te dizer — Ramón disse, mas não passou o filho. — Liguei só pra te dizer que Mateo está bem e pra te perguntar como você está.

— Passei pelo inferno, mas estou bem, agora que sei de vocês — Lorenza respondeu, e teria preferido insistir que lhe passasse Mateo, mas ao lado dela estava Guadalupe, cronômetro na mão, fazendo sinais peremptórios para que ela não continuasse por aí e lhe pondo diante dos olhos um papel onde tinha escrito em letras grandes a frase que, segundo calculavam, poderia surtir o efeito de precipitar a viagem: *Hoje um homem veio me procurar pra exigir que lhe pague o dinheiro de um cheque, me diga o que devo fazer, Ramón, esse homem me mata se não pagar.*

Lorenza leu a frase como estava escrita, palavra por palavra, cuidando para que a voz não soasse como censura, mas como preocupação.

— Como eu com meu caderno. Você também escreve as frases que tem que dizer por telefone a Ramón — Mateo diz.

— Tá vendo? Você não é o único que tenta domar tigres com uns bons parágrafos.

— Legal isso, se enfiar na jaula do tigre e dar na cabeça dele com um caderno. Mas continue, Lolé, o que o tigre respondeu?

— Me disse: diga pra ele que paga na próxima semana e não queime a mufa por isso, que está tudo sob controle.

— *Tudo sob controle* — Mateo repete. — Olhe só meu pai, olhe só isso, *tudo sob controle*. É bem dele, trata de bolar um golpe e acaba com um golpe nas bolas. Disse *queime a mufa*? Que diabo é *mufa*?

— Cabeça. Não esquente, não se preocupe por isso. E eu olhei pra Guadalupe como dizendo que sim, que alguma coisa tinha sido tocada.

— Já saquei — Mateo disse. — Por ele você não tinha que se preocupar em pagar, porque já não ia estar na Colômbia quando o traficante encrencasse. Mas, sei não, Lorenza, eu acho que Ramón é mais complicado. Ia trazer você pra Argentina pra que o traficante não te matasse, ou cutucou o traficante com vara curta pra te obrigar a vir pra Argentina?

— Sei lá, o certo é que me agarrei nisso como um carrapato e disse a teu pai com minha voz mais desamparada: mas o homem exige que pague agora mesmo, Ramón, não me deixe sozinha nisso...

— Amanhã te ligo de novo — ele disse, e desligou sem esperar resposta.

— Jure, jure que me liga amanhã — ela implorou, mas apenas ao bocal do telefone, porque a comunicação já tinha sido cortada.

Pediu a Guadalupe que a deixasse sozinha e desatou a chorar como uma Madalena, agora sim, finalmente, mares de lágrimas: implorando, exigindo, insultando, rogando, chorando e chorando e se afogando em lágrimas, queimando os olhos com lágrimas de sal, totalmente fora do script e além de qualquer cálculo e colada ainda ao telefone, como se soltá-lo fosse soltar o pouquinho de Mateo que durante três minutos e sete segundos havia recuperado. Mas, depois de chorar muito, enfim dormiu. Agora podia dormir um instante, porque tinha começado a se cumprir a profecia de Haddad.

— E que palavras eram essas que eu tinha aprendido nesse meio-tempo? — Mateo pergunta.

— Ole, neve.

— *Ole, neve?*

— Olhe a neve. Mas, pra saber disso, tive que esperar mais três dias.

— Gisella Sánchez acha que foi guerrilheiro — Mateo disse a Lorenza durante um dos chás musicais que ofereciam a partir das cinco sob o domo de vidro do Salão l'Orangerie, do Hotel Alvear Palace, em meio a vasos de samambaias, grandes jarras cheias de rosas, um quarteto que amansava Brahms até transformá-lo em música de elevador e garçons de luvas brancas que iam e vinham, uma exibição de prataria, servindo finger sandwiches, scones mornos e petits gâteaux. Lorenza havia arrastado

Mateo até esse novo palco do circuito de suas nostalgias: tinha se hospedado no Alvear Palace quando era criança, e depois quando adolescente, nas vezes em que visitou Buenos Aires com a família.

— Quem foi guerrilheiro? — perguntou a Mateo.

— Forcás, ora, quem ia ser.

— Forcás não foi guerrilheiro. Quem acha isso?

— Já te disse, Gisella Sánchez acha que sim.

— Mas por que você diz isso?

— Ora, porque ela me disse.

— Quem te disse?

— Já te disse, Gisella Sánchez, tua vizinha da Coronda. Fui falar com ela hoje.

— Como?

— Hoje fui falar com ela.

— Como assim, foi hoje?

— Fui. Hoje. Na hora do almoço.

— Mas se ontem você nem deixou que eu tocasse...

— É melhor sem você, Lorenza — Mateo disse, enquanto procurava entre as tortinhas do carro pâtissier uma que não tivesse fruta. — Investiguei coisas. O senhor paralítico se chamava Anselmo e já morreu, o que você não sabia.

— E Gisella Sánchez... — ela disse, ainda perplexa. Não podia acreditar que Mateo, que fazia apenas uns dias estava paralisado diante do PlayStation, de repente tivesse decidido se atirar na rua em busca do rastro de seu pai por conta própria. — Muito bem, kiddo, muito bem! Não sabe como isso me alegra... E Gisella, como estava?

— Me contou que se casou de novo, mas não com outro paralítico. Dessa vez foi com um dentista. Encontrei ela na floricultura, ainda trabalha lá. Acho que agora é dona do negócio. Se chama Flores e Regalos.

— E como foi até lá, de táxi?

— Sim, de táxi — Mateo pediu ao garçom que trouxesse leite em vez de chá. — Mentira, fui de metrô.

— Como soube onde era a floricultura? Isso nem eu sei...

— Perguntando. Cheguei à floricultura e ali tinha uma vendedora que pensou que eu queria comprar flores. Essa era Gisella Sánchez.

— Como soube?

— Eu disse que era filho de Forcás e que andava procurando meu pai, mas ela continuava com o papo das flores e disse que se eram pro meu pai me oferecia umas rosas brancas, já estava pegando, as rosas brancas, e eu tentando explicar pra ela que não queria flores, que andava procurando meu pai. Então ela perguntou que Forcás, não conhecia ninguém que se chamasse assim, e aí reagiu melhor quando eu disse: Forcás é o apelido dele, o nome verdadeiro é Ramón Iribarren e morou na Coronda, eu sou filho dele, Mateo Iribarren. Aí sim, ela entendeu do que eu estava falando.

— Olhe só, que grande investigador, você tá uma fera, kiddo, e pensar que ontem você se fazia de desentendido. E como é? Me conte. E a aparência dela?

— É uma senhora, com cara de senhora.

— Deve ser ela. Mas por que achava que Ramón tinha sido guerrilheiro?

— Porque ouvia rock argentino, acho. Eu expliquei pra ela que não tinha sido guerrilheiro. Disse que era trotskista do PST, que era contra a luta armada e que durante a ditadura tinha feito parte da resistência clandestina, mas sem armas, disse isso pra ela. Era isso, não, Lolé? Falei isso. Ela me contou que desde o começo tinha se dado conta de que ele andava metido em alguma coisa, porque do quarto saía *música revolucionária*. Falou assim. Depois me encheu de beijos, me disse: olhe você, o filho de Ramón, você é o retrato vivo.

— Perguntou por mim?

— Eu disse que tinha vindo sozinho a Buenos Aires procurar meu pai. Disse que fazia anos que não via ele, mas o tio Miche, sim. O tio Miche continuou morando na pasaje Coronda, com Azucena. Sabia disso, Lolé?

— Como assim?

— Depois do *vende-se caminhonete Ford*. Ela se lembrava da história do letreiro, essa parte me contou igual. Mas você não sabe da outra metade da história. Quando viram o letreiro, Forcás e você foram embora e se esconderam. Até aí as duas versões coincidem. O que você não sabe é que o Miche não foi embora. Isso Ramón não te contou. Tá vendo? Você não sabe nada de Ramón, Lorenza. Nem mesmo isso. Você não sabia o que acontecia lá mesmo, na casa de Forcás, mas Forcás sabia que você tinha herdado uma chácara lá longe, noutro país.

Gisella Sánchez contou a Mateo que um sábado ao meio-dia voltava caminhando da floricultura quando viu, na esquina de Centenera e Guayaquil, que dois caras tinham agarrado Azucena pelos braços, a vizinha dela, e a tinham arrastado em direção à casa. Azucena estava muito mal, pálida, desengonçada, com sangue que escorria pelo rosto e manchava a blusa. Gisella Sánchez achou que eram dois tiras que tinham prendido e batido nela para que entregasse os outros, por isso foi a toda para a pasaje Coronda pendurar o cartaz na porta, como tinha combinado com Ramón.

— Pode ser — Lorenza disse a Mateo. — Por isso evaporamos e não voltamos. Como íamos voltar?

— Ouve o que tô te dizendo, mãe: o Miche voltou. E continuou morando lá. Esses dois caras não eram tiras, Lolé, eram só dois caras, dois caras comuns, sem nada de mais, que passavam por ali quando viram que Azucena caía no chão porque teve um ataque de epilepsia. E quiseram ajudar, isso foi tudo. Dois desconhecidos. Meteram um lenço na boca de Azucena pra que não engolisse a língua. Quando o ataque passou, ela disse que morava no 121 da Coronda, e então levaram ela. Gisella Sánchez tinha montado mentalmente um filme inteiro, tinha achado que eram tiras e que tinham batido nela, por isso correu na frente e pôs o letreiro. Quando se deu conta do erro, já era tarde, Forcás e você tinham visto e dado o fora. Mas, quando o Miche chegou, o letreiro não estava mais e entrou na boa. Dentro encontrou com Gisella Sánchez, que estava cuidando de Azucena, que com o negócio do ataque havia se batido e tinha uma ferida na testa. A coisa foi assim, Lorenza, e por isso eles continuaram vivendo lá, o Miche e Azucena, e ficaram com as gatas. Gisella Sánchez diz que, um tempo depois, o Miche pôde entrar em contato com Ramón pra avisar que tinha sido um alarme falso. Até três anos viviam ali, imagina só? E depois se mudaram pra um lugar que se chama Villa Gesing.

— Em Buenos Aires?
— Não, fora de Buenos Aires, na costa, parece.
— Não seria Villa Gesell?
— Sim, Villa Gesell. E não é só isso, Lorenza, de vez em quando Ramón ia lá de visita, lá mesmo, na Coronda, e levava comida pras gatas. Aposto que não te contou isso também.
— Deve ter sido depois que nos separamos…
— Não, não, não foi depois. Foi quando você estava grávida, achando que Coronda tinha caído e que estavam perseguindo vocês. Não havia acontecido nada na Coronda. Mesmo assim, Ramón não te contou.
— Bem, na verdade não tinha por que me contar, eram coisas que eu não tinha por que saber…
— Nem mesmo das gatas? Você não se perguntou o que tinha sido das gatas?
— Perguntei, claro que perguntei pra ele, mil vezes. O pior de perder a Coronda era que Abra e Cadabra tinham ficado

abandonadas. Pela segunda vez na vida, além do mais. As roupas e as coisas tudo bem, mas as gatas... Ele me disse, umas semanas depois, que tinha conseguido resgatar as gatas e que já estavam com teus avós lá em Polvaredas.

— Nada disso, as gatas ficaram na Coronda com o Miche. Sabe o que é? Você não sabe quase nada de Ramón.

— Mas por que ia esconder de mim uma coisa assim? O que ele ganhava com isso?

— Vai ver, não ganhava nada, simplesmente tinha muitas coisas que não te contava. Ou, vai ver, as gatas ficaram um tempo com Miche na Coronda e depois com meus avós, em Polvaredas. Quem sabe.

— Bem, aí não termina o capítulo de Abra e Cadabra, kiddo; depois me caiu em cima um tremendo drama por causa delas.

— Espere, espere. Você não adivinha. Gisella Sánchez me deu o telefone do tio Miche. Em Villa Gesing.

— Villa Gesell.

— Villa Gesell. Agora o tio Miche mora lá, em Vila Gesell, e eu vou ligar pra ele — Mateo disse, e soava seguro do que estava afirmando. — Preciso conhecer o tio. Tenho muitas perguntas pra fazer.

Lorenza ficou olhando para Mateo com a sensação de que ele não era o mesmo do dia anterior. Dizem que é possível escutar a grama crescer, pensou, e também é possível escutar como um filho vai crescendo.

— Sabe que mais? Não é verdade que fui sozinho à Coronda e à floricultura — Mateo disse, de repente. — Tudo mentira.

— Não foi?

— Fui, sim, mas não fui sozinho.

— Então com quem?

— Andrea me levou.

— Que Andrea?

— Andrea Robles, a filha do Negro Robles. Na outra vez ela já tinha dito que podia me ajudar a procurar meu pai.

— Te procurou no hotel?

— Sim. E pegamos juntos o metrô até Caballito. Andrea investigou sozinha tudo do pai dela, e eu disse que queria fazer a mesma coisa com o meu. Por isso hoje me ajudou, pra eu ver como se faz.

— E agora onde ela está? Eu adoraria conhecer a Andrea. Vamos convidá-la pra tomar chá com a gente?

— Que ideia, mãe, ela já é adulta e trabalha. Por isso me levou na hora do almoço, quando estava livre. Agora está de novo no escritório e, olhe, ela não ia gostar deste lugar. Na verdade também não gosto muito.

— Acho que você gosta é da Andrea…

— Bem capaz, já te expliquei, ela é adulta. Mas estava bem bonita, isso sim. Usava o cabelo solto e brincos. Bem bonita.

— E a Villa Gesell, onde mora teu tio Miche? Também vai lá com ela?

— Não, que ideia. Vou ligar e, se encontro ele, vou lá sozinho. Que nem Andrea. Ela diz que há coisas que a gente tem de fazer sozinho.

— O tio Miche diz que é verdade que foi motorista e que fazia a rota noturna do 166, de Tres de Febrero a Libertad. Olhe, Lolé, anotou aqui neste guardanapo, me disse que guardasse a informação pra quando você escrever um livro sobre aqueles tempos, Linha 166 de Tres de Febrero a Libertad — Mateo contou a Lorenza depois de sua volta de Villa Gesell, até onde tinha viajado no Expresso Alberino das sete e quarenta da manhã, para passar o dia com o irmão do pai.

Tinha ligado para ele na noite anterior e marcado o encontro. Pelo visto, o Miche não sabia nada de Ramón, nem mesmo o paradeiro dele; tinham brigado fazia uns anos e não se viram de novo nem se falaram desde então.

O tio Miche o estava esperando no terminal do ônibus e Mateo não teve problema para reconhecê-lo, primeiro porque não havia mais ninguém de pé por ali, e segundo porque continuava igual como era nessa foto que Lorenza conservava num álbum: um homem alto, magro mas com pança, nariz arrebitado e óculos ray-ban de lentes antirreflexo, que sorria amavelmente enquanto segurava no colo o sobrinho nascido havia poucos dias.

— Continua igual, o tio Miche — Mateo disse. — Não mudou. Usava óculos escuros mesmo com o dia nublado, só tirou pra cozinhar.

— Óculos profissionais de motorista — Lorenza disse. — Os mesmos que usava pra dirigir.

— Mas agora é açougueiro e também usa. Acho que é por causa da areia. O vento soprava e arrastava uma areia que se metia nos olhos da gente. O Miche tem um açougue lá na Villa Gesell e mora na parte de trás. A primeira coisa que me disse, quando desci do ônibus, foi que ia me preparar um bife de cinema, que tinha me reservado o melhor corte de carne, que essa era carne de verdade mesmo, que na Colômbia nunca tínhamos visto nada parecido, que me preparasse porque ia comer o melhor bife de contrafilé da minha vida. Isso foi a primeira coisa que me disse, eu mal estava chegando.

— E aí? Estava bom o bife de contrafilé? — Lorenza quis saber.

— Sim, muito bom, mas o melhor foram as batatas fritas, fez uma montanha de batatas fritas, e nós dois mandamos ver tudo. O Miche deixou o ajudante cuidando do açougue e tirou o dia de folga pra passar comigo. Conversamos um bocado. Me disse que meu pai era um desgraçado, que não tinha ido me procurar de covarde. Também me disse que isso matou meus avós.

— Então estão mortos.

— Os dois. Primeiro morreu o avô Pierre, de um infarto. Morava com o Miche quando deu o infarto nele. Estava fazendo uma cerca de pedra. O Miche me levou pra ver a cerca, que ficou pela metade. Exatamente como o avô deixou, assim mesmo, fica a uns passos do açougue. O Miche disse que o avô trabalhou até o último minuto de sua vida. E em seguida morreu a avó Noëlle.

— Ele disse do que ela morreu?

— Disse que de tristeza. Disse que a avó nunca aguentou a tristeza de ter perdido o neto. Achei legal, o tio Miche. Gostei de ir lá. Disse que Villa Gesell estava meio cinzenta e sem gente por causa do inverno, mas que tinha que voltar, me convidou a passar o verão lá. Vai ver que gatas vão à praia de tanga, me disse bem assim, aproveita que você é solteiro, carinha. Acho que ele já não pode aproveitar, porque tem mulher. A mulher não estava, tinha vindo por uns dias a Buenos Aires.

— Azucena?

— Não, essa já era. Não teve filhos com Azucena. Agora tem outra mulher e um filho de dois anos. Mais ou menos a idade que eu tinha a última vez que me viu, me disse, e me mostrou a foto do bebê. Disse que era igualzinho a mim. Na verdade não achei tanto, mas fiquei quieto. Adivinha como se chama.

— Como?

— Adivinha.

— Não sei, deve se chamar Ramón, ou Pierre...

— Errou. Te dou outra chance.

— Ai, kiddo. Deixa ver... Se chama Ernesto, por causa do Che. Ou León, por causa do Trotsky.

— Não.

— Então Miguel, como o pai.
— Se chama Mateo, como eu. Mateo Iribarren. Que nem eu.
— Não acredito...
— Juro. Quer dizer que tenho um duplo. Mas não me incomoda. O tio Miche me disse que não chamou ele assim pra me substituir, mas pra não me esquecer. Disse que fez pela avó, que andava tão mal porque tinha perdido um Mateo, e o Miche quis dar outro pra consolar a velha.
— Está certo...
— É, não é? Foi meio triste ver o murinho. Aquele que o avô estava construindo quando morreu. Um murinho bem baixinho, entende, Lolé? O avô não estava fazendo nenhuma grande muralha da China, ou algo assim. Era só um murinho, nada mais. Eu pensei, então isso foi a última coisa que meu avô fez, e eu gostaria de ter ajudado, teria levado as pedras pra ele, isso até uma criança pode fazer, eram pedras médias. Mar de prata, acho que foi assim que Miche disse que se chamavam, nome estranho pra umas pedras, mar de prata. Mas acho que não pesavam muito. Devia ter perguntado pro tio Miche pra que era esse muro, a troco de que o avô estava fazendo. Quem sabe amanhã eu ligo e pergunto.

Mateo gostou da voz do tio, que para ele soou tranquila. Tinha um modo pausado de falar, e Mateo pudera entender direito. Além disso, tinha mostrado o conjunto de facas suíças que usava no açougue. Disse que custava uma fortuna e que era seu maior orgulho.

— Marca Swibo, Lorenza, imagina só? Imagina Swiss Army mas pra açougueiros, de cabo amarelo, ergonômico. Tinha pelo menos doze dessas, de formatos diferentes. Tinha uma que parecia um machado, juro. Eram armas impressionantes.

— E, então, vamos fazer uns tiros ao alvo? — o tio Miche propôs e pegou outro jogo de facas, umas de lançamento esportivo, e se puseram a atirá-las contra um tronco. Mateo contou a Lorenza que o Miche era bom para cravá-las no centro. Ou quase.

— Eu, em compensação, não acertava uma. É difícil atirar facas, tentou alguma vez? E tem que pegar pela lâmina, mas assim, olhe, assim, pra não se cortar, e zaz!, atira. Eu me dei mal e o tio Miche me gozava. Mas na boa, entende? Não queria me ofender com suas brincadeiras; não me fazia me sentir mal. Além disso tem um bastão retrátil pra kali filipino, uma cimitarra e uns *chacos* profissionais. Ficamos brincando um tempo com tudo isso.

— A avó Noëlle também morava lá quando morreu?

— Não, estava em algum outro lugar, com Ramón. Ela morou em Villa Gesell até que o avô morreu e depois foi embora não sei pra onde, pra morar com Ramón.

— Soube por que o Miche e Ramón brigaram?

— Não.

— Não perguntou?

— Sim, mas acho que não me respondeu.

— Deve ter sido por aquela história do assalto e da cadeia.

— Talvez. Sobre isso me contou a mesma coisa que já sabíamos, mas tipo 007, sabe como é? Bancando o herói. A novidade é que me disse que meu pai queria esse dinheiro pra organizar de novo um partido político. O tio Miche queria a metade dele pra montar o açougue em Villa Gesell, e Ramón, pra continuar a revolução. Isso foi o que o Miche me disse. Depois me perguntou se gostaria de passear um pouco na praia e fomos, mas tivemos que nos proteger da areia num barraco de latão, e pediu uma cerveja pra ele e uma coca-cola pra mim. Me disse que se o mar acalmasse podíamos dar uma volta de bote e eu gostei da ideia, mas no final das contas o mar não se acalmou.

— Bonita, a praia?

— Não muito. Fazia frio e tinha lixo por lá. O tio Miche diz que no verão fica sensacional.

— Era uma beleza o ônibus do teu tio Miche, nesses dias da Coronda — Lorenza disse. — Ele tinha decorado com luz negra, com motivos psicodélicos e babados com borlas vermelhas que balançavam a cada sacudida. Havia instalado centenas de luzinhas, como uma árvore de Natal, que se acendiam quando freava. Pra não falar do equipamento de som no volume máximo, nem da coleção de cassetes que tinha gravado com todas as canções na moda pela cidade.

— Tremenda discoteca ambulante.

— Isso mesmo. E fazia sucesso, o Miche, não pense que não. Fazia sucesso com as garotas que pegavam o ônibus, e elas adoravam quando viam ele ali, ao volante, muito senhor da noite com sua gravatinha preta, sua camisa azul-celeste e seus óculos escuros, atravessando a cidade adormecida em sua nave flutuante com montagem de luzes negras, psicodelia e baladas românticas. Foi assim que engatou Azucena. Depois, quando começaram a namorar, grudou fotos dela no painel e na parte de fora, sobre a lataria, e mandou pintar o nome dela em letras fosforescentes. Uma noite em cada dez, a empresa dava folga ao Miche, não precisava cobrir a rota, e então a gente aproveitava. Teu pai equipava o ônibus com Campari, sodas, azeitonas, bolachinhas, salpicão de galinha, defumados e embutidos, e íamos os quatro correr a noite de Buenos Aires em nossa própria discoteca ambulante e particular. A gente se divertia, kiddo.

Ali tudo resplandecia, como num sonho. O céu era de um azul suave e o mundo parecia macio e amável sob a neve. Ao fundo se desenhava uma formidável cadeia de montanhas que se duplicava, invertida no espelho de um lago; um fio de fumaça subia da chaminé da cabana de troncos que se encontrava em primeiro plano; atrás da cabana se estendia até o cerro uma mata de pinheiros. E descendo do cerro pela mata, num cavalo velho, ia se aproximando um homem que levava sentado na frente um menino pequeno, segurando-o com os braços enquanto com as mãos agarrava as rédeas. Ambos se protegiam do frio com gorros, suéteres e mantas de cores vivas, e o menino parecia uma reprodução em miniatura do homem. Quando chegaram mais perto, Lorenza percebeu placidez absoluta na expressão do menino. Estava feliz, soube. Sempre esteve feliz, nem se deu conta do drama, pensou, e a sensação de alívio permitiu que ela sorrisse, pela primeira vez em tanto tempo. Ramón fez o menino virar o olhar para onde ela se encontrava. Mateo levou uns segundos para reconhecê-la e então se agitou de alegria, emocionado pela surpresa, e começou a gritar que olhasse a neve, e o cavalo, e a neve, e continuava empenhado em mostrar tudo enquanto ela corria para recebê-lo dos braços do pai, apertava-o contra o peito com todas as forças de sua alma e se deixava cair de joelhos na neve, abraçada com ele.

Dois dias antes, em Bogotá, tinha recebido a segunda e última ligação de Ramón. Dessa vez tinham falado longamente. Mas não sobre o menino, que era a única coisa que interessava a ela; tinha precisado morder os lábios uma vez depois da outra para seguir o fio da conversa sem interrompê-lo para perguntar por ele. Em troca, falaram sobre a reconciliação. Ramón sugeriu a possibilidade e foi tomando a iniciativa e Lorenza fez eco, dizendo apenas o que achava que ele queria ouvir. Respondeu sim a tudo, pediu perdão, perdoou, se mostrou muito triste com a ruptura da relação, aceitou que em Bogotá as coisas tinham saído mal, reconheceu que sua arrogância de classe e a da sua família eram infinitas, concordou em tentar de novo, começar de novo, amar como antes, voltar à Argentina, criar o menino lá, verem-no crescer juntos, zerar tudo e dar nova partida, apostar na felicidade.

— Triste, dizer essas mentiras — Mateo disse a Lorenza.
— Não era eu que dizia, Mazinger Z dizia elas por mim.
— Robô idiota.
— Alguém de quem tiraram o filho não se importa com nada, fora recuperar a criança.
— Pobre Ramón, teve que inventar uma tremenda besteira pra te sacudir.

A ligação fora feita de um telefone público, em algum lugar da Argentina que não foi possível identificar. Esse dado não fez falta; Ramón acabava de anunciar que dentro de umas horas enviaria para ela uma passagem paga de avião. Quando ela pôde pegá-la, viu que era só de ida, para o dia seguinte às dez e trinta da manhã, de Bogotá a Buenos Aires. Sabia muito bem que faria essa viagem com um só objetivo: recuperar Mateo e voltar com ele. Contra a vontade de Ramón. Apesar de todas as precauções que Ramón tomaria para evitar que o fizesse. Discutiu com sua família se devia ir acompanhada, e todos se ofereceram para viajar se fosse necessário. Mas isso implicaria declarar uma guerra aberta, e nesse terreno quem levava jeito de perder era ela. Dali pra frente, teria que se virar por sua conta.

E nesse avião se foi, literalmente, voando de ansiedade e expectativa, outra vez sozinha para Buenos Aires, outra vez com dólares escondidos e passaportes falsos, como se a Argentina fosse um campo imantado, um território-limite que exigisse dela o máximo esforço e a pusesse à prova, uma vez depois da outra, como se o ciclo se reiniciasse, simétrico. Mas uma simetria perversa, distorcida, porque dessa vez sua guerra seria privada, e seu inimigo, aquele que tinha sido seu melhor aliado. Quis se perguntar quando e como as coisas entortaram dessa maneira, mas não o fez; devia descartar qualquer pensamento que abrisse a porta à perplexidade. Não podia dar chance a nada que não tivesse relação direta com o que fazer, como agir, em que momento.

Desceu no aeroporto de Ezeiza com o desejo, a quase certeza de que Mateo a estaria esperando; ela abriria os olhos e o veria, como quem desperta de um pesadelo. Em poucos minutos estenderia os braços e o apertaria, acontecesse o que acontecesse nunca ia soltá-lo de novo, e passou pela fiscalização militar sabendo que não a pegariam, não podia ser pega, seria um lance atroz que o acaso a levasse a ser pega dessa vez, quando sua viagem já não tinha a ver com política, quando Mateo a estava esperando do outro lado. Além disso, ao contrário da primeira chegada, agora trazia duas coisas que iam parecer aos milicos das mais respeitáveis: sua carteirinha de jornalista e um documento segundo o qual o propósito da viagem era fazer para *La Crónica* uma série de reportagens sobre as mais belas fazendas argentinas.

Passou pela migração e pela alfândega sem inconvenientes, mas sua alma caiu no chão quando viu que lá fora não a esperava ninguém. Não só não tinham trazido Mateo como Ramón também não estava. Nesse aeroporto repleto de gente não havia uma alma conhecida e, além do destino Buenos Aires que vinha indicado na passagem, Ramón não tinha dado informação nenhuma. Erro, erro, erro, Lorenza gostaria de se atirar de cabeça contra as paredes, erro tenebroso não se dar conta de que Ramón devia ter suspeitado de uma contraofensiva e não ia ser tão canhestro de se apresentar no aeroporto e muito menos trazer o filho. Devia ter exigido um telefone, ou um endereço, algum ponto de referência, algum hotel, nem que fosse um café onde refazer o contato, no caso de acontecer a desgraça que na verdade estava acontecendo.

Esperou cinco minutos, dez, doze. Nada, ninguém. Outra vez o vazio negro, a sensação de paralisia do primeiro dia, de novo o abismo aberto entre ela e o filho. Em meio a tanto planejamento, não tinha previsto isso. Não havia passado pela mente dela a possibilidade de que Ramón a fizesse vir para deixá-la ali, no meio do nada. Tinha considerado outras mil eventualidades adversas, mas não essa. De novo estava sem sorte e sem um possível plano de ação, outra vez na estaca zero, na angústia pura. O sangue lhe escapou para os pés e os ouvidos zumbiram, e ela respirava fundo para não cair quando viu que o Miche caminhava para ela. Ramón o tinha encarregado de recebê-la, estava chegando atrasado.

— O Miche me ajudou com a mala e pegamos um táxi até a estação Avenida la Plata — Lorenza conta a Mateo —, de lá seguimos de metrô até a praça de Maio, tomamos a linha A até Castro Barros, onde descemos e pegamos um outro táxi, com o Miche sempre olhando pra trás, checando e contrachecando pra verificar se não nos seguiam.

— Quem ia seguir vocês? — Mateo pergunta.

— Os meus, acho. Agora os meus deviam ser o inimigo. De repente tudo o que a gente fazia, tanto os irmãos Iribarren como eu, tinha se tornado patético. Um jogo muito esquisito. E ridículo, ainda por cima: se o Miche chegava atrasado ao aeroporto, veja, de saída fazia explodir a operação. Tanto que a primeira coisa que me disse, mal me viu, foi: não fale pro Ramón que cheguei atrasado, senão ele me caga na cabeça. Como não pensar em Marx, que diz que na história primeiro as coisas acontecem como tragédia, depois como farsa. O que estava acontecendo com a gente era ridículo e ao mesmo tempo aterrorizante, porque você estava no meio.

— E você se queixa do Wei-Wulong do meu PlayStation.

— Wei-Wulong é uma criancinha de fraldas comparado com esses guerreiros de ferro em que tínhamos nos transformado, comendo as mães uns dos outros.

— Pra que tantas voltas, Miche? — Lorenza dizia. — Ninguém te persegue, eu vim sozinha, juro. Eu não sou o inimigo, Miche, sou uma pobre mulher que quer ver seu filho. Estou cansada, vamos, me poupe dos trâmites.

— Eu não tenho nada a ver com isso, tchê — o Miche respondia. — Eu só cumpro ordens.

— Mas enfim chegamos a um edifício em Palermo — Lorenza diz a Mateo —, e não me pergunte como, eu sendo tão distraída, consegui gravar na cabeça cada volta do caminho, cada quadra, cada semáforo, tanto que hoje eu poderia repetir esse percurso labiríntico que fizemos naquela noite. A partir do momento em que aterrissei em Ezeiza, e até que tivesse você são e salvo comigo de volta a Bogotá, ia ser minha obrigação saber exatamente por onde andava.

Lorenza perguntou ao Miche como Mateo estava e ele disse que estava tudo bem, essas foram as palavras dele; ela não sabia se as interpretava como ingenuidade ou como sarcasmo. Tentou que ele dissesse onde o menino estava, mas ele se limitou a responder que no dia seguinte saberia, e como ela insistisse, querendo saber por que amanhã e não naquela mesma noite, o Miche disse uma besteira qualquer, uma coisa como que tivesse paciência, pra que tanta pressa. Ela fez o possível para não se mostrar alterada. Não podia se permitir nenhum descontrole. Antes de mais nada precisava de cabeça fria, cada passo e cada palavra deviam ser calculados, então fechou a boca e continuaram o caminho em silêncio, em meio a uma tensão de cortar com faca, até que chegaram a um apartamento mobiliado, mas aparentemente vazio nesse edifício de Palermo, e o Miche disse que ocupasse o quarto, que ele ia dormir no sofá do living. Depois pediu uma pizza, que comeram também em silêncio, ou melhor, ele comeu quase inteira porque ela mal provou um pedaço, e isso por cortesia, ou por hipocrisia.

Tudo muito esquisito, para Lorenza era surrealista estar ali, nesse lugar impessoal que representava uma espécie de antessala, ou limbo, no caminho para Mateo, com o tio Miche agindo como carcereiro mas ao mesmo tempo como guia, o guia que a levaria até seu filho. Em seguida o Miche perguntou se ela queria ver um pouco de tevê e ela respondeu que achava que não, então ele perguntou também se queria tomar um banho e ela disse que um banho, sim, cairia bem, de modo que ele esteve lutando um bom tempo com o aquecedor, mas no fim não conseguiu que funcionasse e disse que era melhor assim, melhor ir dormir de uma vez porque no dia seguinte teriam que sair o mais tardar às seis da manhã. Ela se alegrou infinitamente porque iam partir cedo e perguntou para onde, mas o Miche repetiu que tivesse paciência.

— Miche, estamos brincando de quê? — Lorenza o encarou.

— Não pergunte pra mim que eu não entendo nada, eu faço o que me disseram e tchau, este bafafá é entre você e Ramón.

— Você sempre foi um bom sujeito — ela disse ou, antes, suplicou.

— Durma um pouco, menina, você tá cansada — o Miche pareceu entender a súplica e pegou as mãos dela por um instante. — Mateo está bem e amanhã você vai ver ele. Amanhã mesmo você vai encontrar com ele, ou não me chamo Miguel. Juro por minha velha.

No quarto havia uma cama de casal, mas ela não quis se deitar. Começou a caminhar de um lado para o outro para não estourar de impaciência, seis passos de uma parede a outra, ida e volta, volta e ida, como tinha feito na noite do parto, no Hospital Ramón Sardá, de parque Patricios, a mais que popular Maternidade Sardá, quando tinha recusado os calmantes e se negado a se pôr na cama, enquanto Ramón, sua mãe, o médico-residente e as enfermeiras tratavam de convencê-la a descansar, mas ela só queria que a deixassem sozinha para poder caminhar pelos corredores, de cima pra baixo e de baixo pra cima. Você vai se cansar antes do tempo, Ramón tentava que fosse razoável, mas ela não parava, não podia parar, caminhou e caminhou a noite toda, detendo-se apenas quando as contrações a dobravam, até que se antecipou ao tempo, e o parto, que esperavam para as oito ou nove da manhã, aconteceu às cinco. Não puderam avisar o médico dela e teve que ser atendida pelo residente, não conseguiram lhe aplicar a anestesia peridural porque o menino já estava a caminho, por pouco nem chegavam à sala de parto e ali mesmo, na maca, ela compreendeu que o momento tinha chegado e que devia fazer um esforço brutal. Foi sacudida por um cataclismo, sentiu que seus ossos se deslocavam e que se apossava dela uma dor tão intensa que já não era dor, tinha outro nome, deveria ser chamada antes de força, não só dela, era a força da natureza que se concentrava em seu corpo e ia aumentando, até alcançar uma intensidade insuportável. E logo sobreveio a paz.

Segurava no colo a criança mais serena que jamais tinha visto, um menininho de feições finas e mãos mínimas, assombrosas de tão perfeitas, tão confortável no mundo como tinha estado em seu ventre durante nove meses, docemente, como um gorgolejo de alegria que de tanto em tanto se anunciava com leves pontapés, que ao mesmo tempo era uma presença todo-poderosa e terrivelmente contundente. E assim estava agora, tão unida a ele como antes do parto, mas mais ainda porque no fim podia vê-lo à luz clara de fora e, quem sabe, também ele a via e percebia a intensidade azul dessa primeira manhã de sua existência.

A mãezinha, que, conforme tinham combinado na noite anterior, vinha chegando ao hospital às seis e meia em ponto, já descansada, de sapatos baixos, preparada para permanecer a seu lado durante a dura e longa tarefa do parto, foi surpreendida por uma enfermeira que estava parada contra o retângulo de céu de uma janela aberta: ela lhe entregou uma criança enrolada em tecido branco.

— É um belo garoto — anunciou.

E agora, dois anos e meio depois, nesse quarto estranho de um apartamento semivazio no bairro de Palermo, Lorenza enfim se recostou, quando já iam dar as três da madrugada. Fez com o propósito deliberado de descansar um pouco, para enfrentar com os cinco sentidos alertas o que a esperava no dia seguinte, fosse o que fosse.

— Do outro lado da porta me chegava o som dos filmes que teu tio Miche via, um atrás do outro, na tevê da sala — conta a Mateo. — Ele também não dormia.

— Vigiava você?

— Imagino que sim. O telefone e a porta de saída estavam do lado dele, de modo que podia me manter incomunicável. Pra mim dava na mesma, na verdade não tinha planejado me comunicar com ninguém.

Antes das sete da manhã estavam no aeroporto Jorge Newbery e às oito voavam para San Carlos de Bariloche.

Bariloche, claro, Lorenza pensou. Devia ter imaginado; onde mais ia ser, senão em Bariloche, o lugar dos sonhos de Ramón, seu refúgio, sua utopia, mas além disso um ponto conveniente para ele e desfavorável para ela, porque dificultaria horrivelmente qualquer plano de resgate ou de fuga. Situada na Patagônia andina, no extremo sul do continente, a uns três mil quilômetros da Terra do Fogo e do círculo polar Antártico, Bariloche era nessa época uma zona de colonização bastante isolada do mundo, onde ela nunca estivera mas que em troca ele conhecia bem por ter trabalhado ali como guia de excursões aos topos das montanhas.

Durante o voo, o Miche teve a delicadeza de avisar Lorenza que Mateo não estaria no aeroporto, de modo que poupou a ela o excesso de expectativa e decepção nessa nova aterrissagem. O Miche trazia no bolso as chaves de um Chevrolet Impala branco que estava esperando por eles e, sem dizer nada, começou a se afastar do povoado dirigindo para o oriente, conforme Lorenza deduziu por uma placa que indicava que estavam a poucos quilômetros do Chile. Ela aproveitava o silêncio para ir gravando na mente cada letreiro que aparecia no caminho, lago Nahuel Huapi, estrada dos Pioneros, Virgen de las Nieves, estalagem El Retorno. Depois desviaram por uma subida que levava ao cerro Catedral, conforme indicava a flecha na encruzilhada. O caminho se estreitou e se tornou íngreme, e já não apareciam mais letreiros de nenhum tipo. Depois de quarenta e cinco minutos de percurso desde o aeroporto, desembocaram num vale às margens de outro lago, onde pequenas cabanas de madeira surgiam entre as árvores, a considerável distância umas das outras. Se ela não estivesse calculando como faria para voar para o Chile, teria que reconhecer que se encontrava num dos cantos mais belos do planeta. O Miche parou o Impala ao lado de uma das cabanas, Lorenza desceu e dali a pouco viu que do cerro e através da mata vinham descendo, num cavalo velho, um homem e um menino pequeno.

— Continua de pé a proposta de ir esquiar? — Mateo perguntou de repente.

— Você disse que não queria.

— Antes não queria, mas agora eu quero, sim.

— Então vamos lá e não se fala mais nisso — Lorenza se entusiasmou. — Amanhã é meu último compromisso de trabalho, ao meio-dia fico livre e à noite já estamos em Bariloche. Que bom que você se animou, kiddo, me parece a melhor notícia. Já imaginou? Podemos ficar lá cinco ou seis dias, e até oito, se conseguirmos uma cabaninha por um bom preço, ou dois quartos numa pousada bem bonita, tem que ter alguma não muito cara, ainda não estão na alta temporada, e os trajes e os equipamentos a gente aluga lá, por isso não haverá problema.

— Mas sem você, Lolé — Mateo disse suavemente, mas para ela foi como se tivesse levado uma pancada na cabeça.

— Sem mim?
— Gostaria de ir, mas sem você.
— Como assim, sem mim?
— Gostaria muito de ir. Mas sem você.
— E eu, o que faço enquanto isso?
— Você me espera aqui, em Buenos Aires.

Mateo devia estar saturado da presença excessiva de sua mãe, da irremediável ausência do pai, de histórias de adultos, de dias claustrofóbicos com Dynasty Warriors, de tanta ansiedade e tanto enrolar a mecha de cabelo na testa com o indicador, de escutar dramas dos velhos tempos da militância. Era muito natural que tivesse se cansado de vagar entre fantasmas e quisesse se divertir ao ar livre, no presente, com pessoas da idade dele. Lorenza compreendia, como não ia compreender? Era perfeitamente compreensível, mas ao mesmo tempo nem tanto, o que acontecia com seu companheirinho de sempre, por que queria deixá-la para trás? Aí havia alguma coisa que não era totalmente justa, para ela também seria bom fazer exercícios. Mateo acusava a mãe de ser um desastre com os esquis e tinha razão, sim, mas de qualquer forma ela adorava, e Mateo sabia disso, sabia que ela era feliz deixando-se ir montanha abaixo mesmo que caísse dez vezes e tivesse que se levantar outras tantas. Além disso vivia sonhando com a neve, tinha uma verdadeira obsessão pela neve, quem sabe porque nasceu no trópico e até os oito anos, quando a levaram de avião para conhecê-la, teve que se contentar com as paisagens invernais que vêm nas caixas de bolacha e nos postais de Natal. Mas como impedir que o filho fosse sozinho, se ontem mesmo ela tinha tirado um peso de cima ao vê-lo independente e ativo, apaixonado por alguma coisa em vez de ficar entocado no quarto, com os neurônios eletrocutados pelo PlayStation? Então por que agora se sentia diminuída, como se tivesse deixado os saltos altos para andar descalça? E por que não ia aproveitar esses cinco dias sem Mateo, se eram apenas cinco e em Buenos Aires tinha tanta gente para ver, tanta coisa para fazer? Por que a tristeza, se no fim das contas não a tinham feito descer de nenhum trem, nem a haviam arrancado de nenhuma festa? Bem, um pouco sim.

Lorenza o esperaria na casa de Gabriela, se encontraria com os companheiros, continuaria recuperando fragmentos da velha história. Certo: ela ficaria e Mateo iria. E se a decisão estava tomada não havia tempo a perder, tinham que procurar um camping de inverno, ou uma escola de esqui, para que ele fizesse seu passeio com um grupo e um bom instrutor.

— Então não vai ligar pro Ramón — não queria dizer isso, mas disse e se espantou ao suspeitar que tinha tirado da manga a última carta para retê-lo.

Mateo deixou passar, não respondeu. Tudo bem que não respondesse. Nada mais justo que desse por terminado esse primeiro esforço para encontrar o pai, já tinha feito o suficiente, algum dia poderia voltar e continuar com a busca. Por ora andava com a cabeça em outras coisas, antes de mais nada queria uma mochila, achava que a mala que tinha trazido não servia, os outros levariam mochilas e ele não ia se apresentar na excursão com uma mala de velho.

— Imagina só, Lolé, não combina com a minha personalidade.

Compraram uma mochila vermelha, cheia de correias e compartimentos, que Mateo achou que combinava com a personalidade dele, e Lorenza se alegrou ao vê-lo tão alegre, se entusiasmou ao vê-lo entusiasmado com seus próprios planos. Depois brigaram por causa de umas botas. Ela se empenhava em conseguir umas apropriadas para a neve e ele se negava, garantindo que não faziam falta e que tinha preguiça de experimentá-las, ela empilhou argumentos convincentes, ele se rendeu, compraram-nas. Entraram em várias agências de turismo, averiguaram, compararam preços, averiguaram de novo, estudaram catálogos, olharam fotos e finalmente optaram por um pacote completo que incluía passagem de avião, alojamento, comida, aluguel do equipamento, treinador e um cartão para os elevadores. Compraram luvas térmicas e discutiram de novo, desta vez se uma manta mais quente seria ou não necessária. Ele ganhou, não compraram a manta. No dia seguinte, às onze da manhã em ponto, estavam no aeroporto Jorge Newbery, procurando o lugar onde Mateo teria que se encontrar com os companheiros de viagem.

A vida dá voltas. Aí estava ela, se despedindo de Mateo exatamente no lugar onde anos antes tinha pegado o avião para Bariloche para ir procurá-lo. Pensou em falar para ele, fazê-lo ver as coincidências, as velhacarias do tempo que persegue a si mesmo e se reencontra para fechar ciclos e abrir outros novos. Mas não disse nada, obviamente não era o momento. Mateo tinha outra cara. Andava iluminado, como se tivesse aberto a porta do mundo e caído sobre ele um jato de luz. E para lá voltava, para Bariloche, já adolescente, exibindo a camiseta *Bridges to Babylon* que tinha comprado no show dos Rolling Stones, um pouco tímido mas radiante na hora de se aproximar dos outros garotos e garotas do passeio, dezesseis no total, mais duas instrutoras de esqui, duas mulheres atléticas e cordiais, imbuídas de seu papel de responsáveis pelo grupo, que lhe deram boas-vindas efusivas e o apresentaram aos demais, alguns novos, como ele, e a maioria veteranos após vários invernos fazendo a mesma excursão com as mesmas pessoas. Até que chamaram para o embarque pelos alto-falantes e Mateo saiu correndo atrás do grupo, com a mochila vermelha nas costas e sem se despedir, tal era a comoção que nem se deu conta de que não tinha se despedido da mãe, e ela teve que se limitar a dizer adeus com a mão, para o caso de ele virar a cabeça.

— Fiquei lá plantada como uma idiota. Juro, tive que fazer um esforço pra não chorar — diria umas horas depois à sua amiga Gabriela.

— Órfã do teu filho — Gabriela respondeu —, conheço essa triste figura.

Lorenza se encaminhava para o janelão de onde se divisava a pista, para se assegurar de que Mateo embarcara no avião certo, quando a empurraram nas costas e por pouco não a fizeram cair.

— Tchau, Lolé, te amo muito — era ele, que se atirava para dar um abraço nela e em seguida corria de novo para alcançar os demais.

Ela aceitou o convite de Gabriela para passar essa semana em seu apartamento, no número 6000 da rua Zelada, bairro de Mataderos, no subúrbio de Buenos Aires.

— Isto está cheio de felpa — Gabriela disse passando a mão pelos móveis ruços de pó. — Devo ter os pulmões cheios de felpa. É por causa do meu trabalho. Bordo aqui em casa, e o tecido e os fios soltam felpa.

— Você borda?

— Bordo. Lençóis, toalhas, toalhas de mesa, roupa de bebê, enxovais de noiva...

— À mão?

— Minha velha bordava à mão, não imagina que beleza, eu não, eu trabalho com máquina industrial.

— Então foi por isso que me deu aquela dúzia de camisinhas bordadas quando Mateo nasceu...

— Você não esqueceu — Gabriela disse enquanto fazia a cama no sofá do living, depois de tirar e empilhar no assoalho, contra a parede, dúzias de embalagens que o sepultavam.

— O que são? — perguntou Lorenza, que tinha voltado a ser Aurélia, porque assim Gabriela a tinha conhecido e assim a continuava chamando.

— Lençóis. Cento e vinte e sete jogos de lençóis que tenho que bordar, passar e deixar prontos pra segunda-feira. Dobras e monograma em azul, assim, olhe, RCH, Rochester Classic Hotel, que me fez a encomenda.

Tinha o ateliê instalado ali mesmo, no apartamento, de modo que dispunham de todo o tempo que quisessem para conversar, desde que Aurélia a deixasse trabalhar e quisesse ajudá-la, passando os lençóis e as fronhas que iam ficando prontas com uma prensa a vapor, para que a entrega pudesse ser feita a tempo.

Costumavam se encontrar na basílica de San José de Flores, quando militavam juntas na frente de comércio. Conforme o minuto que tinham combinado, se encontravam no que se conhece como o camarim, de onde as olhava da abóbada um jovem Cristo Pantocrator que lhes inspirava confiança, e ali se ajoelhavam, rosário em punho, e faziam de conta que rezavam em dupla, Ave Maria cheia de graça, e iam misturando ave-marias com informações do partido, bendita sois vós entre as mulheres, e iam planejando as atividades da semana, e, como ambas estavam grávidas, antes de sair à rua espargiam a barriga com água benta, para proteger a criança.

— Água benta, que besteira — Gabriela disse.
— Se não ajudava, pelo menos não prejudicava.
— Modesto Zupichín.
— Lucil Lucifora.
— Lombolino Lombo.
— Abramo Lombão.

Foram lembrando dos nomes para seus respectivos bebês que procuravam na lista telefônica de Buenos Aires, vencendo a aposta quem topasse com o mais absurdo, Dora Lota, Lubli Lea, Tufik Salame, Delfor Mandioca.

— Delfor Mandioca, beleza de nome — Gabriela disse —, e pensar que acabou chamando o garoto de Mateo.

— E você chamou a tua de Maria, deve ter sido por todos os rosários que rezamos em San José de Flores.

— Você vai conseguir passar os lençóis?

— Sou fera em passar roupa, meu paizinho querido tinha um ateliê de costura.

— No tempo do teu paizinho querido não tinha prensa de passar a vapor.

— Sou a fera das prensas a vapor.

— Quem eu vejo de vez em quando é a Tina, lembra da Tina?

— Tina, a do elevador, como não vou me lembrar? Ela está bem?

— Tem dois filhos grandes, ambos formados na universidade. Está aposentada do magistério. Era professora, a Tina.

— Deve ser mais velha que a gente. Cinco ou seis anos mais velha. Alguma vez perguntou a ela?

— Sobre aquilo? Ela me contou sem que eu perguntasse. Disse que sentiu alívio.

— Como alívio?

— Alívio, sim, senhora.

— Minha nossa!

— Disse que quando viu que o tira estava atrás dela e se meteu no elevador pensou que estava sendo seguida e que os companheiros que estavam lá em cima, esperando pra começar a reunião, iam cair por culpa dela. Disse que nesse momento quis morrer, mas depois que foi estuprada pelo cara, que ele saiu do elevador e se afastou do edifício, bem, tudo o que ela sentiu foi isso, alívio. Tinha sido estuprada, mas estava viva, estavam vivos os que esperavam lá em cima, não tinham desaparecido com eles, não haviam matado eles. Ela sentiu alívio.

— Você acredita?

— Não sei, foi o que ela disse.

— Pode ser...

— Lembra do Tebas? Aquele que sempre vinha às reuniões com um irmão menor, Nandito, que tinha um retardo mental severo.

— Desapareceram com o Tebas, eu soube disso.

— Foi o último dos desaparecidos do partido, quando a Junta Militar já estava pra cair. Mas sabe do Nandito? Pegaram ele com o Tebas e desapareceram com ele também.

— Canalhas. Deve ter sido a mais inocente de todas as vítimas, tinha uma expressão doce, o Nandito.

— Doce, sim, mas se masturbava diante das pessoas.

— Para! Tá inventando.

— Juro. Não imagina o sufoco nas reuniões quando o garoto começava com isso, o Tebas sofria horrores, mas ia fazer o quê? Não podia amarrar as mãos dele.

— Como se ele merecesse isso...

— Nem me fale.

— E Felicitas, lembra? A advogada que te apresentei uma vez.

— Uma toda nos trinques, do Bairro Norte, que usava um casaco de raposa-vermelha, com uma bolsa Gucci e botas de camurça?

— Essa mesma. Ficamos bem amigas depois. Mas apenas amigas, nada de política, amigas de ir ao cinema, conversar de livros, essas coisas. E olhe que na semana passada estive com ela e, adivinha só, me contou que naquela época defendia curtidores de peles. Eu nem suspeitava, teria jurado que ela não tinha nada a ver com nada, até agora, quando me contou.

— Veja só...

— Foi o que eu disse pra ela. Eu via a Felicitas tão elegante, no seu escritório aristocrático, que na frente dela não me atrevia a abrir a boca. Me contou que nunca tinha sido de esquerda e que não militava, mas que ao se formar advogada havia jurado defender princípios elementares, velhos como a Revolução Francesa, e que não podia ficar de braços cruzados diante de julgamentos que eram farsas e condenações arbitrárias.

— Quem poderia acreditar, com aquele casaco de pele de raposa-vermelha.

— Pois olhe, o famoso casaco de raposa-vermelha foi seu salva-vidas, seu colete à prova de balas. Me disse que graças à raposa-vermelha entrava e saía do Superior Tribunal das Forças Armadas sem despertar suspeitas por *sinistra*.

— Ela, que é branca, alta e magra como um suspiro; se eu botar isso me prendem na mesma hora.

— Mas ela me disse que suspeitava, sim, que eu andava metida em alguma coisa, porque era estranho que não tivesse telefone, que nunca dissesse direito onde morava, que, quando me procurava pra me convidar pra sair, não me encontrava. Achava isso tudo estranho, mas não tinha se atrevido a me perguntar nem a tocar no assunto.

— Ninguém se atrevia, essa era a verdade. Todos nós sabíamos de tudo, mas fazíamos de conta que não, mesmo pras pessoas próximas. Quem diz que não ficou sabendo na verdade não quis saber, porque não houve quem não tivesse algum conhecido ou parente desaparecido. Pra mim, o primeiro baque foi o desaparecimento da Mariana, minha melhor amiga de infância, só porque constava da caderneta de endereços de um militante. Todos éramos testemunhas. Sabíamos que os outros também sabiam, mas não comentávamos nada. Eu tinha que militar às escondidas de meu marido, com isso te digo tudo — Gabriela confessou, atualmente separada de um bancário.

— Teu marido simpatizava com a Junta?

— De jeito nenhum, mas tinha um medo do caralho.

O medo: outra coisa que antes também não se atreviam a mencionar. Nenhum militante dizia que tinha medo, jamais.

Como se, para se livrar dele, bastasse não nomeá-lo. Lorenza falou a Gabriela dos dias com sua mãe, que tinha vindo a Buenos Aires para acompanhá-la durante o parto, e da vida com Mateo recém-nascido, Mateo que ia crescendo, Mateo que começava a caminhar, e confessou que aí, sim, nessa etapa, tinha sentido medo. Para poder continuar militando, Ramón e ela tinham tomado a decisão de matriculá-lo desde os três meses de idade numa creche para bebês, o Jardín Pelusa, na avenida Santa Fé, e à tarde se revezavam para buscá-lo, às quatro em ponto.

— Foi assim que o medo se apresentou — confessou. — Comecei a ficar obcecada pela ideia de que um dia acontecesse alguma coisa com o Ramón e comigo, fossem quatro da tarde e ninguém pegasse o Mateo.

Tinha dado para pensar nisso o tempo todo, por mais que tentasse não podia tirar a ideia da cabeça, entrava em pânico e pegava Mateo do berço para abraçá-lo, mesmo que o acordasse e tivesse que niná-lo um bom tempo até que dormisse de novo. Até então não soubera bem o que era o desespero. Nem naquela vez que teve que abandonar uma casa pelo telhado, nem quando cotizou San Jacinto com o partido, assinando escrituras diante do tabelião e despedindo-se de sua única herança. Não lembrava de ter tido medo durante as vinte e quatro horas que permaneceu detida numa delegacia em Icho Cruz, certa de que não ia sair com vida. Susto sim, e adrenalina aos borbotões, taquicardia também, vertigem da aventura, tudo isso. Mas medo não. Medo, o que se chama medo, essa sombra do inimigo que invade a gente e vai nos derrotando por dentro, pouco a pouco, isso não tinha sentido. Até que nasceu Mateo.

Dali pra frente, a imagem do menino abandonado na Pelusa, das centenas de crianças que eram tiradas das prisioneiras e dadas a famílias de militares para adoção, a possibilidade de que acontecesse a Mateo algo parecido, foi se tornando um pavor que minou suas forças. Suportou como pôde, sem dizer uma palavra, até que Mateo fez dois anos e, nesse mesmo dia, quando o menino soprou as duas velinhas, Lorenza anunciou a Ramón a decisão de levá-lo do país por um tempo. Para sua grande surpresa, Ramón estava de acordo. Não só não discutiu, nem fez recriminações, nem a chamou de derrotada, nem a insultou de fraca, como disse que iria com ela. Por Mateo. Para que Mateo crescesse longe da corrente de morte e respirasse um ar limpo de ameaças. Um mês depois os três foram embora para a Colômbia, com a decisão tomada de se afastar do partido e de permanecer longe, pelo menos por uns meses.

Entre nuvens de vapor e de felpas, ao compasso do barulho da prensa e da máquina, ia e vinha essa conversa carregada de confidências que antes não teriam feito, que certamente não fariam de novo. Os lençóis já bordados e passados iam se amontoando, mas era preciso juntar cada jogo — lençol de baixo, lençol de virar e um par de fronhas — para envolvê-lo em papel de seda e guardá-lo cuidadosamente em sua caixa. E foi ali, no apartamento de Gabriela, que Lorenza acreditou ter encontrado o tom que ia permitir que ela escrevesse, agora sim, esse capítulo de sua história. Precisava enfim pôr em palavras essa história até agora marcada pelo silêncio. Sempre soubera que cedo ou tarde teria que encarar a tarefa, não havia mais remédio, porque passado que não foi amansado com palavras não é memória, é espreita. O problema tinha sido como contá-lo, e agora pensava tê-lo descoberto: íntimo e simples, como uma conversa a portas fechadas entre duas mulheres que recordam. Sem heróis, sem adjetivos, sem slogans. Em tom menor. Sem entrar nos acontecimentos, ficando apenas no eco, para envolvê-lo em papel de seda, como aos lençóis, para ver se por fim deixava de latejar e pouco a pouco ia se tornando amarelado. Envolver em papel de seda era um bom símile, quem sabe se trata va justamente disso: era *sedante* a chácara, o riso, a mistura de situações e dores, as pequenas confissões que iam reduzindo o velho espanto a fofocas cotidianas.

— Desembarco desse carro em meio a umas montanhas nevadas que só conhecia pelos sonhos de Ramón, um lugar que pra mim não fazia parte dos mapas, mas das coisas que ele contava e das canções de ninar que improvisava pra Mateo — Lorenza conta a Gabriela —, e de repente sai do nada um cavalo, e nesse cavalo vem Ramón, e Ramón tem meu filho. Que entrega pra mim. Juro que nem quando nasceu eu tinha sentido uma comoção parecida, era como se estivesse parindo de novo, mas depois de um parto muito mais complicado. Ali estava comigo, o meu bebê. Eu beijava e abraçava Mateo, pobre criança, eu devia estar sufocando ele de tanto apertar, mas não podia parar, tinha que me convencer de que era real.

Era a única coisa real no meio dessa paisagem inventada pelos postais natalinos, onde a neve serenava e branqueava tudo, ocultando a face das coisas. Mas ali estava seu filho. O resto se desvanecia em volta, como uma vertigem ou uma alucinação. Mas Mateo ria e tinha aprendido a dizer palavras novas, havia posto um gorro vermelho e era assombrosamente real. Felizmente real.

— Eu beijava seu nariz, seus olhos, seus cabelos, suas mãos, seu riso, sua boquinha de morango, sua pele tão suave. Enchi de beijos até as botas amarelas que ele usava.

— Mateo estava te esperando — a voz de Ramón chegava até ela.

— Não podia olhar pra ele, Gabriela. Pro Ramón, não podia.

— Como devia estar odiando ele...

— Não era isso que era grave, no fim das contas no ódio se dá um jeito. Mas o ódio não vinha puro, vinha misturado com gratidão, com veneração, essa gratidão ruim e essa veneração miserável que você tem por teu algoz quando te liberta. Por isso não queria olhar pra ele.

— Expliquei a Mateo que estávamos de férias, ele e eu — a voz de Ramón dizia —, e que você ia demorar uns dias pra chegar porque tinha muito trabalho, mas logo estaria aqui.

— Eu pensei: então Mateo não soube de nada — Lorenza diz a Gabriela —, e senti um alívio imenso. Se o menino estava feliz era porque não sabia do drama e agia como se fossem férias, fascinado com a neve e com o cavalo, com o fogo na lareira, com a água do lago. Ramón continuava falando. Me dizia que Mateo estava apaixonado pelo cavalo, que na primeira noite queria meter o bicho na cabana pra que não passasse frio, que não teve outro jeito senão ir mostrar o estábulo onde o cavalo dormia pra ele. O estábulo dos vizinhos, os que alugavam o cavalo. Eu tomei nota do dado, tinha vizinhos perto, poderia pedir ajuda pra eles. E além disso havia o cavalo. Não devia ser o Bucéfalo, mas as quatro patas dele funcionavam. Se não conseguisse botar a mão no carro, dava o fora com o menino no cavalo.

— Sensacional — Gabriela diz —, com os cílios congelados, como o dr. Jivago.

— Fazia um frio do cacete, tudo escuro — continuava dizendo a voz —, não se via porcaria nenhuma, e Mateo e eu à meia-noite, com a lanterna, procurando o estábulo.

Tem uma lanterna, registrou Lorenza; tinha de ver onde Ramón a guardava. Olhou em volta e não viu fios de luz. Estava encucada desse jeito e ao mesmo tempo se esforçava para olhar para Ramón, para lhe dizer alguma coisa amável.

— Ora, amável, furiosa como estava com ele — Gabriela diz.

— Qualquer coisa, que tinha sentido saudade ou que a paisagem era linda, fosse o que fosse, mas não me saía nada. Tinha vindo pra encenar friamente e não estava conseguindo. Eu tinha que me dominar, fazer Ramón ver que me encontrar com ele me deixava alegre.

— Mas o que ele esperava de você? Não ia pensar que estava tudo certinho.

— Eu sabia muito bem o que esperava dele: nada. Tinha ido recuperar meu filho, ponto. Agora, o que ele esperava de mim, isso eu não sabia, tinha que ir adivinhando.

— Achava mesmo que isso era a reconciliação?

— Difícil, Ramón é qualquer coisa, menos ingênuo. Ou sim, não sei, vai ver estava agindo de boa-fé. É como te disse, eu estava sondando. Precisava de tempo pra bolar a maneira de levar Mateo e enquanto isso tinha que estar em bons termos com Ramón de qualquer jeito. Em bons termos, conforme os termos dele, claro, quer dizer, no ritmo dessa história de amor que, imaginava-se, estava recomeçando. Era tudo muito esquisito, Gabriela, tinha se armado uma barafunda na minha cabeça, como entender que o bandido que um mês antes tinha me levado o filho e me deixado à morte pra dar o fora com a grana do mafioso fosse esse mesmo pai amoroso, esse príncipe encantado que vinha me receber como num conto de fadas? Que lógica tinha isso? E ao mesmo tempo ele me vigiava, eu sentia que não tirava os olhos de mim, devia estar na mesma, com dúvidas horríveis a meu respeito. Nós dois tratávamos de parecer espontâneos, mas andávamos pisando em ovos. Ele também não estava se aguentando; me acalmei um pouco quando me dei conta disso.

— Pode ficar tranquila — a voz dizia —, Mateo não teve nem um mau minuto, a única coisa que faltava era a mamãe dele, e aí está ela.

Devia ser verdade: ela não percebia sombra de nervosismo ou mal-estar em Mateo. Ela o via radiante, talvez como nunca. Agora lhe mostrava muito orgulhoso seu pulôver de lã, vermelho com bonequinhos verdes e azuis, e um gorro do conjunto, roupas desconhecidas, que o pai devia ter comprado. Era evidente que, de todas as coisas que maravilhavam Mateo nesse inesperado paraíso, o pai era de longe sua preferida. E agora também ela, sua mãe, que chegava sem que ele suspeitasse sequer que poderia não ter chegado nunca.

Tinha que se manter lúcida, ter uma noção clara do lugar e tomar decisões o mais cedo possível. Mas era difícil pensar. A cabeça enviava mensagens contraditórias, como se a alegria despreocupada de Mateo fosse uma luz no lance obscuro, como se as coisas, depois de tudo, não tivessem sido tão atrozes como Lorenza as tinha vivido, e o pesadelo que havia imaginado.

— Você tá magra — Ramón tinha dito a ela. Havia soltado a frase como se a culpa não fosse dele, como se cada quilo perdido não tivesse sido vida perdida na agonia da espera.

— Me perguntou se queria comer — conta a Gabriela. — Disse que ia abrir um borgonha pra festejar minha chegada. Enfim eu acordei, olhei na cara dele e falei. Disse que preferia arrumar a bagagem primeiro.

— Grande frase.

— É isso aí. E ele: venha, que te mostro a cabana, vai ver só, é a casinha de João e Maria. E tirou minha mala do Impala e a maletinha com fundo duplo, a dos passaportes falsos, e a bolsinha de cosméticos com o Revlon, aquele das gotas letais. Quase me gelou o sangue, mas minha maletinha não me delatou, já te disse, era um troço de profissionais. Agora, a cabana era um primor, pequenininha e acolhedora e com a lareira acesa, tipo dos Robinson suíços. Mas, claro, a comparação de Ramón não tinha sido boa, na história de João e Maria a casinha de doce acaba sendo um lugar de terror.

Lorenza sentiu que ali tudo era fictício, um cenário. Acabava de passar vinte dias e vinte noites se preparando para a guerra, vinha decidida a enfrentar o inimigo, e o inimigo estava se fazendo de bobo. Recebia Lorenza de braços abertos como se a coisa estivesse perdoada, pior ainda, como se não houvesse nada a ser perdoado.

— E eu, que vinha disposta a envenená-lo.

— Pensou pra valer na possibilidade de envenená-lo com as gotas?

— Bem, não. Até aí não, mas deixá-lo zonzo. Ou mais adormecido que a Bela Adormecida, no pior dos casos. Você não mataria por Maria?

— Claro que sim. Eu sim, mas eu sou mais selvagem que você.

Lorenza se sentou ao lado do fogo, ainda apertando o menino contra o peito, que se esforçava para escapar e levá-la para fora. Ela o seguiu e se deu conta de que já não estavam ali nem o Miche nem o Impala branco.

— Mau começo — Gabriela diz.

— Muito mau. Quis mostrar a Mateo o que eu tinha aprendido quando era menina com minhas amiguinhas gringas no inverno de Washington: se você se atira de costas na neve e mexe os braços pra cima e pra baixo, deixa estampada a figura de um anjo com grandes asas. A primeira vez que vi aquilo fiquei deslumbrada, mais que se tivesse me aparecido um anjo de verdade. Mas Mateo não pescou a sutileza, pensou que o negócio era nos revolver na neve, e isso ele achou sensacional.

— E o Miche? — Lorenza perguntou ao entrar, e Ramón respondeu que esquecesse do Miche, que tinha avisado que queriam ficar sozinhos, isto não era a pasaje Coronda para que entrasse e saísse quando lhe desse na veneta. Finalmente, toda uma casa apenas para eles.

— Idílico — Gabriela diz.

Sem o Miche, não há Impala, pensou Lorenza. Ia ser uma coisa de louco, esse *Escape from Alcatraz* no cavalinho velho. Outra coisa: não via telefone. Mas não se atreveu a perguntar; teria sido desastrosamente óbvio.

— Em seguida ele me disse, *não tem telefone*, e a voz dele já não soou tão cordial, como se Ramón tivesse lido meu pensamento e tivesse se ofendido. Ou talvez não, talvez não estivesse ofendido, porque ia e vinha, colocando a comida sobre a mesa. Era cansativo estar medindo até as mínimas palavras.

Havia pão, presunto de cordeiro, queijo de cabra e uma coisa que, segundo ele, era tradicional do lugar, peras de inverno com calda de framboesa. Ramón saía para pegar lenha da pilha enorme que tinha lá fora, se abaixava para atiçar o fogo, procurava copos para o vinho. Ela não ajudava, mas enquanto isso media os passos dele, os movimentos, observava cada canto da casa.

— Aquele lugar tão agradável era uma prisão friamente calculada — diz Lorenza a Gabriela. — Uma prisão de portas abertas, que não levavam a lugar nenhum. Mas comemos bem, os três, e eu fiz o que nunca fiz, tomei dois copos de vinho.

— Não bebe vinho?

— Tinto não, me dá enxaqueca. Mas nesse dia bebi e até brindamos.

— Inimaginável, esse brinde. Espero que não tenha sido à felicidade.

— Por sorte, não. Brindamos a Mateo, e fomos sinceros.

A cabana, construída em dois níveis, tinha embaixo uma estufa de querosene, a mesa em que comeram e duas poltronas diante da lareira, e ao subir a escada se chegava a um sótão onde havia uma cama de casal e ao lado outra pequena. Ramón tinha colocado a pequena no fundo, contra a parede, e a de casal atravessada, bloqueando-a. Pra que Mateo não caia de cabeça pela borda se se levantar ao amanhecer e resolver procurar o cavalo, disse, e acrescentou, de qualquer modo teria que passar por cima da gente.

— Caiu serragem, deve ter cupim nas vigas — Lorenza dizia enquanto sacudia os cobertores, mas ia pensando que também ela teria que passar por cima de Ramón se tentasse levar o menino de noite. Até isso ele tinha calculado bem. Possibilidade zero de não acordá-lo durante a manobra, a menos que o espetasse com o Revlon. O melhor seria manter a maletinha e a bolsa de cosméticos ao lado da cama. O instrumental todo à mão. Claro que era bem forte, esse Ramón, ela tinha esquecido quanto. Se vou de Revlon, tem de ser pra valer, pensou, ou não faço nem cócegas nele.

De modo que dormiriam os dois na cama de casal. Parecia que isso já estava decidido. Ramón não lembrava, ou não queria lembrar, que tinham se separado, que já não viviam juntos, que já não dormiam juntos? Lorenza optou por não protestar. Ela também ia se fazer de louca, enquanto fosse indispensável.

— Nessa hora apareceu Mateo com um pacote maior que ele mesmo. Desembrulhei, era um pulôver pra mim. Feito à mão pelas mulheres do povoado, disse Ramón. Lindo, na verdade. Aberto na frente, com fundo preto, com renazinhas em azul e branco.

— Se era aberto não era pulôver.

— Suéter?

— Também não.

— Caramba, o que era então?

— Um cardigã. Devia ser um cardigã tecido em ponto meia. Em Bariloche fazem maravilhosamente. Tenho um aqui mesmo, veja. Olhe esta manta. É feita em ponto meia. Pra que a trama fique assim, tem que segurar o fio pelo avesso da peça. Na verdade não é tão complicado.

— Além disso me deram uma touquinha preta que usei por muitos anos, quem sabe onde perdi, e umas botas pra neve, forradas com pele. Bem escolhidas, não pense que não, exatamente do meu número. Me derreteu o coração o entusiasmo de Mateo, os pulos que dava quando nos viu os três com tudo isso vestido, como gnomos da floresta. Eu abracei eles, os dois. Tinham me surpreendido, foi uma bela sacada, Gabriela, como não ia comemorar?

— Já senti pra onde a coisa vai. Forcás sempre foi um sedutor.

As excursões a pé ainda eram possíveis porque o inverno não tinha apertado, e nessa mesma tarde saíram para fazer um primeiro passeio pelos arredores. Curto, Ramón tinha resolvido, não muito longe, apenas pra ir esquentando, com o menino a cavalo, segurando-o de baixo para que não caísse. Embora Lorenza estivesse decidida a não se deixar impressionar por nada que lhe nublasse o julgamento, a beleza daquele lugar nevado a deixou de boca aberta, e não pôde impedir de perder o fôlego quando de um pico contemplaram o universo inteiro, estendido a seus pés. Mas ela também percebia como eram despovoados os arredores. Estavam sós nos confins do mundo, e isso nem era uma metáfora, nem a tranquilizava. Foram descendo ao mesmo tempo que a tarde. Mateo adormecia, como que enlevado, no vaivém do cavalo, e os últimos raios do sol arrancavam brilhos dourados das mechas que escapavam do gorro de Ramón. Nada a fazer, ela pensou, o desgraçado tem um cabelo lindo.

Na falta de eletricidade, a lareira era a fonte de calor com que contavam. A chaminé subia pela parede que dava contra a cabeceira das camas, aquecendo o espaço superior. A noite chegou, a primeira que os três iam passar na cabana. Lorenza botou o pijama no menininho, que não conseguiu tomar o leite porque já tinha dormido, e o deitou na cama pequena. Então se recostou, protegida pelos cobertores e sem tirar de todo a roupa, do lado da cama de casal que dava contra a de Mateo, bem na beirinha, o mais perto possível do menino, para sentir na escuridão o sopro doce da respiração dele. Ramón permanecia embaixo.

— Eu não queria dormir — Lorenza diz a Gabriela —, tinha Mateo perto de mim e desejava que esse momento tão esperado durasse pra sempre. Eu não queria dormir, mas em algum momento caí no sono.

A mistura de cansaço absoluto e calma recuperada tinha feito Lorenza baixar a guarda. Pelo menos nessa noite não teria escapatória; nem em sonhos poderia sair com Mateo do calor daquele refúgio para a friagem da noite e atravessar o campo nevado para sair voando, em meio às cortinas do sono, num cavalo velho ou num carro branco. Em algum momento o frio a acordou. A lareira devia ter se apagado. Sentiu o corpo de Ramón estendido a seu lado, dando as costas para ela. Mateo passou para a cama grande, e ficaram os três apertados, como numa toca, com ela no centro.

— E me sentia bem, Gabriela. Que diferença daquelas insônias atormentadas que tinha passado sozinha. Numa hora dessas me esqueci das sacanagens que Ramón havia feito comigo. Bem, e das que eu tinha feito com ele em Bogotá.

Em seguida lembrava o desastre e voltava a pôr em movimento suas maquinações de fuga. No fim das contas essa cabana não era mais que uma armadilha, uma esperança sem fundamento, uma situação insustentável e extravagante que Ramón havia tirado da manga para ajeitar a relação na marra, e ela teria que manter distância de novo. Teria que levantar entre os dois uma imperceptível cerca de arame farpado. Mas sentia o corpo dele contra o seu, e agradecia seu calor.

— Espere aí — Gabriela diz. — Ainda não entendi o que aconteceu em Bogotá. A que se refere quando diz que também sacaneou ele? Que sacanagens?

— Ignorar Ramón, deixá-lo sozinho, de lado, quando devia tê-lo apoiado, como ele tinha feito comigo em Buenos Aires, como estava tentando fazer de novo em Bariloche.

— Mas não dá pra comparar o tamanho dos dois males, convenhamos, tirar um filho da mãe! Mesmo que o próprio pai esteja fazendo isso, é um método brutal que tem certa semelhança, atenção ao *certa*, com o que o inimigo fazia. Não entendo como não jogava isso na cara dele. Se fosse eu, enchia ele de porrada. Quebrava a fuça dele. Não exigiu nem o dinheiro?

— Ora, teria fodido com tudo antes do tempo. As palavras eram um perigo, Gabriela. Tinha que evitar as palavras. Ele também evitava, não pense que não, ele também sabia que os acertos de contas seriam o fim do jogo. Falávamos de outras coisas. De Mateo, principalmente; de qualquer bobagem que Mateo fizesse. Nós dois andávamos loucos com o menino, e nisso não havia desacordo. E na política, claro. Aquilo foi no tempo da Guerra das Malvinas, nem mais nem menos, e nós lá em cima, entregues ao nosso drama e acompanhando por um radinho de pilha o pega pra capar que estava se armando lá embaixo.

Grudavam a orelha no radinho, pendentes das notícias, e discutiam o dia inteiro, os dois sozinhos lá, mas como se estivessem numa plenária do partido, é preciso apoiar o Exército argentino na justa exigência de um pedaço do território nacional; como vai apoiar a fanfarronada patrioteira da Junta, que só procura disfarçar a crise interna; cago pra Junta, mas também cago pros brios imperiais com que a Thatcher mobiliza sua Royal Navy, seus Gurkhas e seus Task Forces para dominar um punhado de ilhas do tamanho de moedas, que não são suas e que ficam do outro lado do oceano.

Diante do temor de cair em assuntos pessoais, se entregavam a caminhadas, a escalar montanhas, a partir lenha, a tirar a neve do caminho com a pá, a passear com Mateo a cavalo, a remar no lago: tudo o que se pudesse exigir dos músculos, até cair mortos de cansaço. Apenas assim era possível estar juntos, como se seus corpos fossem menos propensos a agressões ou vinganças, mais dados a se deixar levar pela corrente. Ramón, que conhecia os despenhadeiros dessas montanhas, os levava a lugares que tinham se tornado míticos de tanto ouvi-lo falar deles, a caverna onde se refugiaram as freiras eslovenas, a geleira chamada Ventisquero Negro, as encostas do cerro Catedral, que vinham cair nas águas do lago Gutiérrez, o pico do cerro Otto, onde presenciavam entardeceres cósmicos com uma xícara de chocolate quente na mão. Quando as excursões os levavam por penhascos íngremes, deixavam o cavalo e Ramón carregava Mateo nos ombros. Paravam para cavar na neve um berço que recobriam com seus casacos de pele, para que o menino pudesse tomar o leite e dormir um pouco, e assim enfrentavam travessias de oito horas, ou dez, desde o amanhecer até chegar aos refúgios no alto da montanha, que permaneciam abertos para todo caminhante alcançado pela noite que procurava um teto, lenha e cobertores. De pico em pico e de um despenhadeiro ao outro, iam todo o trajeto circundando abismos. Paravam sobre enormes rochas negras que avançavam sobre o vazio, como narizes do diabo. Com um empurrão que lhe desse, Lorenza pensava quando via que Ramón se aproximava da borda, nada mais que um empurrãozinho e eu sairia do problema. Mas a iniciativa se evaporava logo que os olhos dela batiam nos dele, que a olhava de modo estranho, como se estivesse tramando exatamente a mesma coisa.

 Os dias foram se sucedendo uns após os outros, prazerosos contra toda expectativa. Desde a Coronda não tinham uma casa que os acolhesse como essa cabana de madeira, onde podiam se encerrar enquanto o mundo girava lá fora. Por instantes, Lorenza pensava estar com o Forcás bonito e seguro dos primeiros tempos, tão diferente desse outro, torvo, ciumento e mal-humorado com quem teve que lidar em Bogotá. Uma lua de mel, pensava assombrada, estamos como numa lua de mel. Quem poderia ter imaginado.

 — Uma lua de mel um tanto macabra. Sem falar que não há lua de mel sem sexo — Gabriela diz.

— Teve sexo, como não? No começo não, mas depois sim. Bom sexo.

— Eu não teria conseguido. Nessa situação, nem pensar.

— Era sexo sem conversa, até na cama os silêncios nos matavam. Mas, enfim, funcionava, talvez porque o físico sempre esteve fora do campo de batalha. Lembro principalmente de uma vez. Tínhamos jantado e andávamos grudados no rádio, que continuava transmitindo esses comunicados oficiais loucamente triunfalistas, que só confirmavam que se estava perdendo a guerra.

As pessoas, que no começo tinham festejado com entusiasmo a recuperação das ilhas, agora choravam o sacrifício de centenas de recrutas adolescentes, mal treinados, mal alimentados e mortos de frio, a quem a inépcia burocrática de seus superiores abandonou à sua sorte quando os ingleses caíram em cima com toda a força. A febre patriótica dos argentinos se transformou em desencanto e em ondas de raiva pelas ruas. Raiva contra o engano, contra a ineficiência e as bravatas dos que no país se comportavam como açougueiros, mas, na hora de enfrentar um exército estrangeiro, eram uns cordeiros. Os meios de comunicação, que na semana anterior ainda se atinham à censura, gozaram do general Menéndez, governador militar das Malvinas, que acabava de assinar a rendição para Moore, o comandante das tropas inglesas.

— Estávamos aí, suspensos — Lorenza diz a Gabriela —, quando nos chega de Buenos Aires a voz de um repórter uruguaio que diz estar na esquina de Diagonal com Florida, onde um grupo de pessoas tinha tirado o quepe de um policial e andava brincando com ele, botando na cabeça, passando de mão em mão. Acabou o medo, nos dissemos. E nos abraçamos. Agora a ditadura cai mesmo, porque as pessoas não têm mais medo.

Buenos Aires tinha se transformado em Troia. As pessoas iam gritando até a praça de Maio. A polícia respondia timidamente e ninguém se dispersava nem calava a boca. O general

Leopoldo Fortunato Galtieri, chefe da Junta nesse momento, que além de ser o ideólogo da derrota era alcoólatra, teve a ideia de sair bêbado na sacada da Casa de Governo, para responder às reivindicações da multidão com um discurso delirante. *Os que caíram estão vivos e serão esculpidos em bronze*, vociferava e garantia que *seremos donos totais do destino e acenderemos como tochas os valores mais altos.*

— Exatamente nessa semana eu estava hospitalizada, por causa de uma úlcera gástrica — Gabriela diz. — Mas minha irmã Alina andava na rua, ela que de política não entende nada, e chegou agitadíssima pra me contar que estava acontecendo alguma coisa. Olhe, ela se assustou. Sentiu que as coisas estavam fora de controle. De repente, ouço que lá fora há o maior bafafá e peço pra Alina que abra a janela. Mama mia, veja só o que ouço, *vai se acabar, vai se acabar, a ditadura militar.*

— E, na praça de Maio, o beberrão do Galtieri arengava seus absurdos e as pessoas calavam a boca dele gritando na cara o *vai se acabar*. Estava acabando, Gabriela, e nós tão longe, com esse radinho de merda, cheio de interferências, de ruídos que não permitiam ouvir. Ou quem sabe sim, quem sabe o que escutávamos era o estrépito da queda.

Perdia-se a guerra, a ditadura vinha abaixo e Ramón e Lorenza eram supliciados por sentimentos agridoces, por um lado a euforia diante do ridículo gigantesco por que os milicos tinham passado; por outro, a tristeza pelos recrutas mandados para a morte. Por um lado, vitória: as Malvinas tinham derrubado a Junta Militar argentina. Por outro, derrota: haviam garantido a reeleição da Thatcher.

— Você me prometeu um filme pornô — Gabriela lembra —, e está me contando uma guerra.

— Perdão, agora vamos ao pornô, mas vai ser muito mais curto. Nada não, só fizemos amor nessa noite, como se diz, intensamente, mas com uma tremenda melancolia, como se esse encontro fosse ao mesmo tempo a despedida. Ramón sabia disso, nessa noite me dei conta de que ele também sabia. Fim do filme.

Conforme a representação em que estavam metidos, Ramón desempenhava de maneira impecável seu papel de apaixonado e de pai. Mas estava claro que não confiava. Nunca fechava os olhos. O Miche começou a visitá-los com frequência, a trazer garrafões de água e provisões, a ajudar no que fosse necessário, e durante suas visitas o Impala ficava estacionado lá fora, diante da cabana. Mas as chaves desapareciam. Lorenza tinha percebido que, quando o Miche as deixava sobre a mesa, antes de cinco minutos Ramón as tinha guardado no bolso.

Quando desciam ao povoado, Lorenza dava um jeito de ficar sozinha por uns minutos e prestar atenção nos letreiros para recolher alguma informação, às vezes até conseguia perguntar alguma coisa, paradas e horários do ônibus, aluguel de carros, hotéis próximos, mapas de estradas. O Chile tinha se transformado em sua obsessão secreta. Se pudessem cruzar a fronteira, estariam fora de alcance. Mas durante essas rápidas escapadas nunca estava sozinha com Mateo. Ramón dava um jeito para não deixá-los sós, nem na cabana, nem nos passeios, nem na rua.

Na cabana, Lorenza brincava horas e horas com Mateo, contava histórias para ele, fazia as tarefas domésticas, se sentava perto do fogo para ler. Sem se sentir pressionada, entregue a essa artificial mas no fim das contas plácida detenção do tempo. O tempo. Deixar correr o tempo. Depois de dar muitas voltas às possibilidades de fuga, acabou compreendendo que a única coisa que estava a seu favor era o tempo. Com Mateo a seu lado, não teria inconveniente em esperar. Tinham dado licença indefinida do trabalho para ela na revista. Poderia esperar. Outra semana, mais duas, um mês. Cedo ou tarde Ramón se descuidaria. Me mantém isolada, ela pensava, mas não derrotada. Se o espaço é a ferramenta dele, o tempo vai ser a minha. E deixava as horas correrem, sempre à espera do momento.

De tanto em tanto se surpreendia ao acordar quando o pai já tinha vestido o filho e o tinha levado para comer, ou passear a cavalo. Numa dessas manhãs, meio cochilando, ouviu vozes masculinas embaixo. Um vizinho tinha vindo pedir ajuda para algum conserto em sua cabana. Lorenza abriu os olhos e viu pela janela um céu espesso. Coisa estranha, sempre amanhecia transparente e agora parecia mais baixo, lanudo, pesado. Céu pança de burro, pensou, assim os limenhos chamam esse tipo de céu. Ramón subiu e disse:

— Mateo fica aqui. Cuidado com o bebê, deixo ele aqui com você.

— Você vai à casa do vizinho?

— Não, o Miche vai ajudar. Botei bolachinhas na mesa, maçãs e chá, desça pra comer quando quiser.

— Pança de burro, pança de burro — ela fez cócegas na barriga de Mateo.

Ao sair dos cobertores, sentiu a casa fria. A lareira devia estar se apagando. Estranho, Ramón sempre se ocupava de mantê-la acesa.

— Ramón? — chamou por ele várias vezes e, como não houve resposta, jogou sobre os ombros um dos cobertores e desceu com o menino para atiçar o fogo.

— Se apagou — Mateo disse, e era verdade.

Ramón não estava na cabana, mas devia estar por perto. Ela deixou o menino no tapete, entretido com suas velhas *cobas*, e olhou pela janela, surpresa com o silêncio. A nevada que caíra durante a noite tinha apagado a linha divisória entre o céu e a terra, deixando tudo misturado numa só vagueza. Pegadas grandes, de três pares de pés, se afastavam da casa e se perdiam para a esquerda. Lorenza saiu, para olhar de perto. Estas são as botas de Ramón, teve certeza. Conhecia bem as ranhuras em zigue-zague que deixavam impressas e o circulozinho com a marca no centro. Não havia confusão possível. A menos que o Miche as tivesse usado... Mas então onde estava Ramón? Lorenza procurou em volta da cabana e não o viu.

Em contrapartida, ali estava estacionado o Impala, pardo de barro, mimetizado na paisagem. Ela se aproximou para olhar. No assento da frente, no traseiro. Não tinha nada — que droga ia ter? Voltou à cabana e viu as chaves.

Ali sobre a mesa, sem mais nem menos. As chaves do carro. Como num sonho. Tão evidentes, que achou estranho não tê-las visto antes. Então levantou Mateo e subiu para o sótão, devagar, sem se deixar atropelar por sua ânsia, degrau por degrau, cerimoniosamente.

— Pança de burro, pança de burro — Mateo insistia, e ela ia fazendo cocegazinhas nele com uma das mãos, enquanto com a outra lutava para vesti-lo e trocar as pantufas pelas botas amarelas. Se vestiu com o que encontrou à mão e pegou o dinheiro e os passaportes, que tinha escondido entre as tábuas de dois postigos, caso aquela maletinha despertasse suspeitas em Ramón.

— Tinha me dado um trabalhinho legal esconder isso, desprendendo e ajustando de novo as tábuas do postigo.

— E o tubinho da Revlon? — Gabriela pergunta. — Me deixa nervosa, o tubinho da Revlon.

— Eu tinha enterrado, fazia dias. Longe da cabana. Com medo de que num descuido Mateo encontrasse aquilo e começasse a brincar.

Depois desceu as escadas com o menino no colo, parando outra vez em cada degrau, como se a vida dependesse da lentidão de seus movimentos. Não se perguntava se queria, ou devia, fazer o que estava fazendo; agia como quem obedece a uma ordem. Acomodou na maletinha as maçãs, o pacote de bolachas e uma das mamadeiras de Mateo. Olhou em volta, espiou nas janelas e constatou que o mundo continuava imóvel. Ninguém se aproximava. Só então pegou as chaves, que como por encanto continuavam ali, sobre a mesa, esperando por ela.

Heróis ou palhaços, disse ao sair da cabana, e com Mateo pela mão foi se aproximando do Impala. Gastou o tempo necessário para limpar a geada do para-brisa, instalou Mateo no assento de trás, botou ao lado dele a maletinha e, no instante de fechar a porta, se assustou com a possibilidade de que o barulho a tivesse delatado. Olhou em volta mais uma vez. As pegadas de Ramón e dos outros dois homens iam se apagando sob a neve que começava a cair. O universo inteiro parecia estar em calmaria.

Se sentou ao volante com a parcimônia que provém de uma decisão inevitável, desengatou o freio de mão, botou o câmbio em ponto morto e o imenso Impala, pela própria vontade, como se soubesse exatamente o que se esperava dele, começou a rodar suavemente pela ladeira, com delicadeza cúmplice, mudo como a neve, invisível no meio da neve, amável como o manto de neve que parecia se dedicar a camuflá-los.

Vinte minutos depois encostava o Impala na encruzilhada do caminho com a estrada e não tinha esperado muito quando viu se aproximar um Volkswagen que avançava na direção do povoado. Desceu do Impala e fez sinais. A mulher que dirigia parou em seguida e ofereceu carona para eles, perguntando por conta própria se o carro tinha enguiçado, assim poupando Lorenza da necessidade de improvisar desculpas. Sem olhar para trás, sabendo por instinto que ninguém vinha atrás dela e agindo como se o dia lhe pertencesse, Lorenza deixou as chaves no Impala e o vidro só meio fechado, para que Ramón e o Miche não tivessem problemas quando o encontrassem. Com o menino e a maletinha, embarcou no Volkswagen e durante o caminho conversou com a mulher sobre os perigos de dirigir no inverno por uma estrada esburacada e agradeceu quando ela os deixou na praça central de San Carlos de Bariloche, diante da prefeitura.

Até esse momento tudo tinha sido suspeitamente fácil, mas de repente Mateo desatou a chorar, coisa rara nele, que ultimamente o fazia tão pouco e justamente naquela hora tinha um ataque de choro desconsolado, incontrolável, como se quisesse ir deixando um rastro de lágrimas que Ramón pudesse seguir até encontrá-lo, e não parou de chorar nem quando pararam para acariciar um cachorro manso que esperava seu dono à entrada de uma loja, nem quando Lorenza comprou pão doce decorado com glacê amarelo e rosa, nem quando o sentou ao lado da janela do ônibus que os levaria, contornando o Nahuel Huapi e, por matas milenares, até Puyehue, a passagem na fronteira onde as autoridades chilenas lhes dariam o passe livre, após carimbar a documentação falsa que Lorenza ia apresentar a elas. Mateo só se acalmou e deixou de soluçar quando sua mãe apontou uma manada de cervos que procuravam no meio da neve brotos de capim, às margens do lago.

Do apartamento de Gabriela, Lorenza ligava todas as noites para Mateo, na pousada onde estava hospedado com seu grupo. Gostaria de saber se Bariloche trazia lembranças ao filho, se essas montanhas não lhe pareciam familiares, mas ele andava ocupado demais e não estava nem aí para saudades. Ou não atendia o telefone porque dançava com os outros numa discoteca, ou havia tal gritaria no quarto que não escutava nada, ou já cabeceava de sono depois de uma longa jornada de esqui, ou tinha pressa porque o estavam esperando para ir patinar no gelo.

Quando por fim falavam, nos minutos em que podiam falar, Mateo respondia com coisas como que tinha se lançado sem problemas pelas pistas vermelhas, mas pelas pretas nem tanto, mesmo que tivesse se atrevido num trecho curto mas aterrorizante da pista preta.

— Uma pirambeira de loucos, Lolé, nem imagina. Eu me disse, heróis ou palhaços, e me atirei atrás dos outros pra ver no que dava. E não me aconteceu nada, juro que nessa pistinha preta fui totalmente herói. Bem, claro, perdi uma luva, aí fiquei um pouco palhaço. Perdão, Lolé, que cagada, perdi uma das superluvas térmicas que você me comprou, mas continuei esquiando e de tarde tinha a mão inchada e toda roxa.

— Só você pra esquiar sem luva, Mateo. Por que não disse pra instrutora que tinha perdido?

— Você acha que por acaso a Ulrica anda por aí com um saco de luvas de reposição?

— Ulrica?

— Minha instrutora. É campeã olímpica, Lorenza, tá pensando o quê? Bem, agora não, agora dá aula, mas quando era jovem era da equipe argentina e competia nas Olimpíadas de Inverno. Não se preocupe, amanhã dou um jeito.

— Compre outro par, Mateo. Me prometa que não vai esquiar de novo sem luva, é um absurdo, vai te congelar os dedos, ninguém pode esquiar sem luva.

— Nem pense que vou comprar luvas, aqui devem ser caríssimas, não vou gastar o dinheiro nisso.

— Ouça, Mateo, compre as luvas, não me deixe preocupada — tentou dizer, mas ele se despediu porque já o estavam chamando para o jantar.

— Adivinha, Lorenza — dizia na noite seguinte, quando finalmente conseguiram conversar um pouco mais. — Você acredita? Encontrei uma luva e solucionei o problema.

— Encontrou uma luva? Incrível, kiddo. Incrível mesmo. E da mão certa?

— Hum-hum, da mão certa, e além do mais do meu tamanho.

— Mateo sortudo, isso só acontece com você, então pôde esquiar na boa...

— Você não se tocou? A luva que encontrei foi a minha mesma, a que perdi ontem, só que não tinha perdido, não, tinha enfiado no fundo do bolso e não me dei conta.

Chegou o domingo, acabaram-se os passeios, o de Mateo em Bariloche, e o de ambos na Argentina. Lorenza estava nervosa porque não conseguia se comunicar com o filho. Tinham que planejar bem as coisas para o dia seguinte, lidar com a confusão do aeroporto, se encontrar para pegar juntos o avião de volta a Bogotá.

— Não tem jeito, esse menino não responde — se queixava para Gabriela, quando tocou o telefone. Era Mateo.

— Santo Deus, kiddo, me deu um susto, não te encontrava e tinha que...

— Adivinha quem está aqui.

— Quem?

— Adivinha?

— Não posso, não sei o nome dos teus amigos. Já sei. Ulrica.

— Não.

— Ora, kiddo, me diga quem, há coisas pra arrumar, aposto que nem fez a mochila.

— Ramón.

— O quê?

— Ramón. Tá lá embaixo. Liguei pra ele outra noite, pro telefone dele de Buenos Aires.
— Diga isso de novo.
— Ramón, liguei, ele veio. Veio dirigindo, com a família dele.
— Você tá tirando uma da minha cara...
— Juro. Sabe o que ele disse? Que nos deixou ir. É, naquela vez, quando escapamos da cabana. Disse que nos deixou ir. Que podia impedir, mas não impediu.
— ...
— Lolé?
— Diga.
— Está aí?
— Sim.
— Surpresa?
— Não muito.
— Tá mentindo, não?
— Não sei. Quem sabe é verdade. Foi fácil demais, em todo caso.
— Você não fica com raiva? Eu fico.
— Eu não. Eu tinha você comigo. Tinha ido por tua causa, e você ia comigo. O resto não era assunto meu.
— Mas por que ele ia nos deixar ir embora?
— O que ele te disse?
— Não me disse nada. Chorou. Não disse nada.
— Pode ter tido duas razões. Pelo menos é o que sempre pensei.
— A primeira.
— A primeira, ele se deu conta de que não tinha jeito. As coisas não iam se arrumar à força.
— Não era tão difícil se dar conta. A segunda.
— A segunda, acabou o dinheiro.
— O dinheiro do mafioso?

— Acho que ele utilizou pra pagar aquilo.

— Aquilo o quê?

— Ora, toda aquela operação que ele montou pra nós em Bariloche. Fim do dinheiro, fim da felicidade. Mas ele está aí, pode perguntar.

— Acho que não. Ele não fala muito. Só chora.

— Me conte o que está acontecendo, filho, me diga como você está. Santo Deus, como será que foi esse encontro? Quer dizer que você ligou, kiddo, quem te viu e quem te vê. Desgraçado, esperou ficar longe de mim pra ligar. Ele chegou agora?

— Não, não, ontem à noite.

— Como é que pode, você não me ligou!

— Liguei, sim, juro. Liguei pra casa da tua amiga e não atendiam.

— Caramba, fomos ao cinema. Mas me diga, ele foi legal com você? Já está velho?

— Barrigudo. Mas tava certo aquilo dos ombros largos.

— As coisas correram bem com ele? Você foi com a cara do teu pai?

— Me dei bem com minha irmã, por enquanto. Ontem andei de trenó com ela.

— Então você tem uma irmã. Quantos anos ela tem, como se chama?

— Ela? Tem onze. Se chama Eleonora. E o bebê se chama Diego.

— Também tem um bebê...

— De dezoito meses.

— Deu a boina basca pro teu pai?

— Não. Deixei aí em Buenos Aires, na mala preta.

— Que chato, kiddo, faz tanto tempo que tem esse presente... Não se preocupe, logo a gente dá um jeito de entregar.

— Deixa pra lá, ele não parece do tipo que anda com boina.

— Conseguiu conversar com ele? Contar tuas coisas, como imaginou todo esse tempo.

— Não muito. Não temos intimidade.

— Que droga.

— Tem a mulher dele, os filhos, não conseguimos falar sozinhos. Simpatizei com ela, diz que no quarto das crianças tem uma foto minha, pendurada na parede. De quando eu era bebê. Mentira, Lolé. Ontem à noite ele e eu falamos sozinhos um pouco, mas sobre o neoliberalismo. Ramón não gosta nem um tico do neoliberalismo.

— E você, o que disse pra ele?

— Nada, não pediu minha opinião. Melhor assim, não tenho opinião sobre isso. Mas preciso te dizer uma coisa e tem que ser agora porque prometi pra Eleonora que ia ajudar ela a botar o bebê pra dormir. É responsabilidade dela, botar o bebê pra dormir todas as noites.

— Espere aí, Mateo, espere aí. Precisamos combinar tudo direitinho, porque amanhã você e eu temos que andar com a precisão de um relógio suíço. Você vem pra Buenos Aires, eu te espero no aeroporto, vamos de táxi direto pro aeroporto internacional e aí pegamos juntos o avião pra Bogotá. Há tempo suficiente, não se preocupe, mas, olhe, com as baterias carregadas pra que não aconteça um desencontro.

— Te liguei por isso, Lolé. Quem sabe é melhor você ir sozinha pra Bogotá, que acha?

— Hein? O que está dizendo?

— Eu fico com Ramón. Já está tudo acertado.

— Como?

— A boina basca é pra você. Te dou ela.

— Espere aí, Mateo. Isso é sério? Como assim, fica com Ramón? Você não pode tomar uma decisão dessas sozinho, já sabe que eu...

— Duas ou três semanas apenas, até que acabem minhas férias do colégio.

— Mas, Mateo...

— Não se preocupe, eu não tenho dois anos e meio. Se eu cheiro uma ramonada, dou o fora e esse Ramón não me alcança nem nas curvas. Total, tenho a metade do peso dele e sou uma cabeça mais alto. Confie em mim, Lorenza. Vou ver quem é esse homem e volto quando souber.

ESTA OBRA FOI COMPOSTA POR OSMANE GARCIA FILHO EM ELECTRA E
IMPRESSA PELA GRÁFICA BARTIRA EM OFSETE SOBRE PAPEL PÓLEN SOFT
DA SUZANO PAPEL E CELULOSE PARA A EDITORA SCHWARCZ
EM MAIO DE 2011